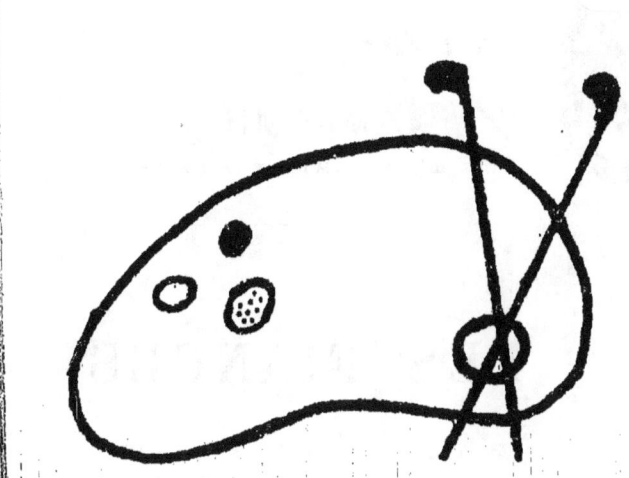

Couvertures supérieure et inférieure
en couleur

X. MARMIER

DE L'ACADÉMIE FRANÇAISE

LES FIANCÉS

DU SPITZBER

NOUVELLE ÉDITION

PRIX: 1.0

PARIS

LIBRAIRIE HACHETTE ET Cie

79, BOULEVARD SAINT-GERMAIN, 79

Librairie HACHETTE et Cie, boulevard Saint-Germain, 79, à Paris.

ROMANS, NOUVELLES & OUVRAGES DIVERS
Format in-16, à 1 franc le volume, broché.

Achard (A.) : *Les vocations.* 1 vol.
— *La chasse à l'idéal.* 1 vol.
— *Les chaînes de fer.* 1 vol.
— *Maxence Humbert.* 1 vol.
— *Olympe de Mézières. — Le mari de Delphine.* 1 vol.
— *Yerta Slovoda.* 1 vol.
Arnould (A.) : *Les trois poètes.* 1 vol.
Bernardin de Saint-Pierre : *Paul et Virginie.* 1 vol.
Berthet (E.) : *Les houilleurs de Polignies.*
Chapus (E.) : *Le turf;* 2e édition. 1 vol.
Charnay (D.) : *Une princesse indienne avant la conquête.* 1 vol.
— *A travers les forêts vierges.* 1 vol.
Daudet (E.) : *Histoire de la Restauration.*
Deschanel : *Physiologie des écrivains et des artistes.* 1 vol.
Énault (L.) : *Christine;* 13e édition. 1 vol.
— *Pêle-Mêle,* nouvelles; 2e édit. 1 vol.
— *Histoire d'une femme;* 6e édition. 2 vol.
— *Alba;* 9e édition. 1 vol.
— *Hermine;* 8e édition. 1 vol.
— *La vierge du Liban;* 5e édition. 1 vol.
— *Cordoval.* 1 vol.
— *Les perles noires;* 3e édition. 2 vol.
— *La rose blanche;* 6e édition. 1 vol
— *L'amour en voyage;* 5e édition. 1 vol.
— *Nadèje;* 9e édition. 1 vol.
— *Stella;* 6e édition. 1 vol.
— *Un amour en Laponie;* 2e édition. 1 vol.
— *La vie à deux;* 4e édition. 1 vol.
— *Irène;* 2e édition. 1 vol.
— *En province;* 2e édition. 1 vol.
— *Olga;* 3e édition. 1 vol.
— *Un drame intime;* 4e édition. 1 vol.
— *Le roman d'une veuve;* 4e édition. 1 vol.
— *La pupille de la Légion d'honneur;* 4e édition. 2 vol.
— *Le châtiment;* 2e édit. 1 vol.
— *Valneige;* 2e édit. 1 vol.
— *Le château des anges.* 1 vol.
— *Le sacrifice.* 1 vol.
— *Tragiques amours.* 1 vol.
— *La destinée;* 3e édition. 1 vol.
— *Le baptême du sang;* 2e édition. 2 vol.
— *Le secret de la confession;* 3e édit. 2 vol.
— *La veuve;* 2e édition. 1 vol.
— *L'amour et la guerre.* 2 vol.
— *Le mirage.* 1 vol.
Féval (P.) : *Le mari embaumé.* 2 vol.
Figuier (Mme L.) : *Nouvelles languedociennes.* 1 vol.
Guizot (F.) : *L'amour dans le mariage.*
— *Édouard III et les bourgeois de Calais.*

Houssaye (A.) : *Galerie de portraits du* XVIIIe siècle.
Poètes. — Romanciers. — Philosophes. 1vol.
Sculpteurs. — Peintres. — Musiciens. 1 vol.
Las Cases (Comte de) : *Souvenirs de l'empereur Napoléon Ier;* 6e édition. 1 vol.
Lasteyrie (De) : *Causeries artistiques.* 1vol.
La Vallée (J.) : *La chasse à tir en France;* 5e édition. 1 vol. avec 30 gravures.
— *La chasse à courre;* 4e édition. 1 vol.
Le Fèvre-Deumier : *Études biographiques et littéraires.* 1 vol.
Marchand-Gérin (E.) : *La nuit de la Toussaint. — Il cantalore.* 1 vol.
Marco de Saint-Hilaire (E.) : *Anecdotes du temps de Napoléon Ier.* 1 vol.
Marmier (X.) : *En Alsace;* 2e édit. 1 vol.
— *Gazida,* fiction et réalité. 1 vol.
Ouvrage couronné par l'Académie française.
— *Hélène et Suzanne.* 1 vol.
— *Histoire d'un pauvre musicien.* 1 vol.
— *Le roman d'un héritier;* 2e édit. 1 vol.
— *Lettres sur le Nord;* 6e édit. 1 vol.
— *Mémoires d'un orphelin;* 2e édit. 1 vol.
— *Sous les sapins.* 1 vol.
— *De l'Est à l'Ouest.* 1 vol.
— *Un été au bord de la Baltique;* 2e édit.
— *Les voyages de Nils.* 1 vol.
— *Les âmes en peine.* 1 vol.
— *En pays lointains.* 1 vol.
— *Les hasards de la vie;* 2e édition. 1 vol.
— *Nouveaux récits de voyage.* 1 vol.
— *Contes populaires de différents pays.*
— *Nouvelles du Nord.* 1 vol.
— *Légendes des plantes et des oiseaux.*
— *A la maison.* 1 vol.
— *A la ville et à la campagne.* 1 vol.
— *Passé et présent.* 1 vol.
— *Voyages et littérature.* 1 vol.
— *A travers les tropiques.* 1 vol.
— *Au Nord et au Sud.* 1 vol.
Mas (De) : *La Chine et les puissances chrétiennes.* 2 vol.
Michelet (Mme) : *Mémoires d'une enfant.*
Poradowska (Mme Marguerite) : *Demoiselle Micia.* 1 vol.
— *Les filles du pope.* 1 vol.
Ouvrages couronnés par l'Académie française.
Renaut (E.) : *La perle creuse.* 1 vol.
Reybaud (Mme) : *Misé Brun;* 2e édit. 1 vol.
— *Espagnoles et Françaises.* 1 vol.
Trognon (A.) : *Histoire de France.* 5 vol.
Ouvrage qui a obtenu le grand prix Gobert.
Viardot (L.) : *Souvenirs de chasse.* 1 vol.
Viennet : *Épîtres et satires.* 1 vol.
Wailly (L. de) : *Angelica Kauffmann.* 2 vol.

Coulommiers. — Imp. PAUL BRODARD. — 6-96.

LES FIANCÉS

DU SPITZBERG

LES FIANCÉS

DU SPITZBERG

PAR

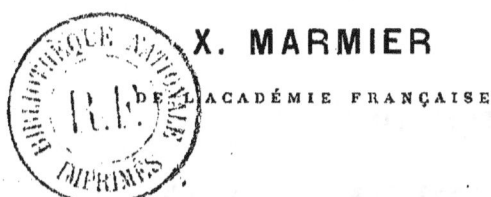

X. MARMIER

DE L'ACADÉMIE FRANÇAISE

NOUVELLE ÉDITION

PARIS

LIBRAIRIE HACHETTE ET Cie

79, BOULEVARD SAINT-GERMAIN, 79

1896

Droits de traduction et de reproduction réservés.

A

MES AMIS DU NORD

EN MÉMOIRE

DES ANNÉES DE JEUNESSE QUE J'AI PASSÉES
PRÈS D'EUX

LES FIANCÉS
DU SPITZBERG

CHAPITRE PREMIER

Cette vue vous sollicite et vous émeut. Cette
barrière éternelle vous attire, vous passionne,
vous jette dans de singulières rêveries Le
cœur se remplit de désirs. On veut voir, on
veut connaitre, on veut partir.

CUVILLIER-FLEURY, *Voyages et Voyageurs*.

Un matin, l'honorable M. Vanskep, l'un des riches armateurs de Dunkerque, se leva avec une
précipitation qui, dans la régularité de sa paisible existence, avait le caractère d'un événement.

C'était un homme d'un âge très-mûr, l'honnête
M. Vanskep, un peu replet, un peu lourd dans ses
mouvements, et d'une humeur flegmatique.

Jeune, il avait travaillé avec l'assiduité, la patience de son caractère flamand, à l'édifice de sa

1

fortune. Par la ténacité de son labeur, il s'était distingué dans le comptoir où il commençait son apprentissage de négociant; par sa sévère probité, il avait gagné la confiance de ses maîtres ; par son intelligence naturelle, il avait fait quelques heureuses entreprises, et enfin il en était venu à constituer une importante maison de commerce; il armait des navires pour la pêche de la morue en Islande, et pour la pêche de la baleine dans les mers du Groënland. Il expédiait à Hambourg, à Copenhague, à Christiana, les denrées de son pays, et recevait en échange des cargaisons de bois, de cuirs, de suifs, qu'il savait placer avantageusement.

La mort lui avait enlevé, au commencement de ses prospérités, une brave et bonne femme qui s'était associée de cœur à ses premiers travaux et à chacune de ses combinaisons. Il l'avait pleurée amèrement, et, quoiqu'il fût alors assez jeune encore et assez riche déjà pour faire un beau mariage, il n'avait pas voulu y songer; il avait concentré toutes ses facultés d'affection sur sa fille unique, sur sa chère Rosa-Marie.

Tout le monde s'accordait à vanter sa fortune. Les premiers banquiers du département du Nord parlaient de lui avec une respectueuse considération. Les négociants de Dunkerque l'avaient, par

leurs votes, investi de plusieurs fonctions honori-
fiques ; les meilleurs capitaines au long cours
n'aspiraient qu'à commander ses bâtiments. Quoiqu'il fût riche en effet, et très-riche, il n'étalait
point un grand luxe. Il n'avait ni chevaux, ni voiture, ni maison de campagne, et ne donnait que
de temps à autre quelques pompeux dîners. Seulement il voulait qu'à ces dîners, ainsi qu'aux fêtes
publiques de Dunkerque, aux *ducasses* et aux *ker-*
messes , sa bien-aimée Rosa-Marie se montrât
parée·des plus magnifiques étoffes et des plus
fines dentelles. Quant à lui, il aimait à se sentir
palpiter tout doucement dans le cours de ses habitudes, comme le balancier d'une pendule, et à se
dorloter comme un enfant dans son bien-être. Il
éprouvait surtout un plaisir extrême à se plonger,
le soir, dans les coussins de moelleux édredon
qu'un de ses capitaines avait choisi, en Islande,
dans le plus pur duvet des eiders de Vidö, et, le
matin, son bonheur était d'y rester, demi-éveillé,
demi-assoupi, dans une sensuelle indolence de sy-
barite. L'été, il ne pouvait se décider à se lever
que lorsque le soleil pénétrait depuis longtemps à
travers les rayons des persiennes. L'hiver, il n'entr'ouvait point ses rideaux avant que son domestique eût fait flamboyer un joyeux feu de charbon
de terre dans la cheminée. Alors, il s'asseyait sur

son seant, il penchait la tête du côté de la porte, il
attendait... Il attendait le bruit d'un pas léger qui,
chaque jour, depuis plusieurs années, se faisait entendre dans le corridor, et charmait encore son
oreille comme au premier jour. Dès qu'il l'avait
discerné, il se replongeait en souriant dans son
oreiller, et faisait semblant de dormir. Le traître !
Mais elle entrait, celle à laquelle il pensait dès
qu'il était éveillé ; elle entrait, sa belle Rosa-
Marie, et elle ne se laissait plus prendre à ses petites supercheries. Sans hésiter, elle tirait son rideau. Comme une aurore vivante, elle faisait jaillir
sur lui la lumière, puis elle lui donnait un baiser
sur le front, et lui présentait une tasse de café
qu'elle avait sucrée elle-même dans une juste mesure. Quelquefois cependant, pour l'amuser, elle
feignait de le croire endormi, et s'asseyait en silence près de son lit. Alors le bon M. Vanskep
éclatait de rire, comme un écolier qui vient de
jouer un tour à son maître. Ensuite il humait son
café, et regardait sa fille, et l'interrogeait sur ses
projets de la journée, quoiqu'il sût d'avance,
heure par heure, tout ce qu'elle devait faire ; puis
enfin il la congédiait, non sans peine, s'habil-
lait, allumait sa pipe, et descendait dans son comptoir.

M. de Chateaubriand a dit quelque part, dans

une de ses rêveries un peu paradoxales : « C'est la
régularité des habitudes qui nous empêche de devenir fols. »

Sans avoir jamais lu les œuvres poétiques de
l'auteur de *René*, M. Vanskep avait à peu près la
même idée. Il était convaincu que la régularité des
habitudes est un des plus sûrs préservatifs contre
les fantaisies dangereuses, les entreprises témé-
raires, l'ennui, un moyen de satisfaction morale,
une méthode excellente pour la santé.

Aussi c'était là une des pratiques qu'il exigeait
sévèrement de ses commis, de ses domestiques,
et de sa fidèle Rosa-Marie, qui, tout en souriant
quelquefois discrètement de ses minutieuses prescriptions, s'y conformait avec une respectueuse
soumission. A telle heure, il distribuait le travail
à un employé. A telle heure, il recevait ses divers
agents, et lorsque le vieux beffroi de Dunkerque
sonnait midi, M. Vanskep était à table, la serviette
à la boutonnière, selon sa vieille coutume fla-
mande. Son menu était composé en vertu des
mêmes principes systématiques, selon l'ordre des
saisons et les ordonnances de l'Église : car il était
bon catholique, et s'astreignait religieusement
aux lois du carême. Avec cette passion pour la régularité, qui d'année en année ne faisait que s'accroître, qui parfois ressemblait à une manie, il en

serait venu peut-être, comme le poëte danois Hol-
berg, à peser ses aliments et sa boisson, s'il n'avait
eu quelques goûts de sensualisme qu'il se reprochait naïvement, et auxquels il ne pouvait résister.
Il aimait à boire à petites gorgées, les coudes sur
la table, une bouteille de vieux vin de Bordeaux,
en causant et en plaisantant avec sa fille; il aimait
à savourer longuement, en fumant sa pipe, une
tasse de café noir, arrosée d'un verre de kirsch-
wasser de la vallée de Mouthier, et dans ces moments-là, il avait, par l'effet de ses jouissances gas-
tronomiques, une douceur de pensée, une dilata-
tion de cœur, qui auraient pu être notées, comme
un exemple péremptoire, par un disciple d'Épi-
cure.

C'était cet instant-là que Rosa-Marie choisissait,
avec sa pure habileté, pour lui adresser une ré-
quête en faveur de quelques familles malheureuses, de quelque débiteur en retard ou de quelque
marin en défaveur : car pour elle-même elle n'a-
vait rien à demander; son père la comblait de ses
dons, et lui reprochait seulement d'être trop réservée dans ses besoins.

Et un matin, comme nous l'avons dit en commençant ce récit, le paisible, le flegmatique, l'invariable M. Vanskep se leva impétueusement, en
plein hiver, sans attendre que son feu fût allumé,

sans attendre que sa fille vînt lui donner le rayon
de soleil de son bon regard, le rayon de vie de son
virginal baiser. Il se leva; il revêtit sa robe de
chambre, et se promena de long en large, en se
passant la main sur le front, comme pour y aplanir
le cours de ses idées.

Oui, se disait-il, voilà longtemps que ce projet
me préoccupe, et toute cette nuit, malgré l'empire
que j'avais ordinairement sur moi, il m'a tenu
éveillé, et il faut que je l'exécute..... Voyons, reprit-il, après un moment de réflexion, quelle raison aurais-je d'hésiter? La baleine a, il est vrai,
déserté les parages du Spitzberg. Cependant, il y a
là encore une bonne récolte à faire; il y a là des
eiders, des renards bleus, des ours blancs, des morses dont on tire une huile meilleure que celle de la
baleine, des peaux recherchées par les fabricants
de harnais, des dents qui ont la valeur de l'ivoire.
Mon correspondant de Copenhague m'écrit que les
pêcheurs de Hammerfest et ceux d'Archangel ont
réalisé, l'année dernière, dans cette expédition de
chasse et de pêche, des bénéfices considérables.
Pourquoi ne me hasarderais-je pas au moins une
fois dans la même entreprise? Je n'ai qu'à équiper
le nouveau bâtiment que je viens de faire construire et auquel j'ai donné le nom de ma fille.....
un nom qui doit me porter bonheur... un bâtiment

solide, doublage en cuivre, mâture en bois de No -
vége... bordage à toute épreuve... Je le confie au
commandement de Blondeau, qui a déjà fait plusieurs voyages dans les parages du Groënland ; je
lui adjoins, comme lieutenant, Marcel Comtois...
un brave garçon... Ma fille le protége, ce jeune lieutenant... et quelquefois ne m'a-t-il pas semblé.....
Mais non... Quelle absurdité ! C'est la raison même,
ma bonne Rosa-Marie ; je suis sûr qu'elle n'a pas
encore eu la moindre idée de mariage, et quand
nous en viendrons là, c'est moi qui lui choisirai
un époux digne d'elle... »

A ces mots, l'honnête M. Vanskep passa la main
sur ses yeux, comme pour en écarter une image
fâcheuse. Il se disait souvent, dans ses rêveries solitaires, que Rosa-Marie touchait à ses vingt ans et
qu'il fallait songer à la marier ; mais, chaque fois
que cette pensée lui revenait à l'esprit, elle entrait
comme un dard aigu dans son sein ; elle répandait
un nuage sombre sur la sérénité habituelle de son
âme. Plus d'un parti très-honorable lui avait déjà
été présenté, et, sans vouloir se rendre compte à
lui-même de ses résistances, il avait refusé les plus
belles propositions. Sa fille était son orgueil, sa joie,
l'objet constant de sa sollicitude, le premier mobile
de ses travaux et, pour ainsi dire, l'élément même
de sa vie ; il avait perpétuellement besoin de son

regard, de sa parole, de son affection. L'idée d'a-
bandonner à un autre une partie de ces trésors d'affection l'effrayait, et l'égoïsme de sa tendresse l'em-
portait sur sa droite raison. Douce et innocente faiblesse! Qui pourrait la condamner? qui pourrait
soumettre aux principes d'un froid stoïcisme cette
jalousie du plus pur des sentiments humains, cette
angoisse qui saisit le cœur d'un père ou d'une mère,
quand le moment approche où il faut confier à un
étranger la destinée d'une fille couvée comme un
oiseau sous le toit domestique, élevée comme une
fleur délicate dans la tiède atmosphère du foyer
maternel, gardée comme une relique dans le sanctuaire de la famille?

« Voyons, reprit M. Vanskep après un instant de
réflexion : voilà donc mon bâtiment gouverné par
deux hommes en qui je puis avoir foi. Pour naviguer dans les parages du Spitzberg, il s'agit encore
de composer uu bon équipage. Tromblon est un
mauvais sujet, mais un vigoureux gaillard et un habile harponneur; il peut nous être fort utile, pourvu
qu'on ait soin de le surveiller. Frasnois est un timonier excellent. Dambelin est le plus solide rameur que je connaisse; il manie une chaloupe
comme une coquille de noix. Quinze à vingt matelots encore, choisis parmi ceux qui ont déjà fait
quelques expéditions dans les mers polaires, voilà

notre contingent. Pour les encourager à l'œuvre,
je leur donnerai un supplément de solde, une part
proportionnelle dans les prises, et j'espère que tout
ira bien. Si j'échoue dans mon entreprise, c'est une
perte qui ne m'empêchera pas de jouir tranquillement des biens que la Providence a daigné m'accorder. Si je réussis, j'aurai l'honneur d'avoir ouvert une nouvelle voie au commerce de notre chère
ville de Dunkerque, et peut-être qu'à la fin j'y ga-
gnerai aussi ce que j'ambitionne, j'ose le croire,
assez justement depuis plusieurs années, la croix
d'honneur. »

Il fut interrompu dans son monologue par Rosa-
Marie, qui s'arrêta sur le seuil de la porte, toute
surprise de le voir levé sitôt et craignant qu'il ne fût
malade.

Mais M. Vanskep la prit en souriant par la main,
et la conduisant près de la fenêtre : « Vois-tu, lui
dit-il, ce navire dont tu as été la marraine, le plus
charmant navire que l'on ait construit, de mémoire
d'homme, dans les chantiers de Dunkerque? je
veux le lancer dans une mémorable expédition; je
veux qu'il aille jusqu'aux dernières limites du globe
et son départ excitera dans toute la ville un intérêt
extraordinaire, et les journaux du département,
ceux même de la capitale en parleront, et le nom
de *Rosa-Marie* deviendra un nom illustre.

— Je n'ambitionne pas cet honneur, répondit la jeune fille. Mais où donc envoyez-vous ce bâtiment, qui a pour moi, il est vrai, un intérêt particulier, puisqu'il est, comme vous le dites, mon filleul?

— Où je l'envoie? Au Spitzberg!

— C'est bien loin, le Spitzberg? demanda Rosa-Marie, qui n'avait pas fait des études approfondies en géographie. Le Spitzberg, ajouta-t-elle, n'est-ce pas une région inhabitée et perdue dans les glaces?

— Inhabitée, mais non perdue.

— Et à qui voulez-vous en confier le commandement?

— A Blondeau que tu connais, et à Marcel Comtois que tu m'as plus d'une fois recommandé, répondit M. Vanskep en fixant ses regards sur sa fille.

— Ah! » s'écria Rosa-Marie en inclinant un peu la tête. »

Elle garda un instant le silence, puis elle dit d'une voix qui trahissait une émotion comprimée :
« Mais n'est-ce pas un voyage très-dangereux?

— Dangereux! dangereux! Assurément un navire ne flotte pas précisément sur les vagues des mers polaires, comme une barque sur nos canaux; mais il faut bien que je ne considère pas cette navigation comme une entreprise si périlleuse, puisque j'y expose un très-notable capital.

— Et vous avez songé aussi, reprit timidement Rosa-Marie, à la vie de plusieurs hommes, infiniment plus précieuse qu'une liasse de billets de banque ?

— Sans aucun doute, mon enfant. On a été au Spitzberg et on en est revenu. De simples pêcheurs du Nord y vont encore chaque année.

— Soit ! mon père, je sais que vous êtes bon, et que, dans toutes vos spéculations, vous pensez humainement à ceux que vous employez. J'aimerais pourtant mieux que *la Rosa-Marie* n'allât pas si loin.

— Allons, mon enfant, n'aie pas d'inquiétude, et sois sûre que je n'ai point formé ce projet sans y avoir bien réfléchi. Et maintenant, il faut que je te quitte, et probablement je ne te reverrai pas avant midi... A propos, prépare, avec notre vieille Berthe, le service de table damassé : je vais inviter Blondeau et Marcel à dîner, pour leur parler le notre expédition.

« — Cela sera fait, » répondit la jeune fille en présentant ses joues à son père, qui y déposa un tendre baiser; puis elle descendit l'escalier, non point lestement comme de coutume, mais le front soucieux.

Ce voyage au Spitzberg la préoccupait et la troublait.

Quelques jours après cet entretien, Blondeau et Marcel Comtois entraient, à midi sonnant, chez M. Vanskep, gaiement et amicalement, car ils avaient l'un pour l'autre une sincère affection ; et cependant il eût été difficile de trouver, dans toute la population de Dunkerque, deux hommes plus dissemblables. Mais ceux-là se trompent qui attribuent les affections à la similitude des sentiments ; les plus sûres, si ce n'est les meilleures, s'établissent, au contraire, entre les êtres les plus divergents. C'est une loi de la nature qui, dans l'ordre moral comme dans l'ordre physique, tend à harmoniser les contrastes, à rapprocher l'homme nerveux de l'homme lymphatique, à opérer dans les esprits comme dans les tempéraments une sorte de croisement de races, en vertu duquel les individus se modifient et se complètement l'un par l'autre.

Quiconque se fût arrêté à observer les deux marins, cheminant fraternellement dans les rues de Dunkerque, n'aurait pu s'empêcher d'être très-frappé de la différence de leur allure et de leur physionomie. Avec son corps trapu, ses lourdes jambes, et sa tête roidie par sa haute cravate qui lui étreignait le cou, Blondeau, suspendu au bras de l'alerte Marcel, ressemblait à un gros bateau remorqué par une agile goëlette. Avec sa large figure, ses joues rubicondes et son accoutrement de mauvais goût, il apparaissait, à côté de son compagnon, comme un paysan endimanché à côté d'un beau fils de bonne maison.

Blondeau était un homme de cinquante ans, d'une humeur placide, d'un caractère égal, facile à vivre, trop facile même, car il se laissait aisément aller à traiter ses matelots en camarades, et par là s'exposait quelquefois à compromettre la règle d'une sage discipline. Il avait commencé sa carrière par subir, à bord d'un bâtiment de commerce, les rudes épreuves de l'état de mousse ; peu à peu il avait fait son apprentissage de gabier, de timonier ; puis, comme il n'était point dépourvu d'intelligence, il avait, tant bien que mal, passé ses examens, et enfin il en était venu à conquérir son diplôme de capitaine au long cours, son bâton de maréchal.

Depuis une vingtaine d'années, il naviguait en cette qualité, tantôt d'un côté, tantôt de l'autre, au gré des armateurs qui voulaient bien lui confier leur navire. Il suppléait par la pratique aux lacunes de son instruction théorique, et, comme il avait toujours accompli heureusement ses diverses missions, il ne chômait guère dans le port. M. Vanskep l'employait depuis plusieurs années, et avait en lui une grande confiance.

Marcel Comtois était un beau jeune homme au corps élancé, aux membres souples, déliés, vigoureux, au front large, à l'œil vif et pénétrant, quoique parfois un peu rêveur. Toute sa physionomie avait à la fois une remarquable expression de douceur et de résolution, de candeur juvénile et de mâle fermeté. Ses vêtements étaient très-simples ; mais son col de chemise, rabattu sur une légère cravate noire, était si blanc, sa veste ronde, à boutons de métal, si propre, son gilet si justement adapté à sa fine taille, et ses pieds si bien chaussés dans des bottines luisantes, qu'on eût dit un gentilhomme portant avec grâce un costume de fantaisie.

Sur un sol qui ne produit que des plantes vulgaires, parfois on distingue avec surprise un arbuste, une fleur des jardins seigneuriaux, dont un coup de vent a jeté le germe vivace, et qui a grandi dans sa noble beauté, au milieu d'un champ de sainfoin ou d'une haie rustique. Parfois, dans les rangs du peuple, on est également frappé de voir des individus qui, par leur extérieur, par leurs tendances et leur attitude, semblent appartenir à une autre caste ; la nature leur a donné les instincts élégants et, ce qui est plus rare, les distinctions physiques de l'aristocratie.

Marcel Comtois était un de ces hommes qui, par leurs qualités, surprennent le regard de l'observateur, et qui, en raison de ces mêmes qualités, apparaissent comme des êtres déclassés par un jeu de la fortune, par le hasard de la naissance. Peut-être trouverait-on l'explication d'un de ces faits dans quelque autre phénomène des destinées humaines. De même qu'il y a des maladies héréditaires qui parfois sautent de la première à la troisième ou quatrième génération, en laissant parfaitement intactes les générations intermédiaires, pourquoi n'y aurait-il pas aussi des éléments de grâces extérieures et de fières aspirations qui, après être restés longtemps voilés, éclateraient tout à coup dans le descendant d'une lignée appauvrie et obscurcie? Quoi qu'il en soit de cette réflexion, le beau Marcel était l'enfant du peuple. Si jadis ses aïeux avaient occupé dans la société un rang plus élevé; si, comme son nom de Comtois pouvait l'indiquer, sa famille provenait de cette noble province de Franche-Comté qui donna tant de vaillants soldats à l'Espagne et qui, depuis la conquête de Louis XIV, en a donné un si grand nombre à la France, la tradition de cette origine était complétement perdue. Marcel était le fils d'un pauvre géomètre qui gagnait péniblement sa vie à arpenter les terrains sablonneux et les *moores* des environs de Dunkerque.

Orphelin de bonne heure, Marcel avait été recueilli par une vieille tante qui, avec ses chétives ressources, ne pouvait faire aucun frais pécuniaire pour son éducation. Elle ne voulait pas cependant qu'il grandît dans l'oisiveté. Dès qu'il fut en âge d'apprendre à lire, elle exigea qu'il se rendît chaque jour assidûment à l'école élémentaire de son quartier. Plus tard, il suivit les cours du collége communal et s'y distingua par ses succès. Ses professeurs l'engageaient à suivre la carrière universitaire; mais dès son enfance, il se sentait entrainé par une sorte de goût inné, par un penchant irrésistible, vers la marine. Il eût voulu entrer à l'école navale de Brest. Par malheur, il n'avait pu faire des études assez fortes en mathématiques, et il se résigna à servir dans la marine marchande. A cette époque, sa tante mourut. Il n'avait plus aucun parent dans le monde; il restait seul, livré à lui-même, mais il était protégé contre les périls de son isolement et de sa jeunesse par l'élévation en quelque sorte innée de son esprit, par ses habitudes laborieuses, et enfin par son amour même pour la marine, où il apportait de tout autres idées que son ami Blondeau.

Celui-ci n'envisageait son office de capitaine qu'au point de vue le plus positif et le plus prosaïque ; il déclarait naïvement qu'il se considérait comme un conducteur de diligences, un voiturier nautique.

Marcel, au contraire, ennoblissait les devoirs de son état par d ardentes aspirations de voyages, par un désir insatiable d'instruction, par le souvenir de tous les récits d'explorations lointaines dont il imprégnait son esprit, par les rêves enthousiastes et souvent chimériques de sa jeune imagination. Déjà il avait navigué sur les côtes les plus belles de la Méditerranée, sur l'Atlantique et sur la mer du Nord ; il avait reçu le baptême du cercle polaire et le baptême de la ligne. Partout il cherchait avec avidité une nouvelle occasion de s'instruire ; partout il ouvrait avec une sorte d'enchantement ses yeux et sa pensée au spectacle d'une nature nouvelle.

Blondeau avait accepté la proposition de partir pour le Spitzberg avec la même indifférence que s'il se fût agi de transporter une cargaison de bois à Londres ou à Marseille.

Marcel, au contraire, avait éprouvé un tressaillement de joie en recevant la même proposition. Cet empire fabuleux des Hyperboréens, ces régions lointaines, souvent explorées et jusqu'à présent encore imparfaitement connues, cette arène de tant de courageux efforts, exaltaient son esprit.

En quittant M. Vanskep, il avait été à la bibliothè-
que de la ville demander toutes les relations de
voyages au Nord, et il les dévorait, et parfois,
dans le cours de ses lectures, il bondissait sur sa
chaise, il poussait un cri de joie à l'idée de franchir peut-être, par un heureux hasard, la barrière
de glace qui, sur divers points, avait arrêté les
Hudson, les Franklin, les Ross, les Parry.

Tels étaient les deux hommes qui, bras dessus
bras dessous, entraient fraternellement dans la
maison du riche armateur. Déjà M. Vanskep attendait ses convives dans sa salle à manger, près
d'une table revêtue du plus beau linge de Hollande et surchargée d'immenses pièces d'argen-
terie : car dès qu'il recevait quelques personnes à
dîner, il étalait un grand luxe, soit par un sentiment d'hospitalité, soit par une petite vanité d'a-
ristocratie financière. Dans ces mêmes occasions,
il voulait aussi que sa fille se revêtit de sa plus riche parure, et elle lui obéissait, non sans peine,
car elle n'aimait guère à s'occuper de sa toilette.
Mais ce jour-là, pourquoi donc avait-elle tant hé-
sité à choisir entre ses différentes robes ? Pourquoi
avait-elle si longtemps natté et dénatté avec impatience, arrondi en bandeaux, tordu en spirales ses
boucles de cheveux blonds, et pourquoi avait-elle
invoqué les conseils de Berthe, sa vieille gouver-

nante ? Elle n'avait guère par elle-même, la bonne
Rosa-Marie, le sentiment de la véritable élégance :
il lui manquait surtout le sentiment de l'harmonie des couleurs, cette musique du regard, et les
avis sincères, mais erronés, de la vieille Berthe
achevèrent de la fourvoyer. Elle descendit dans
la salle à manger avec une robe vert-pomme et un
crêpe de Chine cramoisi, avec un tel assemblage
de pendants d'oreilles, de colliers, de bagues et de
pendeloques, qu'elle ressemblait à une idole indienne. Blondeau écarquilla les yeux pour la
mieux voir et la trouva magnifique. Marcel, après
l'avoir poliment saluée, détourna la tête comme si
cette profusion d'or, de corail, de joaillerie et de
nuances si disparates, offusquait ses regards. Elle
s'aperçut aussitôt de l'impression fâcheuse qu'elle
venait de produire sur lui, et en ressentit une sorte
de confusion qu'elle essaya vainement de domi-
ner.

Elle était belle pourtant, cette chère fille de
M. Vanskep, mais d'une beauté un peu massive,
à la façon des femmes de Rubens. Elle avait aussi
la voix un peu forte, la parole molle et inaccentuée.
Enfin, nous devons ajouter qu'elle avait consacré
peu de temps à ce qu'on est convenu d'appeler
les talents d'agrément, et qu'elle n'était pas très-
lettrée. Elle n'avait guère lu que des abrégés d'his-

toire et de géographie, et par hasard, une fois, quelques pages de *Paul et Virginie*, qui l'avaient si singulièrement troublée qu'elle s'était hâtée de fermer le livre et s'était accusée de son émotion à son confesseur. Elle ne connaissait ni les tendres chansons de Thomas Moore, ni les dangereux poëmes de Byron, ni les volumes jaunes et bleus de notre littérature romantique, et elle n'aurait pu dire si le nom de Goëthe était un nom de ville ou un nom d'homme.

Mais, avec son défaut de grâce mondaine et d'instruction, elle n'était pas vulgaire, car la vraie bonté n'est jamais vulgaire, et Rosa-Marie était la bonté même. Tous ceux qui la voyaient habituellement l'aimaient. Blondeau qui la connaissait dès son bas âge, la regardait comme le modèle des perfections humaines. Marcel avait pour elle un sentiment particulier de respect et de gratitude : car il savait qu'elle était intervenue plus d'une fois spontanément près de son père, pour le faire embarquer dans les meilleures conditions. S'il eût eu une nature d'esprit moins portée aux fascinations d'un vague idéal, ou une plus juste expérience de la vie, il aurait mieux apprécié les qualités exceptionnelles de sa jeune protectrice; il aurait reconnu et admiré tout ce qu'elle renfermait en elle de trésors d'innocence, de dévouement, de vertu, et alors....

Mais à qui n'est-il pas arrivé d'errer dans les voies nuageuses de sa destinée, comme le voyageur dans les sentiers voilés par les ombres du soir, de ne point distinguer dans sa marche la lueur propice du foyer où il eût trouvé un salutaire refuge, et de se laisser égarer par le scintillement trompeur d'un feu follet? Nous croyons qu'il n'est pas un homme au-devant duquel la Providence n'ait placé plus d'une fois un instrument de prospérité, et cet instrument, il ne le voit pas, ou ne veut pas en profiter.

Avec ses deux marins, M. Vanskep avait invité à dîner un banquier, qui était un de ses amis, et sa fille, qui avait à peu près le même âge que Rosa-Marie.

Ce banquier, très-vaniteux et rempli de prétentions, avait entre autres celle de se considérer comme un homme d'une imagination ardente, destiné par la nature aux entreprises les plus aventureuses, et condamné par les circonstances à végéter dans un comptoir.

A peine avait-il pris place à table qu'il se mit à conter ses désirs de voyage. Il aurait voulu, disait-il, faire deux fois le tour du monde avec Laplace, explorer le fleuve des Amazones avec Montravel, pénétrer dans les glaces de l'Adélie avec Dumont d'Urville. Il avait vu le jeune et hardi

Jules de Blosseville partir de Dunkerque pour sa fatale expédition au Groënland, et il aurait voulu s'embarquer avec lui.

En parlant ainsi, il s'adressait surtout à Blondeau, et cherchait à l'entraîner dans ses dissertations; mais il ne pouvait le déterminer à lui donner la réplique.

En premier lieu, le capitaine était d'un caractère réservé, taciturne, ne parlant guère que lorsqu'il ne pouvait s'en dispenser, ou lorsqu'il était un peu surexcité et souvent même, dans ces occasions-là, ses plus longues phrases attestaient en lui plus de mémoire que d'imagination; il avait fait plusieurs voyages en Espagne, et il avait appris là une quantité de *refranos*, de sentences proverbiales qu'il employait parfois d'une façon singulière, pour répondre aux questions qui lui étaient adressées. En second lieu, il avait pour principe de faire régulièrement chaque chose en son temps. Quand il remplissait une de ses fonctions de capitaine, il y appliquait toute sa pensée; quand il s'asseyait à table, il voulait dîner tranquillement, et n'aimait point qu'on le troublât dans sa quiétude gastronomique par un bourdonnement d'oiseuses paroles. Ordinairement, il s'en tenait à cette maxime : *A buen comer, o mal comer, tres veces beber* (A bon ou mauvais repas, il faut boire trois fois). Mais le dîner de M. Vanskep était d'une qualité exceptionnelle ; l'honnête Blondeau se croyait tenu d'y faire honneur, et buvait en conscience chaque fois que l'armateur débouchait un de ses vénérables flacons, dont un épais cachet noirci par le temps, imprégné de poussière et de toiles d'araignée, attestait la vétusté.

. Tandis que le banquier s'efforçait de faire admirer au capitaine ses connaissances géographiques, sa fille, vive et pimpante, assez jolie, un peu coquette, essayait de fixer sur elle l'attention du jeune lieutenant, et n'avait pas lieu d'être très-satisfaite de ses aimables tentatives, car Marcel l'écoutait d'une oreille distraite, et la regardait de cette façon singulière que les Allemands désignent par un seul mot, *Glotzen*, et dont nous ne pouvons donner une idée que par une périphrase. C'est lorsque les facultés physiques et spiritualistes de l'homme semblent se disjoindre, lorsque les yeux, machinalement ouverts et privés de leur rayon, restent comme deux globes à demi éteints, vaguement fixés sur un objet, pendant que la pensée qui les déserte se concentre en elle-même ou erre en d'autres lieux.

Le mot de voyage, le nom d'une terre lointaine ou d'un navigateur illustre, produisaient sur Marcel le même effet qu'une pointe d'éperon sur les

flancs d'un ardent coursier. Il avait trop de justesse d'esprit pour ne pas reconnaître les vaines
prétentions et la stérile emphase du banquier ;
mais, de même qu'un chant faussement modulé
suffit pour ébranler la fibre harmonieuse d'un musicien en lui rappelant une noble et pure mélodie,
de même les fanfaronnades de son voisin le rame-
naient au vrai sentiment de ses songes de voyage,
de ses désirs d'exploration.

Après un instant de silence, le banquier, s'a-
dressant encore au capitaine, lui dit : « Vous allez
entreprendre une nouvelle expédition qui, je l'espère, sera très-heureuse pour vous et pour mon
vieil ami Vanskep, mais qui n'est pas sans danger.
Cette perspective de danger ne vous effraye pas ?

— *Quien sembra, a Dios espera* (Qui sème,
espère en Dieu), » répondit tranquillement Blondeau.

Découragé par cette impassibilité et ce laco-
nisme, le banquier, qui, en quelque lieu qu'il se
trouvât, avait besoin d'un interlocuteur, se tourna
vers le lieutenant.

« Et vous, monsieur Marcel, dit-il d'un ton cajo-
lant, je suis sûr que, tel que je vous connais, vous
ne partez point pour le Nord sans songer que vous
allez peut-être faire quelque intéressante découverte ? »

À ces mots, Marcel releva la tête, comme un homme tout à coup surpris par un accent qui pénètre dans le silence de ses rêves. La question qui lui était adressée imprimait le mouvement à sa pensée mystérieuse, et l'éclair de sa juvénile ardeur alluma son regard.

« Des découvertes ! dit-il ; Dieu sait quelle joie j'en aurais ; mais je n'ai nulle raison de l'espérer. Le temps n'est plus où notre planète était à peine à moitié connue, où, dans les fictions des poëtes et dans les calculs des géographes, elle n'était en réalité que comme le disque de la lune dans sa seconde phase, à demi éclairé et à demi plongé dans l'ombre. Le temps n'est plus où sur la mappemonde, à l'ouest du Portugal, un petit point noir figurait l'*Ysla de la man Satanaxio*, l'île de la Main du diable, qui apparaissait à l'imagination superstitieuse des navigateurs du moyen âge comme les fabuleuses colonnes d'Hercule à ceux de l'antiquité. Nul homme ne peut plus aspirer aux indicibles émotions de Christophe Colomb, quand il atteignit aux rives d'un autre monde, ni à celles de Balboa, quand, du haut d'un des rocs de l'isthme Darien, il vit resplendir à ses pieds, dans leur grandeur infinie, les vagues de l'océan Pacifique! L'âge des grands événements géographiques est passé ; l'âge merveilleux où à tout instant l'Eu-

rope tressaillait à l'annonce d'une nouvelle découverte, où de pauvres marins abordaient sur des
plages féeriques, où une compagnie d'aventureux
soldats prenait possession d'un immense empire,
où d'année en année on voyait le globe s'étendre
dans toutes les directions, comme une carte qui se
déroule aux regards d'un écolier qui n'en avait jamais deviné l'étendue.

« Il y a trois siècles que Magellan achevait, pour
la première fois, le tour du globe ; depuis cette
époque, combien d'autres navigateurs ont accompli ce même périple ! Toutes les mers ont été
sillonnées, tous leurs archipels ont été reconnus,
et les plus hautes montagnes mesurées jusqu'à
leur point culminant par les géomètres, et les entrailles de la terre scrutées par les géologues.
Après les croisades des ferveurs religieuses, qui
imprimèrent un premier élan au développement
intellectuel de l'humanité, la science aussi a eu
ses croisades, courageuses, enthousiastes, opi-
niâtres comme les premières. Plus d'un obscur
prosélyte s'y est acquis une glorieuse renommée,
et ceux qui sont revenus de ces aventureuses expéditions dans des contrées barbares, de ce péril
des écueils, de ce conflit des tempêtes, rappor-
taient sur leur navire, comme les guerriers de la
Palestine, les reliques d'un autre monde, et dans

leur âme le souvenir des miracles de Dieu.

« Cependant, si le globe a été parcouru dans
toutes ses grandes zones ; si, pour apaiser son insatiable curiosité, l'homme a tour à tour bravé le
froid mortel des régions polaires et les chaleurs
accablantes des tropiques, il reste encore sur différents points plus d'un espace peu connu, et plus
d'un problème à résoudre. Notre siècle poursuit
cette tâche, et déjà il a eu l'honneur d'achever
plusieurs des entreprises que lui avaient léguées
les siècles précédents : des voyageurs intrépides
ont pénétré dans les déserts brûlants de l'Afrique,
dans les immenses solitudes de l'Australie, et
parcouru l'Asie centrale, depuis Bokhara jusqu'à
la muraille de la Chine ; on a remonté le Niger,
découvert les sources du Nil, exploré dans ses différentes ramifications l'immense réseau des fleuves de l'Amérique du Sud, et l'un des marins
envoyés à la recherche de Franklin, M. le capitaine Mac-Clur, a eu enfin la gloire de signaler
le fameux passage nord-ouest, inutilement rêvé,
cherché depuis trois siècles par tant de navires, à
travers tant de périls. »

Ici, Marcel s'arrêta et regarda chacun de ses auditeurs, comme pour s'assurer qu'il ne les fatiguait
point par son discours. L'attention avec laquelle
ils l'écoutaient l'engagea à reprendre la parole.

En admettant, dit-il, ce qui n'est pas possible, qu'au nord et au sud, à l'est et à l'ouest, chaque plage, chaque montagne, chaque parcelle de terre, chaque peuplade nous soit parfaitement révélée, qu'il n'y ait plus nulle part, ni une découverte de géographie à faire ni une question de physique, de géologie ou d'ethnographie à discuter, le spectacle du monde dans sa grandeur infinie, dans sa variété d'aspects, dans ses mouvements continus, n'aurait-il pas encore pour nous une **attraction** suprême, un charme indicible?

« Des naturalistes ont représenté notre globe comme un animal organique qui a son fluide vital, ses instincts et ses facultés d'évolution. Chacun de ses minéraux, disent-ils, a le pouvoir d'absorber en lui des masses énormes, comme nos aliments s'absorbent dans notre chair et notre sang; les montagnes sont ses appareils de respiration; les chistes ses voies de sécrétion, et les veines métalliques ses abcès.

« D'autres démontrent que cette planète n'est point achevée, qu'à sa surface, comme à son intérieur, elle subit sans cesse de nouveaux changements; et le fait est que l'action souterraine des volcans, l'œuvre perpétuelle des flots qui roulent des amas de sable sur leurs rives, en frappant comme des béliers contre les rocs qui les dominent, modifient graduellement sur différents points, la configuration de notre globe. On ne peut nier que le sol de la péninsule scandinave, sur les bords de la Baltique, ne se soulève peu à peu, de trois pieds environ par siècle. On ne peut nier qu'en plusieurs endroits le pasteur ne promène ses troupeaux et que le laboureur ne trace ses sillons sur un terrain jadis inondé par les vagues de la mer, et que, d'un autre coté, l'Océan n'ait, en divers autres lieux, agrandi son empire, déchiré des isthmes, creusé des détroits.

« Que si nous ne voulons point fixer notre attention sur ces grands phénomènes, les œuvres de la nature dans leur image journalière, dans leurs formes les plus restreintes, ne suffisent-elles pas pour enchanter nos regards, pour occuper délicieusement notre intelligence? J'ai souvent envié la vocation du zoologiste qui fait si patiemment l'anatomie d'un insecte, ou celle du botaniste qui observe la structure d'une fleur. A ces hommes-là, le plus petit coin de terre, les plus minimes productions, offrent perpétuellement un sujet d'étude merveilleux. Comme l'a dit un poëte anglais : il n'est pas une plante, pas une feuille qui ne soit comme un volume in-folio que l'on lit, relit et relit encore, et où l'on trouve sans cesse quelque chose de nouveau.

« Cet amour de la nature, c'est la source mira-
culeuse, la fontaine de Jouvence que le moyen âge
rêvait dans sa naïve imagination, et que l'aventureux Ponce de Léon allait chercher dans la Flo-
ride ; c'est l'idéal symbole de ce bain magique pré-
paré par Médée pour rajeunir le vieil Éson. Cet
amour, cette étude des créations de Dieu, rafraî-
chissent l'âme et ennoblissent la pensée. »

A ces mots, Marcel se tut et baissa la tête,
comme s'il se sentait confus d'avoir parlé si longtemps. En commençant cette dissertation, il avait
le ton mélancolique d'un homme qui ne se résout
pas sans peine à livrer le secret de son rêve ; puis
peu à peu sa parole s'était animée, sa voix avait
pris un accent sonore, retentissant, et l'ardeur de
son enthousiasme colorait ses joues, étincelait
dans ses yeux.

Rosa-Marie, les mains croisées sur le bord de la
table, l'avait écouté dans une sorte de religieux
silence. Quoiqu'elle ne comprit guère qu'une partie des idées qu'il venait d'exprimer, elle était
comme enchaînée à ce langage si nouveau pour
elle, et semblait en aspirer chaque mot, chaque
syllabe.

La coquette Emma écoutait aussi le jeune lieutenant. Mais, de temps à autre, elle se tournait
vivement vers lui, comme pour l'engager à lui

adresser personnellement à elle-même ses phrases poétiques.

Le banquier notait dans sa mémoire plusieurs passages de ce discours, qu'il se proposait de ré péter dès qu'il en trouverait l'occasion.

M. Vanskep ne pouvait s'empêcher d'admirer l'éloquence de Marcel; mais il eût mieux aimé l'entendre raisonner sur les combinaisons matérielles et le plan positif d'une expédition nautique.

Quant à Blondeau, il avait conservé son flegme habituel, comme un gros mouton qui continue tranquillement à brouter son herbe savoureuse, tandis que près de lui un jeune chevreau folâtre, sautille sur les rocs ou bondit dans les ravins. Cependant il avait de temps à autre observé la physionomie de Rosa-Marie, et il s'était dit : En vérité, c'est singulier!... Cette fois pourtant, il me semble que je ne me trompe pas! Il faudra que j'en parle à Marcel. »

Le dîner s'acheva sans autre incident. En prenant son chapeau pour sortir, le banquier invita les deux marins à un autre dîner chez lui, et Mlle Emma, en regardant Marcel, joignit à la demande de son père son sourire le plus gracieux.

« Je suis obligé de passer le reste de la journée

à régler un compte, dit Blondeau à son jeune compagnon, et demain matin, j'ai une autre affaire à traiter ; mais à cinq heures, trouvez-vous au café qui est à l'entrée de la jetée. J'ai à vous parler d'une chose grave. »

Pour que le taciturne Blondeau prononçât d'un trait de si longues phrases, il fallait qu'il y fût déterminé par un pressant motif. En effet, il aimait Marcel et il espérait lui rendre un important service.

CHAPITRE II

Jalok tott kto jiwett bess ideala.
J. TOURGUÉNEFF.
Malheureux celui qui vit sans un idéal!

Il comptait en effet, le brave Blondeau, donner une précieuse indication à son jeune ami. Mais lorsqu'il fut assis en face de lui, dans le café où il lui avait assigné un rendez-vous, il se trouva très-embarrassé d'entamer la conversation à laquelle il avait si gravement réfléchi. Pour affermir sa résolution ou pour se donner le temps de remettre en ordre ses idées, il tira lentement sa pipe de sa poche, prit son briquet et son amadou, quoique la servante du logis se fût hâtée d'apporter sur la table un flambeau et des allumettes ; il frappa, à diverses reprises, sa petite pierre à fusil avec sa lame d'acier, et, chose singulière, il n'en pouvait faire jaillir que d'inutiles étincelles. Sa

main paraissait agitée par une sorte de tremblement nerveux, et l'amadou glissait sous son pouce
ordinairement si ferme.

Marcel l'observait en silence, et, voyant sa perplexité sans en pouvoir pressentir la cause, attendait patiemment que l'honnête Blondeau eût repris
son calme habituel.

Enfin, le capitaine parvint à allumer sa pipe, en
tira coup sur coup précipitamment plusieurs bouffées; puis se tournant vers Marcel :

« Eh bien! dit-il, nous allons donc entreprendre
un nouveau voyage?

— Oui, repartit gaiement le jeune marin.

— Dangereux!

— Quelle idée!

— Dangereux, vous dis-je!

— Eh! qu'importe? Tant mieux, s'il présente
quelques difficultés! On aura plus de joie à les surmonter.

— Mais on peut y périr.

— Allons donc! Depuis quand le capitaine Blondeau, l'un des plus habiles et des plus résolus capitaines, se laisse-t-il aller à un tel souci? Où serait
l'honneur de la vocation de marin, si l'on n'avait
dans cette noble profession quelques fatigues à
subir et quelques périls à braver?

— Cela ne va pas, se dit Blondeau en baissant

la tête; je m'y suis mal pris. Quelle sottise à moi
de lui parler de dangers! Je sais depuis longtemps
que nul danger ne l'effraye. Il est comme le pétrel,
qui ne s'ébat jamais mieux que lorsque le vent
souffle à déraciner les cornes d'un bœuf. Il faut
que je touche à une autre corde... Ah! j'y suis.
Vous avez raison, reprit-il à haute voix en s'ap-
plaudissant intérieurement de ce qu'il considérait
comme une manœuvre des plus ingénieuses, vous
avez raison. Je ne conçois pas, en vérité, à quoi je
songeais. Mais, à propos, avez-vous été content du
dîner d'hier?

— Très content, répondit Marcel, qui comprenait de moins en moins où Blondeau voulait en
venir.

— Vous avez bien parlé.

— Trop, peut-être; je me suis déjà plus d'une
fois reproché de me laisser entraîner à ces longs
discours. Mais, quand on aborde des questions
qui m'émeuvent si fortement, je ne puis me contenir.

— Vous auriez tort d'agir autrement, dit Blondeau, qui croyait devoir flatter un peu Marcel, et
se trouva décidément très-rusé. Si je pouvais parler comme vous, que de belles choses je dirais!
Vous avez fait voir au banquier ce que c'est qu'un
homme qui aime vraiment les voyages. Ordinaire-

ment, avec lui, il n'y a pas moyen de placer un mot. Mais hier il était subjugué, et il vous écoutait avec une grande attention.

— Par politesse, répliqua modestement Marcel.

— Et il y avait, reprit Blondeau, quelqu'un qui vous écoutait encore mieux.

— M. Vanskep?

— Non, mais sa fille.

— Ah !

— Une belle fille, Marcel.

— Oui.

— Une fille superbe ! Elle me rappelle un vieux dicton de notre pays :

> Qui veult belle femme querre,
> Preigne visage d'Angleterre,
> Avec un beau corps de Flandre.

— Vous avez la mémoire remplie de sentences. Celle-ci s'applique très-justement à Mlle Rosa Marie.

— Non-seulement elle est belle, s'écria le capitaine avec un accent d'enthousiasme, mais elle est bonne, généreuse. Elle a toutes les vertus.

— Je le crois.

— Comme vous en parlez froidement!

— J'en parle avec respect. »

Blondeau, déconcerté par ces brèves réponses

de son ami, garda un instant le silence, souffla dans sa pipe, la ralluma et se remit à l'œuvre, comme un lévrier qui, ayant perdu la piste d'un côté, la cherche dans un autre fourré.

« Son père, dit-il, est un brave homme.

— Un très-brave homme, repartit Marcel.

— Il s'est lui-même enrichi par son travail. Il se souvient de sa pauvre origine, il a de l'estime pour ceux qui, comme lui, débutent courageusement dans le monde, et j'ai toujours pensé que, si sa fille en venait à aimer un honnête et intelligent garçon sans fortune, il la lui donnerait volontiers.

— C'est bien possible, » repartit tranquillement le jeune lieutenant.

A cette flegmatique réponse, Blondeau ne put contenir l'impatience qui l'agitait dès le commencement de cet entretien.

« Mille tonnerres ! s'écria-t-il d'une voix éclatante et en frappant la table d'un coup de poing qui fit danser les bouteilles et les verres. Mais je ne suis donc qu'une buse, une huître, un stupide mollusque ! Voilà une heure que je louvoie comme un sabot, que je patauge, que je barbotte, au lieu d'aller droit mon chemin, comme il convient à un homme qui a l'œil lucide et la conscience nette. Au diable toutes ces finasseries d'avocat, qui ne servent qu'à embrouiller les affaires ! Voyons, vous êtes un loyal garçon, et l'on peut vous parler à cœur ouvert. Eh bien! je m'imagine que Mlle Rosa Marie a du goût pour vous... et que... et que... si vous le vouliez... vous pourriez l'épouser... Enfin, voilà mon secret dévoilé! A la garde de Dieu! »

A ces mots, le capitaine s'arrêta comme un homme qui vient de faire une longue course et qui a besoin de reprendre haleine. Mais, du coin de l'œil, il observait son ami; il s'attendait à le voir bondir dans un élan de joie, et quelle fut sa surprise, lorsque Marcel, ayant remis les verres à leur place et appuyant nonchalamment ses coudes sur la table, lui dit d'une voix qui ne trahissait pas la moindre émotion :

« Je vous remercie, mon cher Blondeau, de votre pensée affectueuse et de votre confiance que je ne trahirai pas, soyez-en sûr. Je suis très-reconnaissant de la bienveillance que Mlle Rosa Marie a daigné me témoigner en diverses circonstances. Je ne crois pas qu'elle ait pour moi un autre sentiment que celui qui la porte constamment, par l'effet de sa généreuse nature, à soutenir, à aider tous ceux qui l'entourent. Mais si ce que vous supposez pouvait être vrai, je ne m'en réjouirais pas, je m'en affligerais, car je ne voudrais pas épouser Mlle Rosa Marie.

— Est-il possible! murmura lentement le bon capitaine. Vous en aimez donc une autre?

— Non, je n'ai pas une autre liaison, pas même un autre penchant. Mais, pour vous dire la vérité, quand il m'arrive parfois de rêver une image de femme que je pourrais aimer, cette image ne ressemble nullement à celle de Mlle Rosa-Marie.

— Vous êtes fou. Ce sont vos maudites lectures, vos romans, vos poëtes, autant de mensonges et de sornettes qui vous troublent la tête! Moi, j'ai vu naître cette jeune fille; je l'ai vue grandir et se perfectionner d'année en année. Je vous dis que vous n'en trouverez pas dans le monde une plus belle et une meilleure. Je la connais, je vous connais aussi, et, quoique vous soyez souvent comme un cheval indompté, je suis sûr que vous vous convenez tous deux à merveille, que vous êtes faits l'un pour l'autre. Je suis votre vieil ami, et croyez-moi, les Espagnols le disent : *No ay mejor espejo que el amigo viejo.* (Il n'y a pas de meilleur miroir qu'un vieil ami.)

— Merci, mon cher Blondeau, répondit cordialement Marcel en serrant la main du capitaine gardez-moi votre amitié ; j'y attache un grand prix et je m'efforcerai de la justifier. Mais laissons de côté une personne pour laquelle j'ai un si profond respect qu'il me semble que c'est une profanation de prononcer son nom en ce lieu, et écoutez-moi. Je ne songe point à me marier. Je n'aime que la

marine. Celui qui se dévoue de cœur et d'âme à
cette vie de voyage, d'aventures, peut-il y joindre
les attractions de la vie casanière? Peut-il se lier
au foyer domestique? Vous-même qui me conseil-
lez le mariage, vous ne vous êtes pas marié ?

— Non. Mais c'est bien différent. Un gros lour-
daud tel que moi n'était bon qu'à faire un vieux
loup de mer. Jamais je n'aurais pu, comme vous,
éveiller un doux sentiment de tendresse dans le
cœur d'une belle jeune fille, et pour délivrer des
rigueurs de son célibat quelque sèche et revêche
créature... non, je ne me suis pas trouvé capable
d'une telle magnanimité. Cependant, que de fois,
au retour d'une campagne, je me suis senti le cœur
serré à l'idée de rentrer tout seul dans ma triste
chambre de garçon! Que de fois je me suis surpris
à envier le sort du matelot qu'une femme attendait
sur le port, et qui pressait dans ses bras de petits
enfants! Si nous avons le bonheur de nous unir à
une douce et vertueuse femme, quelle grâce providentielle! Quelle consolation dans nos peines!
Quel appui dans notre vieillesse! J'y ai souvent
pensé.

— Vous avez raison. Mais moi, je n'y pense pas.
Je ne songe qu'à m'embarquer, à partir chaque
fois que j'en vois l'occasion, à m'élancer sur les
mers, à voguer vers les parages les plus lointains,

à contempler sous ses différentes faces, dans l'un et l'autre hémisphère, la nature que j'aime, qui me passionne, qui me fait oublier toutes les ambitions ordinaires, toutes, excepté celle que le temps et la fortune ne me permettent point de réaliser, celle de suivre ma vocation de marin dans de meilleures conditions, celle de porter l'épaulette sur un bâtiment de guerre. Voyez, mon cher Blondeau. Dès mon enfance, j'ai été bercé par des chansons maritimes; j'ai entendu raconter les batailles, les exploits de ces capitaines qui ont illustré par leur courage notre ville de Dunkerque. Que de fois ma vieille tante, qui était la veuve d'un contre-maître, m'a entretenu de ce vaillant Gauthier qui, avec quarante hommes d'équipage, attaquait un vaisseau anglais, le prenait à l'abordage, le ramenait en triomphe dans notre port, et de cet autre intrépide corsaire, de ce Godsvriend qui fit trembler les ennemis de la France! Je savais à peine lire, que je tenais entre mes mains la biographie de Jean Bart, et je ne puis vous dire avec quelle ardeur et quelle émotion je lisais et relisais cette héroïque histoire; quelle douleur poignante je ressentais quand j'en venais à sa captivité, et quel transport de joie, quand il mettait en déroute les escadres de Hollande, d'Espagne, d'Angleterre! Ah! Dieu! s'il vivait encore, et si je pouvais servir sous ses ordres!

— Allons! le voilà parti, murmura piteusement
Blondeau, qui cependant n'était pas insensible à
cette poétique exaltation. Mais, mon brave ami,
reprit-il pour tenter un dernier effort, nous ne
sommes plus au temps de Jean Bart, nous n'avons
point de guerre à soutenir, point de marine étrangère à enlever. Notre principale occupation con-
siste à nous en aller pêcher la morue en Islande et
à transporter des cargaisons de bois. Je ne vois
rien là de si glorieux pour un ardent soldat comme
vous, et en attendant mieux, il me semble qu'une
femme admirable, comme celle dont je veux bien,
ainsi que vous, ne plus prononcer le nom, et une
grande fortune, comme celle de son père...

— Une grande fortune! s'écria Marcel avec une
nouvelle exaltation. Qu'est-ce que les fortunes que
vous pouvez tout entières étaler sur une table,
renfermer dans un coffre de deux pieds carrés,
comparées aux trésors immenses que contient à
peine notre imagination? Mais je n'ai que vingt-
cinq ans!... la jeunesse!... la jeunesse, c'est la
plage verdoyante au bord des profondeurs de l'immense Océan. C'est la cassette magique dont on
brise successivement les anneaux mystérieux. C'est
la lampe d'Aladin qui subjugue les génies des
éléments! Quand vous aviez vingt-cinq ans, Blondeau, ne vous est-il pas arrivé de rêver qu'un jour

peut-être vous iriez, comme Jean Bart, fumer votre pipe dans les appartements du roi?

— Jamais! » répondit naïvement Blondeau; et il resta immobile et muet, le front penché sur sa poitrine; puis soudain relevant la tête, et regardant l'enthousiaste lieutenant avec une expression de tristesse et d'indulgente affection : « Allons, dit-il, je le vois, il n'y a pas moyen d'empêcher le saumon de remonter le cours des rivières, ni un écervelé comme vous de s'égarer dans les espaces. Allons! c'est sûr : *Corazon determinado no sufre ser aconsejado*. (Cœur résolu ne souffre pas qu'on le conseille). J'avais pourtant fait un si beau projet! Mais n'en parlons plus. Oublions ce que je vous ai dit. Peut-être aussi que je me suis trompé, et, puisque nous devons aller au Spitzberg, occupons-nous de nos préparatifs, de l'armement de notre navire et de notre équipage.

— Oui, oui, répliqua gaiement Marcel, et vous verrez, mon cher ami, que nous ferons une belle campagne.

— *Los dichos en nos, los hechos en Dios* [1], » repartit Blondeau, qui ne pouvait se lasser de prononcer des maximes.

Les deux amis, ayant achevé de vider leurs fla-

---

1. Les paroles en nous, les actes en Dieu.

cons de bière, sortirent du café. Le capitaine
retournait à ses affaires, le lieutenant à ses lectures. Tous deux se donnèrent rendez-vous sur le
pont pour le lendemain.

L'armement de *la Rosa-Marie* dura plus longtemps qu'on ne l'avait pensé, quoique le capitaine
y appliquât toute sa vieille expérience, et que
Marcel s'en occupât avec activité. M. Vanskep at-
tachait à sa nouvelle entreprise une très-grande
importance. Non-seulement il comptait bien qu'elle
serait pour lui ce qu'on appelle dans le langage du
comptoir une bonne affaire; mais il espérait,
comme nous l'avons dit, ouvrir une nouvelle voie
au commerce de Dunkerque, acquérir un titre de
plus à l'estime de ses compatriotes, et enfin gagner par là ce petit bout de ruban qui manquait à
son habit noir.

Pour réaliser toutes ces belles espérances, il ne
voulait rien négliger. *La Rosa-Marie* était un beau
trois-mâts solidement construit; mais, pour l'ex-
pédier dans les régions polaires, M. Vanskep crut
devoir le faire fortifier encore au dehors par des
lames de fer, au dedans par d'épaisses traverses
en bois. De plus, il réfléchit que, quoiqu'on n'aille
plus chercher de baleines dans les parages du
Spitzberg, il pouvait arriver qu'on découvrît encore quelques-uns de ces cétacés dans leur ancien

domaine, et, à tout hasard, il voulait que son navire fût pourvu de plusieurs baleinières [1], d'un
assortiment complet de lances, de harpons, de
harpoires et de funins. Par la même raison, il
désirait que Tromblon fût enrôlé dans son équipage. Ce Tromblon était un homme aux formes
herculéennes, à l'œil fauve, au visage dur, revêtu
presque en entier d'une barbe épaisse, pareille à
un amas de broussailles. Il avait servi sur différents bâtiments de guerre et de commerce, et
partout s'était signalé par son caractère hautain,
ses habitudes de débauche et son humeur brutale.
Ce que l'on connaissait d'une partie de sa vie n'é-
tait pas de nature à exciter la sympathie des gens
honnêtes. Il y avait de plus une phase obscure de
son existence, dont personne ne savait le secret,
et sur laquelle on ne se hasardait pas deux fois à
l'interroger : car alors il fronçait d'une façon terrible ses deux noirs sourcils, serrait les poings et
promenait au loin un regard farouche, comme s'il
cherchait une victime. Son vrai nom était Lanier.
Mais un jour, il avait raconté avec emphase à un
groupe de matelots, groupés autour de lui sur le
gaillard d'avant, comment il se trouvait sur un négrier, et comment il avait tué d'un coup dé trom-

---

1. Longue, étroite et légère embarcation en sapin.

blon un officier anglais qui voulait monter à bord de
ce navire. Ses auditeurs alors l'avaient surnommé
Tromblon, et il s'enorgueillissait de ce surnom.

Blondeau éprouvait, à l'aspet de cet homme,
une sorte d'effroi. Marcel n'avait pas la même
crainte; mais la rudesse sauvage et l'animalité de
cette espèce de Caliban révoltaient sa nature délicate. L'un et l'autre cependant, après quelques
judicieuses observations, finirent par céder aux
instances de l'armateur, qui leur représentait que
ce Tromblon était un harponneur de première
force, et que ses mauvais instincts pouvaient être
maîtrisés par une ferme survelllance. Tromblon
fut inscrit à la première colonne du rôle de l'équipage. Dès le jour où il sut qu'il devait s'embarquer,
il vint demander à M. Vanskep une avance sur sa
solde, et on le vit courir de cabaret en cabaret,
son bonnet de laine sur l'oreille, sa vareuse ouverte sur sa poitrine, chantant d'une voix rauque
un vieux refrain de matelot.

Un soir, le capitaine et le lieutenant le rencon-
trèrent sur la jetée, vacillant et trébuchant, dans
un état d'ivresse; ils lui firent quelques remontrances et voulurent l'aider à se soutenir ; mais
aussitôt il se dressa devant eux de toute sa hauteur, ploya les bras comme un homme qui se prépare à boxer, puis s'éloigna en jurant.

Par bonheur, les deux officiers de *la Rosa-Marie*
devaient emmener avec eux des marins d'une
meilleure trempe, notamment le timonier Frasnois, l'alerte rameur Dambelin et plusieurs autres.
Marcel faisait aussi embarquer, à titre de mousse,
un pauvre petit orphelin nommé Frisquet, qu'il
avait trouvé un jour, mendiant dans les rues
de Dunkerque, et qu'il avait charitablement recueilli.

Au commencement du printemps, le navire qui
occupait si vivement la pensée de M. Vanskep était
enfin armé, gréé, approvisionné de viandes salées,
de légumes secs et de biscuits de mer pour plus
d'un an. L'armateur ajouta généreusement à cet
approvisionnement habituel une barrique d'eau-
de-vie et deux barriques de bonne bière de Flandre;
puis il enjoignit à Blondeau de relâcher à Hammerfest, et d'y prendre, à quelque condition que
ce fût, un pilote expérimenté pour le conduire au
Spitzberg.

Le 1er mai, au lever du soleil, *la Rosa-Marie* levait l'ancre, puis s'avançait majestueusement vers
la pleine mer, par une belle brise de sud-sud-
ouest.

A la même heure, dans la petite église des
Dunes, vénérée à Dunkerque comme la chapelle
de Notre-Dame de la Garde à Marseille, et celle de

4

Notre-Dame de Grâce à Honfleur, une jeune fille
s'agenouillait pieusement devant une image de
la Vierge entourée d'*ex-voto*. Lorsqu'elle eut
achevé son acte de dévotion, elle entra dans la sa-
cristie, et, déposant une pièce d'or dans la main
du prêtre, le pria de vouloir bien dire quelques
messes pour des marins qui allaient bien loin,
dans des régions périlleuses. En sortant de l'é-
glise, elle tourna ses regards du côté de la mer,
où le bâtiment qui venait de partir creusait de rapides sillons; puis elle abaissa son voile sur son
visage et regagna sa demeure, le front pensif, le
cœur ému.

C'était Rosa Marie.

CHAPITRE III

Frère, dans le désert, plus d'une fleur cachée,
Au détour du sentier attend le voyageur.
                        A. DE LATOUR.

*Gastfriheden är en dygd som kanske ingens-
tades i nord n florcrera til den grad som i
Norge.*   ARWINSON.

L'hospitalité est une vertu qui peut-être ne
fleurit nulle part dans le Nord au même degré
qu'en Norvége.

Le navire de M. Vanskep, filant grand largue,
près de dix nœuds à l'heure, poursuivit pendant
plusieurs jours son excellente marche. Les matelots, avec leur nature superstitieuse, considéraient
ce temps propice comme un heureux augure pour
le reste de leur voyage, et Tromblon, en prenant
son verre d'eau-de-vie, se livrait aux grotesques
plaisanteries, indice de sa bonne humeur.

« Il paraît, mes petits loups, disait-il à ses camarades, que l'on s'est bien conduit à terre, qu'on
n'a pas désobéi à papa et à maman, qu'on n'a pas

trop fait pleurer sa Ninette, et qu'on a sagement
réglé ses comptes d'auberge, car le vieux *Né-
tune* paraît satisfait et nous mène rondement. »

Il ne disait pas qu'il était endetté dans plusieurs
tavernes de Dunkerque, qu'il n'avait réussi à se
délivrer d'un de ses plus rudes créanciers qu'en
le menaçant de l'assommer, et d'une pauvre vieille
cabaretière qu'en lui promettant de lui rapporter
douze peaux d'ours blancs et vingt livres d'é-
dredon.

« Viens ici, s'écria-t-il un matin en apercevant
Frisquet. Approche, petit marsouin! » Et le prenant de sa rude main par l'oreille : « Tu as de la
chance, ajouta-t-il, que nous soyons joliment
orientés : car, si nous avions eu le vent debout,
mon intention était de te jeter à la mer pour conjurer la déesse *Amphytrie,* qui s'adoucit quand
on lui sert à déjeuner la chair fraîche d'un enfant...
Quel caniche! reprit-il tandis que Frisquet, qui
était parvenu à reconquérir sa liberté, se sauvait à
toutes jambes sur le gaillard d'arrière. Il n'est bon
qu'à se coucher sur le lit de son maître, ou à
lécher les pieds d'une donzelle. »

Dès le moment où l'orphelin était monté à bord
du navire, Tromblon l'avait pris en aversion, et le
pauvre Frisquet tremblait de se trouver près
de lui.

Quelques jours s'écoulèrent encore, et *la Rosa-Marie* franchit galamment le cercle polaire. Mais, à la hauteur des îles Lofoden, elle fut assaillie par un de ces coups de vent subits, impétueux, auxquels les meilleurs navires résistent difficilement. En ce moment-là, Blondeau était cloué dans sa cabine par une sciatique qu'il avait contractée dans ses voyages au Groënland. Ce fut Marcel qui fit carguer les voiles et mettre le bâtiment à la cape. Sa voix, ferme et sûre, retentissait avec une vibration métallique dans les mugissements de l'orage, et chacun de ses ordres, net, précis, accusait à la fois l'expérience du marin et l'autorité du chef.

« Il faut l'avouer, se disait Tromblon en montant aux enfléchures, il ne commande pas mal, ce blanc-bec de lieutenant... Mais c'est égal, il m'a fait un affront, le soir où il m'a rencontré sur la jetée, et tôt ou tard il me le payera... Il... me... le paye... ra, » murmura-t-il en serrant avec une sorte de frémissement les garcettes de la voile de misaine, comme s'il croyait déjà serrer dans ses doigts de fer le cou du lieutenant.

Malgré l'habileté de manœuvre de Marcel, *la Rosa-Marie* perdit dans cet ouragan son mât de beaupré et sa brigantine. A bord d'un bâtiment de guerre, de pareilles avaries sont promptement réparées; mais pour les bâtiments de commerce, qui n'ont ni le même nombre d'hommes, ni les mêmes ressources matérielles, il n'est pas aisé de remédier à ces accidents. Par bonheur, l'orage s'apaisa. Au vent inflexible qui s'élançait en mugissant des profondeurs du nord, succéda un pacifique vent du sud. Quelques jours après, *la Rosa-Marie* jetait l'ancre dans la rade de Hammerfest. Les matelots se montrèrent l'un à l'autre, avec surprise, cette ville septentrionale dont ils s'entretenaient dès leur départ de Dunkerque, dont ils s'étaient fait, dans leur ignorance, une attrayante image.

Dans la multiplicité des êtres animés qui peuplent le globe, l'homme est le seul qui puisse vivre sous tous les climats, sous les feux brûlants de la zone torride comme dans les sinistres hivers des contrées boréales. C'est là ce qui constitue encore un de ses signes de royauté. Les autres animaux ne s'écartent guère des régions que la nature leur assigne. Les plus nomades obéissent à des règles invariables dans leurs migrations. L'homme construit sa demeure ou plante sa tente dans tous les pays. Dieu lui donne partout le pavillon du ciel et l'empire de la terre.

Cependant, de même que les naturalistes déterminent sur les flancs des montagnes, sur les pla-

ges septentrionales, les dernières lignes du sol
végétal, on peut aussi rationnellement indiquer,
en différents lieux, une limite à la faculté d'acclimatation de l'homme.

A deux distances éloignées, deux villes nous
apparaissent comme la manifestation de sa dernière puissance d'action : Cerro-di-Pasco et Hammerfest ; Cerro-di-Pasco, qui s'élève comme un
nid de condor dans les Andes, à treize mille six
cent soixante-treize pieds au-dessus du niveau de
la mer, presque à la hauteur de la cime du Mont-
Blanc, et Hammerfest, située au delà du 70° degré
de latitude, à dix-neuf degrés et demi du pôle arctique.

Les mines de métaux précieux, l'*auri sacra fa-
mes*, ont attiré une population d'ouvriers et de spé-
culateurs sur ce revers de montagne péruvienne
auquel les Indiens ont donné le nom de *Puna* qui
signifie *dépeuplé*.

Les produits de la pêche ont attiré au bord de
l'île de la Baleine (Hvaloë), sur un sol aride, au
pied d'une enceinte de montagnes dénudées, près
des glaciers éternels de Seiland, plusieurs centaines d'intrépides bateliers et des familles de marchands. Les uns ont bâti deçà, delà, entre les rochers, leurs cabanes en bois ; les autres, leurs
maisons et leurs magasins ; puis une église s'est

élevée au milieu de ces habitations, et un prêtre,
à qui les marins payent la dîme de leur pêche,
enseigne à cette extrémité du monde le dogme
évangélique.

L'été, pendant deux mois environ, cette petite
ville est trés-animée. On y voit aborder des navires de Russie et de Norvége, du Danemark, et
quelquefois d'Angleterre, les uns revenant, avec
leurs cargaisons de morues et de fourrures, de
leur courageuse excursion au Spitzberg ; d'autres
chargés de denrées européennes qu'ils échangent
contre les produits des contrées boréales ; et les
marchands alors sont très-affairés, et sur le port
et dans les tavernes on entend balbutier à la fois
plusieurs langues, comme parmi les ouvriers de la
tour de Babel.

En même temps, cette froide terre du Nord
semble chercher à se parer pour recevoir digne-
ment tant d'hôtes étrangers. Ses sommités de Seiland ne peuvent se dégager du manteau de neige
qui les revêt, et son Tyvefield ne peut se décorer
de plantes verdoyantes, car nulle terre végétale
ne se lie à ses flancs de granit. Mais, par un beau
soleil, les cimes de neige étincellent comme des
nappes d'argent. La surface noire du Tivefield
brille comme une lame de basalte, la mer est bleue
comme un lac de Suisse, et les maisons et l'église

de la petite ville, revêtues d'une couche d'ocre,
ont un éclat de pourpre romaine. Puis voilà que
dans les sinuosités de la vallée, des groupes de
bouleaux nains élèvent gaiement leurs petits rameaux au-dessus du sol, et se couvrent de feuilles
et semblent se réjouir de la chaleur qui les ravive,
du jour qui les éclaire après leur long sommeil.
Puis voilà que, près du port, au milieu des cris
rauques des matelots, des voix vibrantes des marchands, on distingue un doux et frais murmure :
c'est un petit ruisseau qui descend des aspérités
de la montagne, sautille comme un enfant joyeux
sur les rocs, et coule mollement vers la mer dans
un lit bordé d'herbe verte et de myosotis.

La plupart des fleurs et des arbustes ont leur
légende emblématique. L'homme n'a pu les voir
grandir près de lui sans les associer, selon leur
diverse nature, à ses joies ou à ses douleurs. Le lis
a sa gloire biblique et sa noble gloire de France ;
le lotus, son caractère sacré dans la religion des
Hindous ; la rose, ses symboles d'amour chantés
par Anacréon et par les poëtes persans ; l'hyacinthe
et l'anémone, leurs traditions mythologiques ; les
cyprès, le romarin, le mélèze, leurs images de deuil ;
la giroflée et le narcisse, leur gaieté rustique ; la
tulipe, ses histoires financières de hausse et de
baisse dans le commercial pays de Hollande.

Les Finlandais célèbrent à tout instant, dans leurs poésies naïves, le bouleau, et, si les Guaranis des bords de l'Orénoque ont une poésie, que ne doivent-ils pas dire de l'arbre providentiel qui est à peu près leur unique moyen d'existence?

Le myosotis a aussi sa légende, une tendre et mélancolique légende d'Allemagne. On raconte qu'une jeune fille, qui se trouva tout à coup saisie et emportée par un torrent, jeta cette fleur à son amant, en lui criant : *Souviens-toi de moi!* Ils ont bien raison, ceux qui croient à cette légende. Depuis les rives de nos ruisseaux jusque sur les pentes de l'Altaï, jusque dans les froids ravins du cap Nord, partout la jolie fleur regarde le voyageur avec ses doux yeux bleus, partout elle semble lui dire : « Souviens-toi... souviens-toi de la terre natale et des trésors d'amour que tu y a laissés. » Un naturaliste rapporte qu'on a vu, après la bataille de Waterloo, une quantité de myosotis germer tout à coup sur ce sol arrosé de tant de sang. Tandis que les diplomates et les généraux discutaient alors leurs questions de finance et de politique, la fleur sympathique parait de ses boutons d'or, de sa collerette d'azur, la tombe des soldats, et disait à ceux qui visitaient cette terre sinistre, comme une mélodie de Thomas Moore, comme une messénienne de Delavigne : « Souvenez-vous,

souvenez-vous de ceux qui sont morts dans cette
mêlée des peuples, sous le drapeau de leur na-
tion! »

Aussi est-elle aimée, la jolie plante, aimée partout et à tous les âges! Les botanistes seuls persis-
tent à la désigner, dans leur sèche nomenclature,
par le nom grossier qu'ils lui ont infligé [1]. La
jeune fille d'Allemagne ne la connaît que sous le
nom de Wergissmeinnicht, et les Français et
les Anglais, et les Suédois et les Russes tra-
duisent, dans leur idiome, cette même dénomina-
tion [2].

Mais à l'époque où le navire de Dunkerque arrivait dans la rade de Hammerfest, nul myosotis
ne fleurissait au bord du ruisseau, nulle branche
de bouleau n'avait encore reverdi. L'hiver, l'opiniâtre hiver, enlaçait la petite bourgade septentrionale dans sa froide étreinte. La mer était sombre, le ciel brumeux, la terre couverte de neige.
Seulement, la durée des jours s'accroissait rapidement, et les habitants de Hammerfest saluaient
avec joie la réapparition de la lumière vivifiante,
qui les déserte et les laisse plongés dans une obscurité profonde pendant plusieurs mois.

1. Myosotis, oreille de souris.
2. Souviens-toi de moi. — Forget me not. — Förgät mig
ei. — Nazaboudka.

Déjà les bâtiments employés à la pêche du Spitzberg étaient partis. Les navires étrangers n'arrivaient pas encore; les négociants inoccupés se tenaient enfermés dans leur demeure, et, en attendant la saison sérieuse du travail, continuaient
leurs longue parties de cartes. La ville était morne
et silencieuse. Çà et là seulement, on voyait che-
miner à pas lents quelque famille de Quäners ou
de Lapons des environs, qui venaient offrir au
marchand des peaux ou des quartiers de rennes,
et qui, par malheur pour elle, abandonnait quelquefois toute sa cargaison dans une taverne.

L'arrivée inattendue du beau navire de Dunkerque réveilla subitement la population de Hammerfest de sa torpeur. Les négociants se hâtèrent d'ouvrir leurs magasins; les cabaretiers ran-
gèrent sur leurs rayons une respectable collection
de bouteilles d'eau-de-vie et de porter; le capitaine
de la douane revêtit son uniforme et se rendit à
bord de la *Rosa-Marie*. Quelques instants après,
toutes les femmes de Hammerfest étaient aux fenêtres pour voir passer Blondeau et Marcel qui
se dirigeaient vers la maison de M. Sparrman, le
plus actif négociant et le premier banquier du Finmark.

Les deux marins furent introduits dans un salon
meublé avec un soin qui attestait à la fois la for-

tune et les habitudes casanières du capitaliste de
Hammerfest. Un honnête rentier de France n'aurait point dédaigné ces tentures en papier velouté
qui tapissaient les murailles, ni ces rideaux en da-
mas de laine drapés sur une patère dorée, ni ces
canapés et ces chaises revêtus d'une étoffe brillante. Les productions de l'industrie arrivent jusqu'à des régions appauvries par la nature. Sur cette
terre dénudée de Hvaloë, au bord de la mer Glaciale, les étrangers trouvaient un surprenant assemblage d'objets de luxe des plus lointaines contrées. L'acajou de ces siéges avait été coupé dans
les Antilles et plaqué par un ébéniste de Stockholm ; ces papiers de tenture avaient été dessinés et coloriés en France ; ces étoffes tissées
dans une fabrique de Suisse ou d'Allemagne. Le
tout avait été transporté à grands frais, de ville en
ville, jusqu'à Drontheim, puis de là expédié par le
bateau à vapeur, où chaque été les curieux peuvent s'embarquer pour le cap Nord, et décrire ensuite en de gros volumes, à l'aide de faciles pla-
giats, les régions qu'ils ont parcourues en quelques
jours à vol d'oiseau.

Avec ses ornements exotiques, le salon de
M. Sparrman avait pourtant son caractère dis-
tinct : quelques lithographies représentant la vie
lapone, un portrait de Bernadotte, un autre de

Charles XII, et les signes de défense contre l'ennemi de la maison, contre le froid, un plafond très-bas, un poêle en terre énorme, et de petites fenêtres garnies d'un double vitrage. Sur l'entablement de la fenêtre, entre ces deux vitrages, s'étendait une couche de ouate blanche, parsemée de roses et d'œillets artificiels. C'est ainsi que les habitants des régions boréales remplacent par une image fictive les fleurs qu'ils ne peuvent voir germer dans leurs jardins.

M. Sparrman accueillit les deux marins avec la courtoisie cordiale qui est une des qualités des hommes du Nord, et leur adressa la parole assez correctement en français : car jusqu'au bout du monde nous retrouvons l'usage de notre langue importé dans les cours étrangères par l'ascendant du grand siècle de Louis XIV, et de là répandu dans la bourgeoisie.

Avant de pouvoir expliquer au banquier le motif de leur visite, les deux amis furent obligés d'abord de s'asseoir à sa table.

« C'est une coutume de notre pays, leur dit-il en souriant. Notre sang coule plus lentement que celui des habitants du Sud, nous avons besoin de l'activer, et, dans chaque maison de cette ville où vous vous présenterez, on commencera par vous offrir une fortifiante boisson. »

A ces mots, il s'approcha de la porte entr'ouverte, où un domestique l'attendait, et lui donna
un ordre à voix basse.

Quelques instants après, une servante apportait
sur la table des tranches de saumon fumé, des langues de renne, du caviar ; puis la propre fille de
M. Sparrman venait elle-même, comme une pudique Hébé, offrir aux hôtes de son père du vin, du
porter et du vin de Madère, et se retirait ensuite
discrètement.

Les peuples du Nord ont conservé l'abandon et
la simplicité de l'hospitalité antique. Les Russes
célèbrent dans leurs chants nationaux l'offrande
du pain et du sel (*klieb i sal*); les Finlandais des
rives du Muonio, quand leurs travaux d'agriculture les obligent à quitter leur demeure, laissent
leur porte ouverte et déposent près de leur foyer
du lait et du pain pour le voyageur qui, passant
par là, peut avoir faim et soif. Là où le climat est
rigoureux, le sol aride, la population éparse et
peu nombreuse, l'homme comprend plus vivement
qu'il doit aider à son semblable. L'homme a besoin
de l'homme : c'est une des sentences du *Havamal*,
le poëme islandais que les anciens Scandinaves
attribuent à leur dieu suprême, Odin.

Après avoir fait déguster à ses deux visiteurs la
liqueur des lointains vignobles, et leur avoir offert

des cigares de Hambourg, M. Sparrman écouta avec attention les deux demandes que Blondeau venait de lui adresser, puis il répondit :

« Je vous procurerai aisément ce qui vous est nécessaire pour réparer les avaries de votre bâtiment. Les matériaux ne nous manquent point, mais nous n'avons qu'un bien petit nombre d'ouvriers, il est possible que ce travail ne s'achève pas aussi vite que vous le désirez. Quant à un pilote, il n'y en a peut-être pas, d'ici à Bergen, un meilleur que le vieux Lax. Depuis plusieurs années, il a fait chaque été une expédition dans les parages du Spitzberg. Personne ici ne les connaît mieux que lui, et personne n'est plus en état d'y guider un navire étranger ; mais je doute que vous puissiez vous entendre avec lui.

— Pourquoi donc ? s'écria Blondeau. S'il s'agit d'une question d'argent, je suis autorisé à traiter très-largement.

— La question d'argent, reprit le banquier, n'est ici qu'un point secondaire. Lax y tient peu, et d'ailleurs il est à son aise ; mais il a une autre exigence à laquelle il tient obstinément. Il ne veut plus partir pour le Spitzberg qu'à la condition d'emmener avec lui sa fille.

— Quel âge a-t-elle ? demanda Blondeau.

— Environ vingt ans.

— Vingt ans ! murmura le capitaine. Non, non ;
cela ne se peut. Il y a trop d'inconvénients dans la
présence d'une femme à bord d'un bâtiment. Passe
encore si c'était une petite fille. Mais vingt ans !...
Non c'est impossible. Si le proverbe espagnol est
vrai, c'est surtout dans un cas comme celui-ci : *De
la mar la sal, e de la mujer mucho mal* [1].

— Je comprends parfaitement votre inquiétude
à cet égard, répliqua M. Sparrman. Nos pêcheurs
qui sont partis il y a quelques semaines ont eu le
même sentiment de répulsion. Aucun d'eux n'a
voulu emmener le vieux pilote avec sa fille, quoiqu'on attache un grand prix à son expérience.

— Ce que je ne conçois pas, c'est que lui-même
puisse avoir une si étrange idée.

— Très-étrange, en effet ! Mais elle lui vient
d'une sollicitude qui inspire pourtant de l'intérêt

— Ah ! probablement quelque fantaisie d'amour
qui pourrait se développer malgré lui pendant son
absence?

— Non, vous n'y êtes pas. Mlle Carine (car c'est
ainsi qu'elle s'appelle) est un modèle de raison et
de sagesse.

— Alors la crainte de la laisser seule pendant
plusieurs mois?

1. De la mer le sel, de la femme beaucoup de mal.

— **Vous** n'y êtes pas encore. Lax demeure ici avec sa sœur, une brave et digne femme, veuve sans enfants, qui a pour sa nièce une tendresse extrême. Mais voilà le fait. Mlle Carine est d'une constitution délicate. Lax, qui n'a que cette fille e qui l'aime beaucoup, tremble de la voir dépérir, comme sa femme, qui est morte toute jeune. Il a lu, dans je ne sais quel livre, que les voyages au Nord et l'air froid fortifiaient les tempéraments débiles. C'est en partie pour cette raison qu'il est venu s'établir ici, car il appartient à la Suède par sa naissance, et il a passé en Suède plus de la moitié de sa vie. Maintenant il s'est persuadé que la température de Hammerfest, qui pourtant ne ressemble guère à celle des tropiques, est en été d'une nature énervante ; il regarde sa fille comme un oiseau qui a besoin d'une lointaine migration, comme une perdrix blanche des régions polaires, et il veut la conduire dans les glaces du Spitzberg.

— Il y a là en effet, dit Marcel, une pensée touchante, mais qui me paraît erronée. Par pitié même pour le pauvre homme, on devrait s'opposer à la réalisation de ses projets et lui démontrer qu'il se trompe.

— C'est ce que j'ai déjà essayé plus d'une fois de faire, répliqua le banquier, et je l'essayerai encore en lui proposant de s'associer à votre expédition. Voulez-vous bien venir ce soir souper avec moi ? D'ici là je l'aurai vu, et vous saurez alors l' résultat de mes négociations.

— Après l'éloge que vous avez fait de son habileté de pilote, je ne marchanderai point ses services, dit le capitaine.

— Et moi, ajouta Marcel, je me réjouirai d'apprendre qu'il est mieux éclairé sur ses devoirs de cœur.

— C'est aussi mon désir, répliqua le banquier, car le père et la fille m'intéressent, et j'emploierai toute mon éloquence à lui faire admettre ma conviction. »

Les deux officiers se retirèrent en remerciant le négociant de son obligeance.

A l'heure indiquée, ils rentrèrent dans sa demeure. Déjà le souper était servi par les soins empressés de Mlle Sparrman. Sur un grand plat de faïence, un coq de bruyère rôti exhalait un fumet savoureux, et, aux deux extrémités de la table, brillait l'enveloppe argentée de deux bouteilles de vin de Champagne.

Plus gaiement que la cocarde tricolore, le vin de Champagne fait sans cesse le tour du globe.

« Eh bien? dit Blondeau en s'avançant vers M. Sparrman, avec une vivacité qui ne lui était pas habituelle.

— Eh bien! répliqua le banquier, je n'ai rien pu
obtenir. Cet homme est tenace en diable. Déjà, en
d'autres occasions, il est resté sourd aux plus sages
remontrances, et maintenant son opiniâtreté naturelle est corroborée par la folle idée dont il se fait
un devoir de conscience. Non-seulement il se croit
obligé d'emmener sa fille au Spitzberg, mais il lui
a persuadé à elle-même qu'elle doit entreprendre
cette expédition, et il affirme qu'elle y tient à présent autant que lui. Si vous consentez à l'emmener
avec vous, il demande que Mlle Carine ait, à l'arrière de votre bâtiment, une cabine convenable, et
qu'elle mange à votre table. Quant à lui, dit-il, si
vous l'exigez, il s'adjoindra volontiers à la gamelle
de vos matelots, et quant à la question d'argent,
vous la réglerez vous-même comme bon vous sem-
blera. Il a ajouté, en me quittant, que s'il ne trouvait pas, cette année, l'occasion de faire ce voyage,
il prendrait lui-même, l'été prochain, un bateau à
son compte pour accomplir sa résolution.

— Quelle tête de fer! s'écria Blondeau; mais il
doit y avoir ici d'autres pilotes.

— Les meilleurs sont partis. Il en reste deux qui
ne m'inspirent pas, à vrai dire, une très-grande
confiance; je ne me déciderais qu'en un besoin ur-
gent à les employer.

— Mauvaise affaire! murmura le capitaine : des

parages inconnus..... des écueils... les ordres précis de M. Vanskep... « Coûte que coûte, m'a-t-il
« dit, prenez un pilote. » Et, d'un autre côté, l'embarras d'une jeune fille..... au milieu de vingt-cinq
hommes d'équipage ! J'en ai conduit une autrefois
à Cadix, et je sais quels soucis elle m'a donnés pendant toute la traversée..... Mais enfin, s'écria-t-il
après son soliloque, comment est-elle, cette fatale
jeune fille?

— Oh! charmante, répondit M. Sparrman, jolie,
gracieuse, bien élevée, distinguée même, parlant
très-bien le français. On la regarde ici comme un
vrai phénomène, et, quoiqu'elle ne soit que la fille
d'un simple pilote, la nièce d'une pauvre veuve
d'ouvrier, chacun la traite avec une respectueuse
déférence. Son histoire est très-singulière; il faut
que je vous la raconte. Par là, vous apprendrez
aussi à connaître l'inflexible caractère de son père.

« Lax est, comme je vous l'ai dit, Suédois de naissance, et, dès son bas âge, il fut enrôlé dans la marine royale de Suède. A l'âge de trente ans, il se
trouvait embarqué sur un bâtiment qui fit naufrage
sur un banc de roc, dans le voisinage des îles d'A-
land. L'équipage et les passagers se précipitèrent
à la hâte dans les chaloupes. Lax, qui, jusqu'au
dernier moment de la catastrophe, était resté fidèlement à bord, à côté du capitaine, se jeta dans la

première embarcation qu'il aperçut auprès de lui. Elle était déjà tellement surchargée, qu'elle plongeait dans les vagues d'une façon effrayante : un fardeau de plus rendait la manœuvre impossible, et un nouveau naufrage presque inévitable.

« Miséricorde! s'écria un passager d'une voix « lamentable. Ma pauvre femme! mon pauvre en-« fant! »

« Lax se tourna vers celui qui prononçait ces douloureuses paroles. C'était un jeune comte de Fersen qui servait, en qualité de lieutenant, dans la guerre de Finlande, et qui, ayant été mis hors de combat par une assez grave blessure, retournait à Stockholm.

« Lax le regarda avec un sentiment de commisération ; puis, tout à coup, ôtant sa veste et son gilet : « Ah! s'écria-t-il, moi, je n'ai ni femme ni enfant. » Et il s'élança dans les flots.

« La chaloupe allégée poursuivit heureusement sa marche. Le généreux Lax, en se dévouant ainsi au salut de ses compagnons, ne voulait cependant pas mourir. Il était fort, alerte, bon nageur. Il réussit à saisir une des vergues brisées de son navire, à l'aide de laquelle il se soutint d'abord sur les eaux; puis, après s'être un peu reposé, il se remit à la nage avec son vacillant appui, et parvint à gagner une petite île où il fut recueilli, le lendemain, par des pêcheurs.

« Quelque temps après, il retourna à Stockholm ;
il y retrouva le comte de Fersen, et épousa la fille
de son jardinier. Sa femme mourut trois mois après
la naissance de Carine. Alors la comtesse, qui n'a-
vait point oublié le noble dévouement de Lax, le
pria de lui confier la petite orpheline, lui disant
qu'elle l'aimerait et la traiterait comme sa propre
fille. Il ne pouvait faire autrement que d'accepter
cette offre généreuse. Il l'accepta, et Mme de Fersen accomplit pleinement sa promesse. Elle fit
élever sa jeune pupille avec ses enfants, l'entoura
des mêmes soins, lui donna les mêmes maîtres ;
son intention était de lui constituer plus tard une
petite fortune et de la marier convenablement. Par
malheur, elle mourut aussi ; mais à ses derniers
moments, elle s'occupait encore de sa pupille, et
elle lui légua, sinon une dot considérable, au moins
une rente suffisante pour la mettre à l'abri du besoin.

« Quelques mois auparavant, Lax, qui continuait
son métier de marin, avait éprouvé un échec qui
le blessa profondément. Il s'attendait à être nommé
contre-maître ; un de ses camarades, qui n'avait
pas à beaucoup près les mêmes titres que lui, mais
qui était vivement patronné par un officier supérieur, obtint ce grade. Lax, furieux, jura que dès
qu'il serait arrivé au terme de son engagement il

se retirerait du service, et rien ne put ébranler sa résolution, ni les instances de plusieurs de ses chefs, ni celles de M. de Fersen, qui s'engageaient à aider de tout leur pouvoir à son avancement.

« L'amer sentiment de l'injustice commise envers lui, la mort de la comtesse, l'inquiétude qu'il éprouvait déjà en observant la délicate constitution de sa fille, la croyance qu'un climat plus froid devait être pour elle plus fortifiant, le déterminèrent à venir se fixer ici. Mais, quoiqu'il soit arrivé à l'âge où l'homme ordinairement se sent porté au repos, et quoiqu'il ne soit pas obligé de travailler pour subvenir à ses besoins, il ne peut vivre d'une vie oisive. A peine était-il établi à Hammerfest, qu'il s'est embarqué pour le Spitzberg. Il y est retourné ensuite chaque année, et maintenant c'est par une pensée fausse peut-être, et peut-être déplorable, mais vraiment touchante, qu'il désire y retourner encore.

— Sur ma foi, s'écria Blondeau, c'est là ce que j'appelle un brave homme et un homme de cœur ! Vous me donnez grande envie de le connaître et de faire ce qu'il désire. Qu'en pensez-vous Marcel ?

— Je m'en rapporte entièrement à votre décision, répondit le lieutenant, qui au fond ne se souciait guère d'embarquer la jeune fille, mais qui, en même temps, éprouvait pour le père un vif sentiment de sympathie.

— Eh bien! nous y réfléchirons, reprit Blondeau en se levant de table, et, quoi qu'il arrive, je serai très-content de voir le vieux Lax et de lui tendre la main.

— Et moi aussi! s'écria Marcel avec un accent cordial.

— Avant tout, ajouta le capitaine en s'adressant à M. Sparrman, n'oubliez pas nos pièces de bois et nos ouvriers.

— Demain matin, de bonne heure, vous les aurez.

— Merci encore, et bonsoir!

— Bonsoir! souvenez-vous que, dès que vous aurez besoin de moi, je suis à votre disposition.

— Bon pays! murmura Blondeau qui, lorsqu'il avait bu deux verres de vin de Champagne, aurait voulu pouvoir serrer dans ses bras le genre humain tout entier. Bon pays! répéta-t-il en prenant le bras de Marcel; bonnes gens! La même politesse qu'en Espagne, et le même langage affectueux : *Toda la casà es a la disposicion de usted.* »

CHAPITRE IV

Les charpentiers choisis par M. Sparrman furent exacts au rendez-vous qui leur avait été assigné; mais ils en avaient au moins pour quinze
jours à réparer les désastres d'une nuit d'ouragan.
En vain Marcel essaya d'accélérer leur besogne;
les ouvriers du Nord ont des habitudes de travail
lentes, systématiques, que nulle volonté plus impétueuse ne peut activer.

Ces quinze jours de relâche obligée donnaient
au jeune lieutenant des loisirs qu'il employait, sé-

lon sa coutume, à étudier le pays où il était forcé
de séjourner. Il descendait souvent à terre ; il vi-
sitait les marchands, qui tous l'accueillaient avec
une cordiale affabilité ; il recueillait des renseignements sur les procédés de navigation et les relations de commerce de cette curieuse petite ville.
Puis, lorsqu'il rentrait dans sa cabine, il reprenait
ses chers compagnons, ses livres, auxquels il aurait pu dire, comme le vieux Rantzau, chaque fois
qu'il les contemplait dans leur petite armoire :

> Salvete, aureoli mei libelli,
> Meæ deliciæ, mei lepores.

Par la persistance de sa volonté il avait appris,
sans le secours d'un maître, l'anglais, et à tout
instant il s'applaudissait d'en être venu à pouvoir
lire les intéressantes relations de voyage et les
précieux ouvrages de science et de littérature
écrits dans cette langue.

Parfois aussi il faisait de longues promenades
solitaires autour de Hammerfest. Un matin, il vit
la cime du Tyvefield se dégager de son manteau
de nuages, et résolut d'y monter. Le soleil se levait
dans une radieuse majesté ; la mer, frissonnant
sous une légère brise, reflétait dans ses replis on-
dulants des rayons de pourpre, et la neige des
champs étincelait par ses myriades de facettes.

C'était le premier sourire de l'été sur cette plage
septentrionale. Ce sourire est doux et triste. Ainsi
que l'a dit un poétique écrivain suédois, c'est
comme si les génies de la contrée s'affligeaient de
leur pauvreté et pleuraient sur la rudesse de leur
sort, comparé à celui de leurs frères, comme s'ils
disaient au maître de la nature : « Nous aussi nous
avons du courage, nous aussi nous avons du plaisir
à vivre, nous aussi nous aimons les lacs, les bois
et les clartés du soleil ; mais ce soleil ne nous réchauffe pas. Le froid paralyse nos ailes ; les oiseaux
ne chantent pas autour de nous, et nulle créature
vivante ne se mire dans nos ondes [1]. »

Marcel se mit en marche avec cette mélancolique rêverie que la nature du Nord semble distiller
dans certaines âmes, surtout au temps de la jeunesse, comme le pavot distille un arome sopori-
fique. Il gravit les flancs escarpés de la montagne,
à pas lents, en s'arrêtant fréquemment à observer
les premiers effets d'une plus chaude température
sur cette terre boréale. Nul arbuste ne s'élevait
près de lui ; nulle fleur hâtive ne s'épanouissait à
ses regards, comme ces fraîches primevères qui,
avec les hirondelles, annoncent dans nos campagnes le retour du printemps ; nul insecte ne bour-

1. Arfwidsson. *Norr och sörr.*

donnait dans l'air. Mais déjà les masses de neige
se dissolvaient, se fondaient, et çà et là ruisse-
laient sur une pente rapide et tombaient d'un escarpement en petits flots sonores. Dans les fissures
des rocs, délivrés de leur linceul, apparaissaient
des touffes de cryptogames; sur leurs flancs, un
lichen jaunâtre, pareil à une couche de safran.
Dans une des excavations de la montagne, une
lagopède creusait avec ses pattes emplumées le
trou glacial où elle dépose ses œufs; un pluvier
frappait de sa griffe le sol dénudé, pour en faire
sortir un des vermisseaux qui lui servent de pâture; au bord de la plage, retentissaient les cris
des mouettes et des goëlands. En s'arrêtant dans
sa marche et en inclinant la tête vers le sol, Marcel croyait encore distinguer un autre indice de
cette nature si longtemps engourdie, une sorte de
frémissement ou de vague crépitation.

« Quel malheur, se disait-il, que les savants
n'aient pas encore inventé pour l'oreille des instruments, comme ceux qu'ils ont si admirablement
perfectionnés pour le regard ! De même qu'à l'aide
du télescope de lord Ross on pénètre à des millions de lieues dans l'immensité des sphères célestes, de même, avec un appareil d'auscultation, on
en viendrait peut-être à discerner les bruits imperceptibles, les notes insaisissables d'une éter-

nelle harmonie. De même que le médecin, en appliquant son oreille sur la poitrine d'un de ses malades, constate l'état des battements de son cœur, peut-être que nous pourrions ainsi distinguer le mouvement des forces vitales de notre globe, les bouillonnements souterrains de ses volcans, les palpitations de ses artères... Mais non, s'écria-t-il tout à coup. Par ce merveilleux instrument d'acoustique, toutes les passions et les misères de l'humanité éclateraient à notre oreille : que de sanglots, de rumeurs affreuses, de cris désordonnés et de gémissements lamentables! Mieux vaut ne rien entendre. »

Marcel n'arriva pas sans difficultés jusqu'au sommet du Tyvefield, car ses pieds glissaient souvent sur des masses de neige mouvantes, ou sur des blocs de pierres détachés de leur base, qui s'éboulaient à la moindre impulsion, et roulaient derrière lui dans la vallée. Mais lorsqu'il fut sur la crête de cette montagne, qui s'élève comme une pyramide, à trois cent vingt mètres au-dessus du niveau de la mer, il ne regretta point d'avoir entrepris cette pénible ascension, car ses regards planaient alors sur un tableau d'une étrange et imposante beauté : de toutes parts une chaîne de collines sauvages, de rocs escarpés et de précipices; çà et là, sur les flancs ou sur la cime de ces collines, des lacs gelés miroitant au soleil; ici, les vagues azurées de l'Océan; là, les montagnes gigantesques de Soro et les glaciers de Seiland étincelant aux rayons du jour, comme des lames d'acier; et plus loin, dans une vaporeuse pénombre, le plateau du cap Nord, la dernière limite de l'Europe, et dans cet immense espace, nulle apparence de végétation, et nul autre signe de la vie humaine que quelques barques de pêcheurs flottant sur la mer, et la pointe du clocher de Hammerfest avec les maisons en bois qui l'entourent.

Les Cophtes vénèrent le Labaca, parce qu'au temps de la fuite en Égypte, cet arbre, disent-ils, s'inclina devant Dieu et l'adora.

Dans le silence solennel de ces grandes scènes, n'y a-t-il pas une même compréhension de l'éternelle présence de Dieu et une même adoration?

En redescendant dans la vallée, le jeune lieutenant aperçut, à l'entrée de Hammerfest, deux femmes assises l'une à côté de l'autre sur un rocher; la différence de leur costume attira son attention, et il se dirigea de leur côté. L'une de ces femmes était une Laponne, portant son épaisse robe d'hiver en peau de renne, serrée sur ses flancs par une ceinture en cuir, les lourds souliers en peau, les komagers, à pointes relevées comme des patins, et sur la tête un haut bonnet composé de morceaux de calicot de diverses couleurs, et recourbé à sa partie supérieure comme un casque de dragon. L'autre était une jeune fille portant une robe en drap noir, un mantelet de même étoffe qui lui dessinait gracieusement la taille; sa figure était à demi voilée par un châle vert noué sous son menton et retombant sur ses épaules.

La femme laponne tenait sur ses genoux une petite couchette en bois, d'une forme toute primitive, dans laquelle elle berçait un enfant à moitié endormi, en chantant d'une voix gutturale une sorte de mélopée plaintive.

Marcel s'arrêta à écouter ce chant dont il ne pouvait comprendre les paroles, mais qui l'attirait par un accent singulier. Cependant, comme il ne pouvait, dans son ignorance des idiomes du pays, entrer en conversation avec ces deux femmes, il allait s'éloigner, lorsque la jeune fille, qui l'observait en silence sous les plis de son châle, lui dit en français : « Je pense que vous êtes curieux de voir une Laponne; ne craignez pas de vous approcher. Si vous désirez avoir quelques notions sur ces pauvres gens de notre contrée, je tâcherai de vous les donner.

— Ah! s'écria vivement Marcel, surpris d'entendre résonner, avec une douce et fraîche modulation, sa langue maternelle, vous êtes sans doute Mlle Lax ?

— Oui.

— Quel heureux hasard ! Comment ! et c'est vous qui songez à vous en aller jusqu'au Spitzberg ! et vous n'avez pas peur des souffrances physiques que vous devez nécessairement endurer dans un tel voyage, et des périls auxquels vous vous exposez ?

— Je suis née, répondit Carine, dans une ville où les femmes se sont signalées, en de mémorables occasions, par leur courage ; j'ai passé une partie de mon enfance dans la province de Smaland, où, quand une jeune fille se marie, elle se rend à l'église avec un ceinturon de soldat, et marche fièrement, précédée de deux tambours. Les femmes de cette province ont reçu ce glorieux privilége de leurs aïeules, qui jadis, en l'absence des hommes, prirent bravement les armes et défendirent leurs foyers contre une légion ennemie. »

En parlant ainsi, Carine avait écarté les plis du châle qui lui enveloppait la tête, et cet élan belliqueux de la jeune Suédoise, qui s'exaltait au souvenir des courageuses paysannes de Warends, et de l'héroïque Christine Gyllenstierna [1], faisait un

---

1. La noble veuve de Sten Sture, qui, en 1520, défendit Stockholm contre les Danois, et ne fut vaincue que par la trahison.

singulier contraste avec la douceur enfantine et
l'expression touchante de sa physionomie.

Sa figure n'était point de celles qui du premier
coup fascinent les regards par leur ensemble harmonieux, ou tout au moins par un des traits artistiques de la beauté. Cette figure, d'un ovale
arrondi, était un peu petite et même un peu irré-
gulière : le nez trop mince et le menton trop court;
mais une épaisse chevelure noire l'encadrait dans
deux larges bandeaux lustrés comme deux lames
de vitreuse obsidienne, et sous un rideau de longs
cils soyeux, dans une sorte de moiteur diaphane,
rayonnaient deux grands yeux bleus d'une suave
expression. Un poëte, comme Atterbom ou Tegner,
aurait comparé ces yeux limpides, ces yeux pro-
fonds, à des lacs de Suède, voilés par des bouleaux. En voyant cette jeune fille, on ne pouvait
s'empêcher aussi de remarquer ses élégantes proportions : ses pieds menus, dont une rustique
chaussure de laine ne dissimulait point la délicate
cambrure, et ses doigts effilés aux ongles blancs
et roses, qui s'échappaient de deux étroites mi-
taines. Marcel fit d'un coup d'œil, non sans quelque attrait, mais assez froidement, ces diverses
observations. Les dons particuliers de Carine ne
pouvaient être appréciés en un instant. Elle était
comme une de ces fines miniatures qu'il faut con-

templer à diverses reprises et de très-près, pour
en découvrir toutes les qualités ; chaque fois qu'on
y revient, on s'étonne d'y découvrir une nuance
nouvelle, un contour, une ligne, un trait d'une
grâce exquise, d'une expression idéale qu'on n'a-
vait point remarqués en un premier examen.

Marcel devait plus tard en faire l'expérience ;
mais en ce moment, il ne voyait devant lui qu'une
jeune fille assez ordinaire, un peu pâle et un peu
frêle. Il s'approcha d'elle sans un autre mobile
que la curiosité, et l'interrogea sur la femme qui,
en ce moment, occupait principalement son attention.

Carine lui répondit : « C'est la femme d'un Lapon qui est campé depuis quelques jours près
d'ici, avec son troupeau de rennes ; elle est jeune
encore, quoiqu'elle ait le visage bronzé et ridé.
Elle a perdu, il y a quatre ans, un enfant qui est
enterré dans notre cimetière. Chaque été elle vient
visiter sa tombe ; cette fois, elle avait un motif de
plus pour se rendre à Hammerfest. Sa belle-mère
est assez gravement malade ; elle est venue con-
sulter M. Walter, notre médecin. Je la connais
depuis longtemps, cette pauvre femme : c'est elle
qui nous vend notre provision habituelle de quartiers de rennes ; elle est entrée chez mon père
aujourd'hui, et, comme je l'ai vue si triste et si

inquiète, je l'ai reconduite jusqu'ici en tâchant de la consoler.

La jeune fille se tut. Marcel l'écoutait encore. Le ton avec lequel elle avait fait ce simple récit ne ressemblait plus à celui qu'elle avait pris, un instant auparavant, pour proclamer le courage des femmes de Suède. C'était l'intonation d'un doux organe, ému par un vrai sentiment de pitié, un accent frais et pur comme celui d'un enfant, une sorte de mélodie, la plus ravissante de toutes les mélodies, celle que la science humaine n'a pu inventer, celle que Dieu a mise comme un accord séraphique sur les lèvres de la femme.

Marcel l'écoutait, et il lui semblait que de sa vie il n'avait rien entendu de semblable. C'était le commencement de ses nouvelles impressions. Combien d'hommes à qui cette musique d'une voix féminine a révélé l'annonce d'une nouvelle existence, comme jadis les sons qui s'échappaient de la statue de Memnon annonçaient aux chameliers les premiers rayons du soleil!

« Mais, à propos, reprit Carine après un instant de silence, n'êtes-vous pas tenté de voir, pendant votre séjour ici, un campement de Lapons? M. Walter doit se rendre demain à celui de Svendson, le mari de cette femme; vous pourriez l'accompagner.

— J'en serais charmé, répondit le lieutenant.
Mais, si M. Walter ne parle pas français, comme
je n'ai pas encore appris votre belle langue scandinave, nous ferions l'un et l'autre un triste trajet.

— Je crois, en effet, reprit la jeune fille, que
notre médecin, qui est pourtant un homme très-
instruit, ne parle pas français; mais qu'à cela ne
tienne : si vous le désirez, je ferai cette promenade avec vous et vous servirai d'interprète.

— Quoi ! vous seriez assez bonne...?

— Pourquoi non? Nous avons de vrais sentiments d'hospitalité dans nos pays du Nord, et nous
nous réjouissons d'obliger les étrangers, chaque
fois que nous en trouvons l'occasion.

— Eh bien! j'accepte votre offre avec une sincère reconnaissance... A quelle heure demain?

— Attendez... »

Caroline se tourna vers la Laponne qui, pendant
ce dialogue, avait continué à bercer son enfant,
avec cette muette impassibilité qui est un des caractères des peuples primitifs.

« A dix heures du matin, reprit-elle après avoir
échangé quelques mots avec la femme de Svendson. Le docteur Walter demeure près de l'église.
Vous viendrez me prendre, et nous partirons en
semble.

— Merci! encore merci! » s'écria Marcel.

Il eût volontiers prolongé ce rapide entretien ; mais il craignait de se rendre indiscret, et il s'éloigna en saluant la jeune fille très-respectueusement.

A quelque distance, comme il n'avait pas cessé de penser à elle, il se retourna vers l'endroit où il l'avait laissée ; il la vit tirer d'un petit panier, qu'elle avait déposé à ses pieds, une couverture en laine qu'elle étendit elle-même sur la couchette de l'enfant.

« Elle est jolie et charitable, se dit-il ; mais son père est fol de vouloir la conduire dans les plus froides régions du globe. Autant que je puis en juger, il ferait mieux de l'envoyer à Madère, ou tout au moins en Espagne. »

CHAPITRE V

Elle était fraîche et belle, et quoique née au
bord d'une onde où volontiers les Vellédas du
Nord penchent aux saules de la rive, elle riait
souvent.

SAINTE-BEUVE.

En remontant à bord de *la Rosa-Marie*, le lieutenant trouva Blondeau qui l'attendait sur le pont
en fumant sa pipe, avec son apparence de placidité habituelle. Blondeau n'avait point les goûts
d'étude, le désir d'instruction de Marcel : toutes
ses facultés se concentraient dans la pratique rou-
tinière de sa profession. Amarrer convenablement
ses voiles ; faire, à midi précis, son point ; main-
tenir autant que possible l'ordre et la propreté de
son navire, telle était, en mer, sa principale, sinon
son unique sollicitude. Embarquer et décharger,
avec une attention minutieuse, sa cargaison, et
rendre à un armateur un compte scrupuleux de sa

mission : telle était sa gloire. Mais avec son juste
bon sens, il appréciait les qualités élevées de
Marcel ; et, comme il était bon et modeste, il re-
connaissait la supériorité d'intelligence de son
jeune compagnon ; il le consultait franchement
dans les occasions difficiles ; il se plaisait parfois à
l'entendre disserter sur des questions scientifiques,
bien qu'il ne comprît qu'une très-faible partie de
ces dissertations ; et souvent il se chargeait lui-
même de la besogne matérielle de la journée, afin
de laisser à Marcel plus de temps pour se livrer à
ses occupations favorites : *A chico pajarillo*, se
disait-il, *chico nidillo* [1]. Je ne suis qu'un pauvre
vieux routier de l'Océan, et pourvu qu'un jour,
quand je ne pourrai plus naviguer, j'aie de quoi
vivre dans mon humble gîte, payer régulièrement
ma vieille hôtesse, boire un verre de grog, mon
ambition est satisfaite ; mais lui, il est d'une autre
trempe ; il est comme un jeune aiglon emprisonné
dans une cage étroite. Si la fortune n'avait pas
entravé son ardeur, il porterait l'épaulette sur un
bâtiment de guerre, déjà commandant peut-être
une jolie goëlette, et bientôt capitaine de vaisseau,
et quelque jour amiral.

Marcel, de son côté, avait pour le capitaine un

---

1. A petit oiseau, petit nid.

sérieux sentiment d'estime et une sorte d'affection filiale ; il lui savait un très-grand gré de toutes ses concessions, et prenait à tâche de ne pas en abuser.

Ce jour-là, pourtant, Blondeau trouvait que le jeune lieutenant faisait à terre une longue station ; il lui tardait de le voir revenir, et de temps à autre, il regardait du côté de Hammerfest, et mordillait le bout de sa pipe avec un mouvement d'impatience. Il avait une nouvelle à lui annoncer, une décision qu'il venait de prendre, à lui tout seul, et qui le troublait un peu.

« Enfin ! s'écria-t-il lorsqu'il le vit sauter d'un pied léger sur le pont, vous voilà : venez par ici, j'ai à vous parler. »

Il aspira vivement plusieurs bouffées de tabac, comme pour donner un cours plus libre à sa pensée, puis il dit :

« C'est fini ; j'ai vu Lax, un brave homme... un bon et vrai marin... une résolution de fer, et de l'intelligence. Il parle assez français pour qu'on le comprenne. Les gens de ce pays sont étonnants ; ils parlent toutes les langues... Bref... nos conventions sont faites : il vient avec nous.

— A merveille, répondit Marcel, il a donc renoncé à cette absurde idée de voyage pour sa fille ?

— Absurde.... c'est peut-être vrai.... répliqua
le capitaine en baissant la tête, comme un homme
qui craint de s'être laissé prendre dans un piége;
mais il n'y a pas renoncé.... et, ma foi, je n'ai pas
eu la force de lui résister.... Ce diable d'homme a
une volonté.... et une faculté de persuasion.... Je
sais bien pourtant à quel péril on s'expose en ins-
tallant une jeune fille sur un navire pour une longue traversée.... Je suis sûr de moi, et je dois être
aussi sûr de vous, puisque Mlle Rosa Marie elle-
même n'a pu vous émouvoir.... Mais que quelques
uns de nos hommes.... que ce mauvais Tromblon,
par exemple, s'avise de trouver cette fille du pilote
jolie.... c'est l'orage.... c'est le diable à gouverner.

— Elle est jolie! s'écria Marcel.

— Vraiment! vous l'avez donc vue?

— Oui; je l'ai rencontrée par hasard, et je viens
de la quitter.

— Hum! murmura le capitaine, en aspirant une
nouvelle bouffée de tabac.

— Elle est jolie, mais digne et ferme, reprit
Marcel. Ce qui m'inquiète pour elle, c'est son apparence de faiblesse.... Je ne comprends pas que
son père....

— Que voulez-vous? répondit le capitaine avec
plus d'assurance; c'est sa pensée fixe. Après tout,
il la connaît mieux que nous, et il connaît mieux

que nous aussi l'influence de ces climats du Nord.
J'ai entendu dire que des Anglais, affectés d'une
phthisie, s'étaient miraculeusement guéris en che-
vauchant, pendant quelques mois, dans le désert
des prairies de l'Amérique de l'Ouest. Peut-être
que, pour les malades de ce pays, la température
des glaces a des effets semblables; et ce pauvre
père qui a mis en ce voyage ses plus chères espérances, je veux croire qu'il ne se trompe pas.
Dieu a pitié de ceux à qui il n'a plus laissé qu'une
joie en ce monde. Comme le disent les Espagnols,
ajouta d'un ton de pieuse sensibilité l'honnête capitaine qui en revenait à tout instant à ses citations : *No hiere Dios con dos manos ; que a la
mar hizo puertos y a los rios vados* [1]. Quoi qu'il
en soit, c'est une affaire résolue : il n'y a plus
à y revenir. Vous ne m'en voulez pas d'avoir pris
cette décision sans attendre votre assentiment?

— Moi, vous en vouloir, mon cher Blondeau!
dit Marcel; en ai-je le droit? et quand je l'aurais,
ne sais-je pas que vous agissez en toutes circonstances avec la meilleure intention?

— Merci! vous êtes un bon garçon... A présent
je vous dirai que, pour mieux installer notre passagère, j'ai résolu de lui céder ma chambre et de

---

1. Dieu ne frappe pas des deux mains; il fait des ports
aux mers et des gués aux rivières.

prendre la cabine qui est près de la vôtre. Il ne me
faut pas tant de place.

— Mais, répliqua Marcel, ne ferions-nous pas
mieux de lui abandonner, à elle et à son père, tout
le gaillard d'arrière, et de nous établir, vous et moi,
dans la dunette?

— Oui, vous avez raison : cela sera beaucoup
plus convenable. Sur ma foi, elle voyagera comme
une reine, cette fille du vieux Lax : une chambre
de capitaine, une chambre de lieutenant, et deux
autres chambres encore pour se promener... C'est
un vrai palais! La bonne Rosa Marie serait peut-
être très-heureuse de l'occuper; mais vous ne voulez pas y songer, et j'ai tort de vous en parler.....
Maintenant, mon cher Marcel, que nous avons notre
pilote, il s'agit de hâter autant que possible notre
départ. Lax dit que nous sommes déjà fort en retard. Les navires destinés à la pêche du Spitzberg
partent d'ici au mois d'avril, et nous voici presque
au mois de juin; cependant il ajoute que l'été s'annonce sous de favorables auspices, et il espère que
nous pourrons encore faire une fructueuse expédition; je le désire vivement, pas tant pour moi que
pour M. Vanskep.

— Si vous le voulez, dit le lieutenant, je resterai
constamment à bord pour surveiller et activer le
travail des marins.

— Non, non; c'est mon affaire : allez à terre
tant qu'il vous plaira. Je sais que vous aimez à observer les pays où vous vous arrêtez, à recueillir
des renseignements qui, après tout, peuvent avoir
leur utilité. Quant à moi, voyez-vous, mon navire
c'est mon royaume; le reste m'intéresse peu : les
vieux marins sont comme les vieilles loutres, qui
ne se traînent sur le rivage que lorsque la nécessité
les y oblige. Un jour peut-être vous aurez les mêmes goûts; un jour peut-être vous reconnaîtrez
qu'il n'y a pas de meilleur gîte, en ce monde, qu'une
cabine sur un beau bâtiment. En attendant, buvons
une bouteille de ce porter de Gothembourg, que
M. Sparrman a eu l'obligeance de m'envoyer, et
allons nous coucher. »

Le lendemain, lorsque Marcel se rendit, avec le
docteur Walter, dans la maison du pilote, il aborda
Carine avec le sentiment grave d'un homme qui
se trouve en face d'une personne envers laquelle il
a un devoir à remplir; il se disait que cette délicate
jeune fille allait être, pendant plusieurs mois, placée sous son patronage, et il la regardait attentivement, comme pour mieux se rendre compte de la
tâche qu'il était appelé à remplir envers elle. Il remarqua alors, plus vivement que la veille, l'ébloui-
sante richesse de sa chevelure, la beauté de ses
yeux, la fine découpure de ses lèvres; mais, en

même temps, il était aussi plus vivement frappé de
la pâleur de son visage et de la visible faiblesse de
son organisation.

Carine était pourtant dans une joyeuse disposition d'esprit; elle salua gaiement le docteur, puis
s'avançant vers Marcel, et lui tendant amicalement
sa petite main :

« Eh bien? lui dit-elle, monsieur le lieutenant,
c'est donc décidé! vous voilà condamné à m'emmener avec vous.

— Condamné! répliqua Marcel. Je proteste contre une telle expression.

— Oui, oui, reprit-elle en riant, je sais bien ce
qu'il en est. Nous autres, pauvres femmes, voilà
comme on nous traite : on veut bien dîner avec
nous, danser avec nous, faire une promenade dans
les champs avec nous ; mais, dès qu'il s'agit de
nous donner une place dans une diligence ou de
nous embarquer dans un navire, adieu la courtoisie! nous dérangeons les beaux messieurs dans les
combinaisons de leur égoïsme; nous importunons
le conducteur d'une voiture, avec nos deux ou trois
malheureuses petites caisses, et nous effrayons les
marins.

— Vous n'êtes pas juste envers nous, mademoi
selle, répliqua poliment Marcel, et vous l'êtes encore moins envers vous. Ils seraient bien disgra-

ciés de Dieu; les marins que votre aspect pourrait effrayer! Quant à moi, je me réjouirais sincèrement de vous conduire dans les plus lointaines contrées; mais, comme je vous le disais hier, je crains.....

— Ah! voilà, s'écria Carine, vous croyez déjà, comme mon père, que je suis faible, maladive; et, tandis que lui est convaincu que cette expédition sera très-salutaire à ma santé, vous vous imaginez, au contraire, que je n'en pourrais supporter les rigueurs. Mais il faut vous dire que je suis très-forte, très-robuste, n'est-il pas vrai, docteur? si ce n'est que parfois je tousse un peu..... Je ne peux pas enlever à mon père l'idée que j'ai besoin de me fortifier par cette navigation; mais en réalité, je ne l'entreprends que pour mon propre agrément. Dans mon enfance, je lisais le *Robinson des Glaces;* j'avais entre les mains des livres d'images qui représentaient les principaux phénomènes des régions polaires, et dès cette époque j'ai senti s'éveiller en moi le désir d'observer dans leur réalité ces scènes qui m'émerveillaient. Je me réjouis à l'idée de passer près de ces pyramides de glaces flottantes, qui reluisent, dit-on, comme des émeraudes, et je ne serais point fâchée de voir des ours blancs, bien entendu pourtant, à une distance respectueuse.

— Nous tâcherons, dit Marcel, de satisfaire à votre curiosité, en vous préservant de tout péril.

7

— Oui, reprit Carine avec une candeur d'enfant, je m'en rapporte à vous. Le capitaine a fait un si grand éloge de vous à mon père, et M. Sparrman dit aussi que vous lui inspirez tant de confiance! Vous verrez que je ne suis pas non plus une mauvaise compagne de voyage, ni capricieuse, ni exigeante, et vous serez peut être bien content de m'avoir.

— J'en suis sûr, répondit Marcel, qui ne pouvait s'empêcher de sourire à ces naïves confidences de la jeune fille.

— Mais allons! s'écria-t-elle en prenant son châle et ses gants; nos Lapons nous attendent, et mon père qui, en sortant, m'a fait promettre de revenir de bonne heure... Aujourd'hui, c'est moi qui vous fais connaître une des scènes de la vie du Nord, et, il faut que vous le sachiez, c'est une dette que vous contractez.

— Je me reconnais très-volontiers votre obligé.

— Mon obligé! s'écria Carine, en portant tout à coup la main à son front par le mouvement instinctif que produit une idée subite. Étourdie que je suis! je comptais vous rendre un service; je voulais être votre interprète près de M. Walter, et voilà que j'y songe : tout à l'heure, je vous voyais avec lui, et vous me paraissiez causer ensemble très-aisément. Vous avez donc, à vous deux, une langue dans la-quelle vous vous comprenez?

— Parfaitement, répliqua Marcel.

— J'ai un peu étudié le français à l'université de Christiania, ajouta le médecin, et je lis des livres français chaque fois que je puis m'en procurer.

— Allons! répliqua la jeune fille en souriant; décidément les hommes, dont nous nous amusons quelquefois à médire, sont plus modestes que nous. Voilà cinq ou six ans que j'ai le plaisir de vous connaître, mon cher docteur, et j'ignorais encore une de vos facultés : c'est pourtant mal, ce que vous avez fait là! Si vous n'aviez pas été si dissimulé, nous aurions pu quelquefois nous entretenir ensemble dans cette langue que j'aime, qui me rappelle la maison de ma généreuse protectrice, et j'aurais pu vous prêter quelques ouvrages de choix, que je garde là précieusement dans cette armoire. Mais vous serez puni de votre traîtrise; je ne vous prêterai rien. Vous êtes cause que j'ai agi comme une sotte et présomptueuse petite fille : car j'offrais vaniteusement mes services au lieutenant, et je vois qu'il n'en a aucun besoin; et maintenant, au lieu de vous conduire moi-même à la tente de Svendson, au lieu de remplir entre vous deux un important office, j'en suis réduite à vous demander si vous voulez bien accepter dans votre excursion mon inutile compagnie.

— Comment donc! s'écrièrent à la fois Marcel et

Walter, avec un accent qui protestait assez vivement contre ces derniers mots de Carine.

— Eh bien ! soit, reprit-elle : je serai bonne personne, et je reprends sans regret l'humble position
passive dont nous ne devrions jamais essayer de
sortir, puisqu'on dit que l'humilité fait la force de
la femme... Attendez-moi un instant; je vais dire
adieu à ma tante, qui n'a pas osé paraître devant
un marin de France. »

A ces mots, elle sortit.

« Quelle bonne et charmante fille! dit le médecin, d'un ton qui indiquait un sincère sentiment
d'affection.

— Charmante en effet, répliqua tranquillement
Marcel; mais, dites-moi, vous qui la voyez depuis
longtemps, que pensez-vous de son état? Son père
en parle avec une pénible anxiété, et j'ai peur qu'il
ne s'abuse dans le projet qu'il persiste si obstinément à accomplir.

— Je ne puis, en vérité, répondit le médecin,
vous donner une réponse assurée. Mlle Carine
est, il est vrai, d'une organisation délicate et
souffreteuse ; quelquefois elle est affectée d'une
toux sèche, opiniâtre, inquiétante; quelquefois
même j'ai remarqué sur ses joues de petites taches
de rougeur, indice d'une poitrine faible. Mais en
même temps il y a en elle une animation, une

prestesse d'esprit et de mouvements, qui indi-
quent une puissante vitalité. Si son corps est faible, son âme en revanche est énergique. Tous les
êtres humains sont, comme vous le savez, plus ou
moins soumis, à diverses époques, au conflit mystérieux de leur double élément, à la lutte du moral et du physique, la lutte nocturne de l'ange et
de Jacob.... Dans cette jeune fille, la lutte est longue et vive; mais je ne serais pas surpris qu'elle
en triomphât par les forces secrètes que la nature
a mises en elle : je l'ai observée avec attention ; j'ai
été consulté par son père sur le plan qu'il avait
formé, et, après y avoir réfléchi, je ne m'y suis point
opposé. Il est possible que les émotions d'attrait,
de curiosité, qu'elle éprouvera indubitablement
dans ce voyage, agissent sur elle d'une façon très-
efficace, et il se peut aussi qu'une navigation de
quelques mois, les exhalaisons de l'eau salée, l'air
éthéré des plages de glaces, aient pour elle un salutaire effet. Que vous dirai-je enfin?... Il est des
circonstances, et malheureusement elles ne sont
que trop fréquentes, où nous sommes bien forcés
de reconnaître notre impéritie; où, après avoir
étudié de notre mieux l'état de notre malade, et
cherché pour lui les remèdes que la science nous
indique, il ne nous reste qu'à formuler humblement cet axiome de votre célèbre chirurgien Am-

broise Paré : « Je te pansay, Dieu te guarit. »

— Merci! repartit vivement Marcel ; je me faisais un cas de conscience de céder à un désir qui me paraissait très-imprudent, ou, pour mieux dire, très-dangereux, et vous me rassurez.

— Prenez garde, ajouta le médecin ; quand vous la verrez dans un état de gaieté un peu vive ou de pétulance, c'est probablement alors qu'elle a le plus besoin de ménagements. Son affection profonde pour son père et la crainte de l'inquiéter l'ont habituée à ces efforts de vivacité factice quand elle éprouve quelque malaise. Nous avons tous, pauvres êtres que nous sommes, notre orgueil. J'ai longtemps cherché le sien dans sa modeste nature, et j'ai fini par le découvrir : c'est l'orgueil de la générosité. Très-sensible aux souffrances des autres, elle ne veut pas qu'on s'occupe des siennes. Dans sa candide franchise, dans sa limpidité virginale, elle a les dissimulations de la charité et les artifices de l'amour filial.

— Ah ! s'écria Marcel avec un mélancolique accent, heureux ceux à qui il est réservé d'accomplir cet acte de sollicitude filiale! Heureux ceux qui peuvent voir longtemps rayonner sur eux le regard d'un père ou d'une mère, cette véritable étoile de la vie, ce soleil du cœur ! »

En prononçant ces mots, il détourna la tête, et,

comme pour se distraire de ses tristes réflexions d'orphelin, il se mit à examiner l'habitation de Carine.

Nos habitations ne sont autre chose que le vêtement de notre vie intime; nous les construisons ou
nous les parons selon nos goûts particuliers. Peu à
peu, sans que nous nous rendions compt eà nous-
mêm esde nos diverses dispositions, elles se modifient d'après nos habitudes; elles se moulent, pour
ainsi dire, sur notre caractère, sur la régularité de
notre existence journalière, sur les caprices de notre imagination. De même que l'ornithologiste, à
l'aspect d'un nid, des matériaux dont il se compose,
de la place qu'il occupe, peut reconnaître à quelle
espèce appartient l'architecte ailé qui a formé cet
ingénieux édifice, de même en examinant un appartement, un de ces nids éphémères de la race
humaine, l'observateur peut deviner, sinon toujours
à coup sûr, au moins très-fréquemment, à quelle
classe de la société appartient celui qui a bâti ou
décoré cette demeure. Si le banquier vaniteux en-
tasse dans ses salons les dorures et les tapis splendides, l'artiste ou le savant cherche à s'entourer
de ses instruments d'étude, des objets qui parlent
à sa pensée. Le bon bourgeois conserve précieusement des meubles surannés auxquels il attache un
souvenir d'affection, et l'ouvrier suspend à sa fenêtre la roue de l'écureuil ou la cage du chardonneret,

qui l'égaye dans ses heures solitaires de travail.

Dans ces différentes habitations, il en est une qui, à tous les degrés de l'échelle sociale, offre un charme particulier : c'est la chambre de la jeune fille. On n'y entre point pour la première fois sans une attraction mystérieuse. Que cette chambre soit riche ou pauvre, élégante ou dénudée, n'importe, si celle qui l'occupe a les richesses souveraines de la grâce et de la beauté. Elle la décore par sa présence, elle l'égaye par son sourire, elle la parfume de son souffle pur, elle en fait comme un sanctuaire, par la vertu de sa pensée, par la virginité de ses rêves, et même, quand elle la quitte, elle y laisse comme un arome de sa fraîche jeunesse. C'est le vrai nid de l'oiseau, du plus charmant des oiseaux, de celui qui gazouille, matin et soir, son chant mélodieux, ou de celui qui se plonge dans le calice des fleurs, du colibri, auquel les Anglais ont donné le nom imagé de *hummingbird*, et les Espagnols, le nom plus joli encore de *picaflores*.

Marcel promenait autour de lui un regard curieux, et éprouvait un attrait indéfinissable à observer l'un après l'autre les divers objets qui l'entouraient. Tout était cependant d'une simplicité extrême, dans cette retraite de la jeune fille : un petit lit sans rideaux, selon l'usage hygiénique des Allemands et des gens du Nord, une table en sa-

pin, une corbeille à ouvrage. A l'un des angles de
la chambre, un vase de fleurs artificielles devant
un christ en bois, sculpté par un naïf ciseleur de
Norvége; à l'autre, l'armoire de livres dont Carine
avait parlé au docteur; un coffre rustique où elle
renfermait ses vêtements ; deux chaises en paille;
une cuvette et une aiguière en faïence : rien de
plus. Mais tout cet humble mobilier était rangé
avec ordre, entretenu dans un état de propreté
minutieuse. Tout annonçait les habitudes d'une vie
paisible, régulière, sagement coordonnée.

Marcel s'approcha de l'armoire pour voir les ouvrages qu'elle renfermait. Mais au même instant
Carine rentra.

« Ah ! s'écria-t-elle, je vous y prends, à profiter
de mon absence pour fouiller dans mon trésor. Eh
bien! vous serez puni de votre indiscrétion : vous
ne verrez rien aujourd'hui...

— Mille pardons, dit Marcel ; mais vous nous
avez avoué que vous possédiez des livres français,
et vous concevez que je désirais...

— C'est bon! c'est bon! reprit-elle en riant; je
vous les montrerai peut-être quelque jour, si je
suis contente de vous. A présent, il est temps de
nous mettre en route. Partons... »

A ces mots, elle franchit d'un pied léger le seuil
de la porte. Ses deux compagnons la suivirent.

CHAPITRE VI

Fiaillhög nord
Der lappen flyttar kring sin frihet hoc sin hiord
TEGNER.
Les hautes montagnes du Nord, où erre le La-
pon avec son troupeau et sa liberté.

« Vous avez donc la clientèle des Lapons? dit
Marcel au docteur.

— Oui, répliqua Walter, qui ne demandait pas
mieux que de répondre à toutes les questions du
jeune lieutenant, car il était instruit et expansif, et
dans sa petite ville de Hammerfest il ne trouvait
pas souvent l'occasion de développer ses connaissances. Autrefois, ajouta-t-il, les innocents Lapons
ne se souciaient guère de la science de nos écoles.
Dans les divers accidents de leur vie, ils ne con-
sultaient que leurs sorciers. S'ils avaient un voyage
à entreprendre, une affaire difficile à terminer,
c'était le sorcier qui, comme l'oracle des peuples

anciens, comme la Velléda des Gaulois, comme le Schamann des Tcheremesses , leur donnait une décision. Si l'un d'eux tombait malade, ils attribuaient sa débilité au départ de son âme qui s'en allait, disaient-ils, dans les régions souterraines, visiter les morts qu'elle regrettait. Le sorcier, avec son tambour magique, devait alors évoquer cette âme et la conjurer de rentrer dans le corps languissant qu'elle avait déserté.

— Vraiment! s'écria Carine; mais c'est là une très-poétique idée!

— Oui, reprit Walter, une idée d'un spiritualisme étonnant, digne de notre mystique philosophe Swedenborg. Cependant les Lapons en sont venus à reconnaître que le sorcier, pour accomplir ses conjurations, buvait beaucoup d'eau-de-vie, exigeait un rigoureux salaire et ne parvenait pas souvent à ramener dans son domicile terrestre l'âme fugitive. Maintenant, chaque fois qu'ils en trouvent l'occasion, ils s'adressent volontiers à un médecin. Mais, dans leur isolement et dans leur vie errante, ils sont souvent obligés de chercher eux-mêmes un remède à leurs infirmités, et ils ont conservé certaines cures traditionnelles dont rien ne peut les détourner. Ainsi, par exemple, s'ils éprouvent une atteinte de scorbut, ils ne se décideront guère à employer le cochléaria, que la na-

ture, dans une de ses commisérations, a répandu
jusqu'aux derniers confins des terres arides du
Nord. Ils préfèrent avaler du sang chaud de rennes
ou de phoques. Pour arrêter une hémorragie na-
sale, ils se mettent sur le nez une lame de fer
chauffée dans la cendre. Pour guérir un mal de
tête, ils se brûlent le front avec des morceaux d'a-
madou enflammé. S'ils se font une entorse, s'ils se
brisent un membre, ils se hâtent de tuer un chien,
appliquent sa peau saignante sur leurs fractures,
et renouvellent plusieurs fois cet appareil. Ils sont
très-exposés aux maux d'yeux, par l'épaisse fumée
de leurs tentes, par la réverbération du soleil sur
la neige. Dès qu'ils éprouvent un de ces accidents,
ils se font nettoyer l'intérieur de la paupière avec
la pointe d'un couteau. Quelquefois une main ma-
ladroite leur crève la prunelle; quelquefois aussi
cette singulière opération les guérit.

— Mais quelle est, en général, demanda Marcel,
leur constitution physique? J'ai lu plusieurs récits
de voyageurs français et anglais qui décrivent la
physionomie, le caractère, les mœurs des Lapons,
et je ne suis pas sûr que ces descriptions soient
bien exactes, à commencer par celle de notre illustre Regnard, qui aurait pu faire encore un bon
bout de chemin au delà du lieu où il gravait son
Defuit orbis, et qui me paraît avoir consigné

dans sa relation des remarques fort équivoques.

— Oui, répondit Walter, on a publié une quantité de livres sur les Lapons, non-seulement dans nos contrées, mais en Danemark, en Norvége, en Suède, dans les pays les plus rapprochés de cette race singulière. Les peuples civilisés éprouvent une vive curiosité à regarder ceux qui restent en arrière de la marche des nations et qui, dans le mouvement ascensionnel de l'humanité, conservent leur état primitif; c'est pour eux un objet d'étude, une espèce de phénomène, comme un animal fossile pour le zoologiste. Aussi, voyez avec quel intérêt les navigateurs anglais s'occupent des Esquimaux qu'ils rencontrent dans leurs expéditions au Groënland; les Russes, des tribus à demi sauvages dispersées à l'est de leurs immenses domaines, sur les frontières de la Chine, et les Américains, des restes des hordes indiennes qu'ils ont refoulées jusqu'aux dernières extrémités de l'Ouest et du Nord.

« En ce qui concerne les Lapons, nos meilleurs livres sont ceux des missionnaires suédois et norvégiens, qui ont pris à tâche de convertir au christianisme cette vieille race ignorante, qui l'ont suivie dans la vaste région où elle est disséminée, qui ont vécu de sa vie nomade, et plus tard se sont établis dans différents districts où ils ont constitué

des commnnautés chrétiennes. Comme vous ne
pouvez pas lire ces livres, et comme vous n'avez
pas non plus, je pense, l'intention de faire une
étude approfondie de nos pauvres Lapons, je vous
dirai brièvement leurs principaux traits de caractère.

« Vous remarquerez d'abord, quand vous les
verrez, qu'ils ne sont point si petits qu'on les dépeint ordinairement; ils ne méritent pas plus d'ê-
tre abaissés au niveau des nains que les Patagons
ne méritent d'être élevés à la hauteur des géants.
C'est l'observation superficielle ou l'imagination
des anciens voyageurs qui a enfanté ces erreurs.
Les Lapons sont, en général, d'une taille moyenne,
et il en est qui ne dépareraient point par leur sta-
ture, un régiment de carabiniers ou de dragons.
Vous remarquerez aussi qu'ils ont presque tous
les cheveux noirs et les yeux noirs : c'est là évidemment un des signes de leur origine distincte,
un signe saillant, surtout au milieu de la blonde
race européenne qui les entoure. Mais quelle est
cette origine? D'où viennent-ils? A quelle époque
se sont-ils implantés dans le Nord ? A quelle langue se rattache leur idiome? Nul ethnographe et
nul philologue n'a pu encore résoudre d'une façon
positive ces problèmes. Quelques savants ont cher
ché à démontrer qu'il y avait de notables analo-

gies de physionomie et de caractère entre les
Lapons et les Juifs, et l'un d'eux n'a pas craint
d'affirmer que la tribu laponne provenait d'une
des tribus d'Israël qui furent emmenées captives
en Assyrie par Salmanasar; d'autres la font descendre des Scythes ; d'autres la disent apparentée
aux Turcs, aux Avares, aux Hongrois. Mais ni
parchemins, ni traditions, ni monuments, rien qui
puisse éclairer d'un rayon lucide ces différents
systèmes. C'est un de ces mystères que le vieux
Saturne semble livrer malicieusement aux inves-
tigateurs du passé, comme pour s'amuser de leurs
recherches et de leurs déceptions.

« Ce qu'on a tout lieu de croire, d'après les ré-
centes observations d'un habile professeur, M. Nils-
son, c'est que cette race, autrefois beaucoup plus
nombreuse et plus prospère qu'elle ne l'est aujourd'hui, se répandit dans les régions méridionales de la Suède, jusqu'en Scanie; et qu'elle a été
peu à peu rejetée au Nord par l'ascendant d'une
race plus forte. Les Lapons eux-mêmes ont conservé une vague réminiscence de cet événement,
et ne craignent pas de le raconter, car ils ont
trouvé le moyen d'y joindre un sentiment d'orgueil national. « Il fut un temps, disent-ils, où nos
« aïeux et les aïeux des Suédois ne formaient
« qu'un même peuple; un soir une tempête violente

« éclate , le Suédois a peur et s'abrite sous des
« planches ; le Lapon brave fièrement l'orage. De-
« puis cette époque, le Suédois s'est construit des
« maisons ; le Lapon, plus robuste , vit en plein
« air. »

— Et ces Lapons , dit Carine avec un accent de
pitié, ces pauvres gens, dont les ancêtres culti-
vaient jadis les plaines fécondes de la Scanie, sont
à présent très-malheureux !

— Moins malheureux peut-être, reprit le docteur, qu'on ne se le figure, si comme l'a dit, je
crois, un poëte italien, il n'y a pas une plus
grande douleur que de se souvenir des jours de
félicité dans la misère [1]. Ils n'ont jamais joui des
faveurs de la fortune, des présents d'une terre
plus fertile que leur terre natale ; ils ne connaissent pas une autre destinée que celle qui les attend
à leur naissance et les subjugue jusqu'à leur dernière heure. Il est vrai que cette destinée est
triste... Mais, dit tout à coup Walter en regardant
Marcel et Carine, qui cheminaient à côté de lui,
je crains de m'abandonner trop aisément à un
vaniteux plaisir de conteur, et de vous ennuyer
par mes dissertations.

1.   Nessun maggior dolore
        Che ricordarse del tempo felice
        Ne la miseria.
                        (DANTE. — L'Enfer.)
                                8

— Non, non, s'écria le lieutenant ; je vous écoute avec un vif intérêt, et je vous saurai grand gré, si vous voulez bien continuer. »

En même temps la jeune fille levait en silence ses yeux bleus sur Walter, et ces yeux exprimaient éloquemment le même sentiment de gratitude et de curoisité.

« Eh bien ! reprit Walter, puisque vous le voulez, je continue. Cette grande zone de la péninsule scandinave, qui s'étend depuis le soixante-cinquième jusqu'au delà du soixante-dixième degré de latitude, c'est la patrie du Lapon ; elle n'est point, dans toute son étendue, si aride ni si misérable qu'on se l'imagine en général. Ceux qui ont visité ses districts méridionaux se plaisent à dire qu'ils y ont vu une population active et industrieuse, des champs cultivés avec soin, des fleuves sillonnés par de nombreuses embarcations, et quelques petites villes où l'on peut séjourner fort agréablement. La région terrestre habitable se prolonge, comme vous le savez, beaucoup plus vers le pôle arctique que vers le pôle austral. De ce côté, nous pouvons aller jusqu'au quatre-vingtième degré de latitude, sans rencontrer des barrières de glace infranchissables ; dans l'autre hémisphère, on les rencontre quelquefois au quarante-cinquième degré ; de plus, la terre scandinave, cette forte terre qu'on appelait, au moyen âge, le *vagina gentium*, se distingue, entre toutes les autres terres du Nord, par les faveurs spéciales de la nature, par ses phénomènes de végétation. Ainsi, jusqu'au hameau d'Enontekis, situé au soixante-huitième degré de latitude, on cultive encore les céréales; en Sibérie, cette culture s'arrête au soixante-sixième degré; dans le Canada, au cinquante-unième.

Mais la plus grande partie de la Laponie suédoise, norvégienne et russe, est composée d'un sol humide, stérile, revêtu de quelques chétifs arbustes, de plantes sauvages et de lichen. C'est là que le Lapon campe toute l'année; c'est là qu'à chaque saison il accomplit solitairement sa lente et pénible émigration, au printemps, sur des champs de neige, en été, par une chaleur ardente, à travers des tourbillons de moustiques altérés de sang, en automne, sur un terrain fangeux, en hiver, par des nuits ténébreuses et par une température qui congèle le mercure. Il n'a point, comme les pèlerins de l'Orient, la satisfaction de s'associer à une caravane; il n'a point, de distance en distance comme les marchands de Bagdad, l'abri d'un caravansérail; il ne se récrée point, comme les Bédouins, par la perspective d'une fraîche oasis. Il chemine seul avec sa famille, à la suite de son troupeau de rennes : il sait que, dans son morne

désert, il n'y a ni plantes nutritives, ni fruits savoureux, ni grains, ni silos, ni gîtes assurés ; il
emporte avec lui sa tente, ses grossiers ustensiles
domestiques et ses provisions. Ah ! ils pourraient
recueillir dans nos pays du Nord un salutaire enseignement de philosophie pratique, ceux à qui la
Providence et la nature ont prodigué leurs dons
en d'autres contrées, et qui gémissent quand ils
ont à surmonter quelques difficultés! Ils verraient
ici jusqu'où peut aller la patience de l'homme, et
jusqu'à quel degré il peut restreindre ses besoins
matériels.

« La femme laponne accouche sans médecin, en
se suspendant par les bras à une corde tendue
entre deux piquets, et elle n'a près d'elle ni garde-
malade, ni nourrice, et elle ne connaît aucune des
prescriptions pharmaceutiques dont on fait ailleurs un si grand usage. Le berceau où elle em-
maillotte son enfant est un tronc d'arbre creusé,
aminci par le bas, évasé par le haut; au lieu de
linge, elle y met une couche de mousse ; en voyage
elle porte ce berceau sur ses épaules, à l'aide d'une
courroie, comme une mandoline. Quand elle sta-
tionne quelque part, quand elle doit vaquer à ses
devoirs de ménage, elle le plante debout, comme
un pieu, dans le sol humide ou dans la neige ;
l'enfant subit ainsi, dès son bas âge, toutes les in-

tempéries, et, dès qu'il peut marcher, il commence
sa vie d'émigrant.

« Ces migrations périodiques, le Lapon ne les accomplit point, comme les cygnes et les hirondelles,
pour jouir, selon les différentes saisons, d'un meilleur climat; il ne consulte point son agrément per-
sonnel ; il est obligé de conduire d'un lieu à l'autre
son troupeau de rennes, pour lui procurer une pâture et le défendre contre une calamité. Ces rennes
qui lui donnent sa nourriture et ses vêtements ; ces
rennes qu'il attelle, pour une minime rétribution,
aux traîneaux de marchandises ou de voyageurs ;
ces rennes qui sont sa principale, si ce n'est son
unique ressource , comme le phoque pour les
Groënlandais et l'arbre à pain pour certaines peuplades de l'Océanie, ont des ennemis acharnés, et sont
exposés à de mortels périls. En été, un insecte s'attache à leur peau, la transperce de son dard et y
introduit ses œufs ; un autre insecte pénètre dans
leurs narines et fait éclore ses larves dans leur palais. C'est pour les soustraire, autant que possible,
à cette funeste couvée, que le Lapon emmène ses
rennes sur les hautes montagnes, ou sur les bords
de la mer. En automne, il les ramène vers les vallées, et là, le renne est assailli par des nuées de
moustiques dont on ne peut se faire une idée, quand
on n'a pas parcouru les terres marécageuses de la

Laponie, ou les forêts de l'Amérique occcidentale.
En hiver, le pauvre animal est forcé de fouiller sous
la neige avec son large sabot, comme avec un
hoyau, pour trouver, à deux ou trois pieds de profondeur, le lichen dont il se nourrit. Les plus robustes accomplissent encore aisément ce travail;
les plus jeunes viennent à leur suite, et profitent
de l'ouverture faite par des pieds vigoureux, ou se
repaissent, comme d'humbles parasites, des restes
du festin. Mais si la neige, durcie par le froid, prend
la consistance de la glace, le renne ne peut parvenir
à saisir son aliment sous cette masse compacte, et
bientôt il s'affaisse et meurt d'inanition. Que si alors,
pour comble de malheur, une bande de loups se précipite sur le troupeau, c'en est fait de la fortune du
Lapon. Pour assurer sa subsistance et celle de sa
famille, il lui faut au moins deux cents rennes. Ce-
lui-là est considéré comme un heureux rentier, qui
en compte cinq cents, et il en est quelques-uns qui
en possèdent plusieurs milliers : ceux-là sont les
seigneurs de la finance, les Rotschild de la contrée;
mais en quelques nuits d'hiver, tout ce vivant capital
peut être anéanti; toute une famille dont on enviait
la prospérité peut se trouver subitement réduite à la
mendicité. Dans ce désastre, quelques Lapons se
trouvent très-satisfaits d'entrer comme domestiques
chez un de leurs voisins; d'autres vont se fixer au

bord des fleuves, ou sur les côtes de la mer, et se font pêcheurs et bateliers; d'autres enfin se livrent à l'agriculture.

« Dans les districts méridionaux de la Laponie, il y a de vastes terrains inoccupés; celui qui veut les défricher obtient du gouvernement un secours pécuniaire, plusieurs sacs de grains et de pommes de terre, quelques ustensiles agricoles et une exemption d'impôts pendant vingt ou trente ans. Avec leur caractère tenace et leurs habitudes d'économie, les Lapons réussissent en général dans ce travail de défrichement, et la plupart d'entre eux ne peuvent que s'applaudir de la détermination qu'ils ont prise : car, au lieu d'errer misérablement à la suite de leurs rennes, ils occupent, comme les settlers de l'Amérique, une bonne cabane en bois; ils récoltent dans le champ qui leur est concédé des légumes, de l'orge, des pommes de terre, et ils élèvent des bestiaux qu'ils vendent à beaux deniers comptants. Leur visible succès entraîne naturellement d'autres pasteurs de rennes à suivre leur exemple; par suite de ces conversions, volontaires ou obligées, à l'état de pêcheur ou au labeur agricole, la caste des Lapons nomades s'amoindrit graduellement. Il faut remarquer d'ailleurs que leurs femmes sont peu fécondes, et qu'un grand nombre de leurs enfants meurent en bas âge. Si, comme les chroniques le rapportent, cette caste a été jadis répandue jusqu'au midi de la Suède, si elle était divisée en plusieurs tribus, si elle avait ses jarls, comme les Norvégiens, ou ses chefs de clans, comme les montagnards d'Écosse, en notant de génération en génération et d'année en année sa diminution, on peut prévoir le temps où elle sera en partie anéantie, en partie transformée.

« Mais nous voici près du campement de Svendsson, ajouta le docteur en se tournant vers Marcel, et vous allez voir par vous-même la situation matérielle du Lapon. »

Sur la plage, à quelque distance de la mer, au pied d'une colline escarpée, s'élevait une tente composée de lambeaux d'une étoffe de laine brune, surchargée de quelques peaux de rennes, et près de là un stabur, c'est-à-dire une espèce de niche carrée en bois, dans laquelle le Lapon dépose une partie de ses provisions. Cette niche est posée comme un colombier sur des poteaux, à dix ou douze pieds au-dessus du sol, pour la mettre à l'abri de la voracité des gloutons ou des autres rapaces animaux.

Carine s'avança gaiement vers la femme de Svendsson, qui l'attendait avec son enfant dans ses bras, et entra avec elle dans la tente ; Marcel la suivit, mais il faillit être suffoqué lorsqu'il pénétra dans cet étroit réduit, où tourbillonnait une noire fumée ; Walter lui dit de se courber jusqu'à terre. Ce ne fut qu'en prenant cette position qu'il parvint à respirer, car la fumée s'épaississait surtout à une certaine hauteur, vers la sommité de la tente, entr'ouverte comme une cheminée. Peu à peu, il en vint ainsi à distinguer les divers éléments du tableau qu'il avait voulu voir dans sa réalité : sombre et triste tableau ! Un sol gluant et fangeux, çà et là quelques ustensiles en fer, quelques vases en bois ; au milieu de cette indigente habitation, un amas de broussailles tellement imprégnées d'humidité, que nulle joyeuse clarté n'en pouvait jaillir; près de ce triste foyer, une couche de peaux de rennes sur laquelle était étendue une vieille femme aux membres tuméfiés, aux yeux rouges et au visage plissé par des rides innombrables, comme cette figure de centenaire qui est un des chefs-d'œuvre du musée de Dresde. Elle était affectée de la hideuse maladie qui est engendrée, en Irlande comme en Laponie, par la mauvase nourriture. Les médecins désignent cette maladie par le nom très-expressif d'*éléphantiasis*, car elle gonfle la peau et la durcit comme une peau d'éléphant.

Le docteur s'approcha de la patiente, l'interrogea avec bonté sur ses souffrances, lui prescrivit quelques remèdes, et lui donna une potion qu'il

avait lui-même généreusement préparée pour elle.
La vieille femme le remercia par quelques mots
inarticulés, qui résonnaient à l'oreille de Marcel
comme un gémissement.

Pendant ce temps, Carine s'était assise par terre
à côté de la jeune mère, souriait à son enfant, et
lui dégageait avec précaution ses petits bras de ses
langes, pour le voir s'égayer et s'ébattre comme
un jeune oiseau qui agite ses ailes naissantes. En
ce moment, elle avait une expression de douceur
et de grâce ravissante : c'était la jeune fille pudique
pressentant, à son insu, les émotions de l'amour
maternel ; c'était la femme de cœur dans sa plus noble
et sa plus touchante mission, sa mission de charité.

Marcel avait les yeux fixés sur elle par une attraction irrésistible. Dans cette misérable demeure,
à travers un nuage de fumée, elle lui apparaissait
comme une de ces fées bienfaisantes dont on dé-
crit aux enfants la merveilleuse puissance, ou plutôt comme une de ces messagères célestes dont les
bonnes œuvres sont racontées dans les légendes
édifiantes, et il la contemplait avec une sorte de
béatitude qu'il n'avait jamais éprouvée à la vue
d'une autre femme.

« Akka, dit tout à coup la malade en se retournant péniblement sur sa couche, j'ai froid : mets
donc du bois au feu.

— Il faut lui obéir, dit à voix basse la jeune mère au docteur, qui voulait protester contre cette injustice ; si je résiste à un de ses ordres, elle se plaint à son fils, et il me rudoie. »

En disant ces mots, elle se leva, déposa son enfant sur les genoux de Carine, et s'en alla au fond de la tente prendre une nouvelle brassée de broussailles, arrachées récemment dans la plaine couverte de neige.

« Il est donc injuste et violent, son mari ? dit Marcel au docteur, qui venait de lui traduire la réflexion d'Akka.

— Non, répondit Walter ; il est, au contraire, d'un caractère placide et indolent, comme la plupart des Lapons ; mais, comme eux aussi, il a la passion de l'argent, une passion qui provient encore en partie d'un reste de paganisme. Autrefois, les Lapons croyaient, comme les Slaves de la Poméranie, qu'après leur mort ils allaient tout simplement continuer dans un autre monde la vie qu'ils avaient commencée dans celui-ci. Pour les aider à accomplir leur voyage dans les régions souterraines qu'ils devaient traverser, on mettait à côté d'eux, dans leur fosse, un briquet, de l'amadou, du tabac, parfois un peu d'eau-de-vie, et, pour se faire une situation agréable dans leur nouvelle existence, ils avaient soin eux-mêmes d'enfouir de

temps à autre, en certains endroits, tout ce qu'ils
pouvaient amasser d'écus de Suède ou de Danemark. Un d'eux, à qui l'on reprochait un jour de
déshériter ainsi ses enfants, répondit naïvement :
« Eh ! de quoi vivrais-je donc dans l'empire de
« Joubmala, si je ne me fais d'avance un petit tré-
« sor ? » Quoique les enseignements du christianisme aient anéanti cette absurde sollicitude, il est
encore des Lapons qui, par une habitude tradi-
tionnelle, ou par une avarice insurmontable, en-
terrent leur argent. Svendsson est persuadé que
sa mère a des trésors cachés : il voudrait parvenir
à lui faire révéler le lieu où elle les a ensevelis :
voilà pourquoi il lui montre tant de déférence, et
impose à sa jeune femme la même soumission. Il
faut vous dire, en outre, que ce sentiment idéal,
ce sentiment divin, chanté par tant de poëtes, dé-
crit par tant de romanciers, glorifié par tant de
nobles dévouements, l'amour enfin, puisqu'il faut
l'appeler par son nom, n'existe guère dans la nature essentiellement matérielle des Lapons ; ils
n'ont pas même dans leur langue un mot pour
rendre cette pensée abstraite ; ils l'expriment par
un terme brutal que je n'ose vous traduire. Ce qui
nous révolte parfois dans les grandes villes, au
point culminant de l'échelle sociale, la question
d'argent mise à la place de la question du cœur,

est ici, presque constamment, l'unique mobile des alliances conjugales. La grossière tribu de pâtres nomades a les mêmes préoccupations d'intérêts matériels que les gens du grand monde : les deux extrêmes se touchent ; mais vous conviendrez que, dans ces deux sordides penchants, celui du Lapon est le plus excusable. Pour lui, le premier souci est de vivre, et il a parfois tant de peine à vivre sur ce sol qui lui refuse toute moisson, sous cet âpre climat qui le menace de tant de mortels périls !

« Donc, quand le Lapon songe à se marier, il commence par chercher autour de lui, non pas la plus jolie, la plus attrayante jeune fille, mais celle qui peut hériter, à la mort de ses parents, d'un bon nombre de rennes et d'une ample provision d'ustensiles. Une fois que son choix est arrêté, il se rend avec un de ses amis, qui doit être l'interprète de ses vœux, vers la demeure de celle qu'il désire épouser. L'ami entre ; le prétendant reste discrètement à la porte ; l'ami annonce sa mission aux parents de la jeune fille, et leur offre un verre d'eau-de-vie. Si la liqueur séduisante est acceptée, c'est un premier acte de fiançailles ; le galant alors est invité à comparaître ; il donne à la jeune fille une bourse en cuir, un anneau en argent doré, et à ses parents un vêtement neuf. Si plus tard le mariage vient à se rompre, les parents sont obligés de lui restituer ses présents, et de lui payer en outre l'eau-de-vie qu'ils se sont trop hâtés de boire. Si, au contraire, l'accord se maintient entre les deux parties, le Lapon vient de temps à autre, pendant quelques mois, visiter sa fiancée, et, pour l'entretenir dans une aimable disposition d'esprit, il a soin de lui apporter, à chaque visite, un peu de tabac qu'elle fume lentement dans une petite pipe de fer, et quelques verres d'alcool qu'elle savoure avec lui, en devisant de sa future existence, puis la noce se célèbre par un pompeux banquet, où l'on consomme une quantité de pots de graisses et d'affreuses boissons. Le gendre reste ensuite ordinairement une année chez son père, pour l'aider, comme Jacob aida le vieux Laban à conduire son troupeau; après quoi on lui donne un certain nombre de rennes, et il se retire sous sa tente avec Rachel. C'est ainsi que Svendsson s'est marié, et c'est ainsi que la plupart des Lapons nomades... Mais j'entends les aboiements des chiens : voilà le bétail qui revient du pâturage. N'êtes-vous pas curieux de le voir?

— Oui, répondit Marcel, et j'aspire aussi à respirer le grand air. Depuis qu'on a jeté sur le foyer une nouvelle charge de broussailles, je me sens près de suffoquer. Et vous, dit-il en se tournant vers Carine, ne voulez-vous pas sortir aussi? Je souffre de vous voir dans une telle vapeur.

— J'y suis un peu habituée, répondit paisiblement Carine, et il faut que je reste ici avec l'enfant, tandis que sa mère va préparer les vases de bouleau pour traire les rennes. »

A ces mots, Marcel se sentit aussi tenté de rester; mais le docteur l'appelait, et il le suivit.

Au dehors de la tente, on entendait un craquement pareil à une détonation : c'est le bruit que les rennes produisent, dans leur marche, par le jeu de leurs articulations ou le choc de leurs talons. En même temps, on voyait s'avancer dans la plaine le troupeau réuni en une même phalange. C'est vraiment un intéressant spectacle! Les Lapons, dont la langue est d'une pauvreté extrême pour tout ce qui tient aux idées abstraites, et d'une richesse étonnante pour les plus minutieux détails de leurs occupations journalières, donnent à un de ces nombreux troupeaux le nom de *Sava*, qui signifie mer; par là, ils expriment, d'une façon assez juste, le mouvement d'une masse de rennes, imposant et ondulant comme celui des vagues. Mais en regardant cet amas de têtes surmontées de bois fourchus, serrées l'une contre l'autre, le lieutenant, qui avait lu *Macbeth*, se rappelait la forêt mobile de Birnan, et croyait en voir une image vivante.

En avant de la colonne marchaient fièrement

les mâles, ces impétueux sultans d'un nombreux harem; derrière eux cheminaient, d'un air plus débonnaire, les femelles; de côté et d'autre, les plus jeunes essayaient de gambader, dans leur humeur folâtre; mais aussitôt ils étaient poursuivis et ramenés à l'ordre par les chiens vigilants. Il existe en Bretagne une naïve légende populaire qui raconte que, lorsque Dieu donna la vie aux différents êtres qui devaient peupler le globe, Satan, l'orgueilleux Satan, qui l'observait, essaya d'imiter ses œuvres et les parodia. Dieu créa l'homme, et Satan créa le singe. Dieu forma le cheval superbe, aux naseaux fumants, à la crinière flottante, et Satan forma l'âne. Dieu anima le chien, et le rusé Satan anima le renard.

Le chien semble avoir été, en effet, assigné à l'homme par une des grâces de la Providence : il a la même faculté d'acclimatation que l'homme; il le suit dans toutes les régions; il est le compagnon du pauvre, le défenseur du pâtre, le guide de l'aveugle. Le chien des Pyrénées protége contre les loups et les ours le bercail du fermier; le chien de Terre-Neuve se précipite dans les flots pour sauver d'un péril mortel une existence humaine le chien du Saint-Bernard enlève dans les tourbil- lons de neige le voyageur saisi par le froid, épuisé de fatigue. Le chien des Antilles est le gendarme

des esclaves, quand un coupable s'enfuit dans la
profondeur des bois pour se dérober à l'action de
la justice. Le chien des villes d'Orient est justement respecté, car il nettoie les rues des plus
dangereuses immondices, et préserve par là, peut-
être, une paresseuse population de la peste. Le
chien de la Sibérie septentrionale fait, de relais en
relais, comme nos chevaux, le service de la poste;
le chien du Kamtschatka et du Groënland charrie
le traîneau de ses maîtres et veille à leur porte; on
le nourrit d'un peu de poisson avarié, et lorsqu'il
est vieux ou infirme, ceux qu'il a si courageusement aidés dans leurs travaux le tuent sans miséricorde, font un repas de sa chair et se revêtent de
sa peau. Pour les Lapons, le chien est aussi un
puissant auxiliaire; sans lui, ils ne parviendraient
pas à gouverner les propensions vagabondes et
l'instinct sauvage de leurs rennes.

Grâce à l'active surveillance et aux alertes manœuvres de ces intelligents gardiens, le troupeau
de Svendsson s'avançait en bon ordre, et, derrière
ce majestueux assemblage de quadrupèdes, le pro-
priétaire cheminait d'un pas grave, comme un éle-
veur de Normandie, avec son domestique.

Les rennes furent peu à peu poussés dans une
enceinte circulaire, comme les bœufs des pampas
dans leur corral. A l'une des extrémités de cette

9

enceinte, s'élevait un poteau : c'était là que chaque
femelle devait être tour à tour traite ; mais cette
opération journalière ne s'accomplit point aisément dans les champs de la Laponie comme dans
nos bergeries. Il faut avoir recours à l'adresse, à
la force, pour obliger la renne farouche à livrer à
ses maîtres le produit de ses mamelles. Svendsson,
qui connaissait son métier, prit une corde à laquelle il avait fait un nœud coulant, la lança avec
la dextérité d'un *gaucho* au milieu de son bétail, et
saisit par les cornes une robuste femelle qui, bon
gré mal gré, fut entraînée à l'écart de ses compa-
gnes et liée au poteau, où Akka l'attendait avec
son vase d'écorce de bouleau. Une autre fut prise
ensuite de même, puis une autre ; nulle d'entre
elles ne devait échapper à l'inflexible étreinte. Les
Lapons connaissent si bien leur troupeau et ont
une telle sûreté de coup d'œil, qu'ils distinguent,
entre plusieurs centaines de têtes, le renne qui n'a
pas encore été trait, et ne lancent pas une seconde
fois leur lasso sur celui qui a déjà payé son tribut.
Ce tribut ne se compose cependant que d'une petite quantité de lait, mais il est très-onctueux et
très-aromatisé. La famille laponne ne le boit pas
à longs traits, comme les montagnards de la Suisse
ou de la Franche-Comté boivent le lait rafraîchis-
sant de leurs vaches ; elle le ménage avec soin ;

elle en fait du beurre et du fromage ; quelquefois
elle l'assaisonne avec des petites baies savoureuses
qu'elle cueille dans les vallées, quelquefois avec des
plantes d'angélique, une de ses friandises. Au commencement de l'hiver, elle le fait geler dans des
seaux en bois, et le garde ainsi jusqu'au printemps.

A cette alimentation pastorale, le Lapon joint la
viande de renne, fraîche ou fumée. En été, il ne
tue aucun de ses animaux ; leur peau, transpercée
par les insectes, n'aurait alors aucune valeur, et la
chair serait coriace. En hiver, il en immole plusieurs chaque mois : c'est lui-même qui leur plonge
son couteau dans le poitrail, qui les dépèce et les
fait rôtir ou bouillir, en se réservant la part du
lion. De même que les Turcs, il ignore ou dédaigne
l'emploi de la cuiller et de la fourchette. Quand il
juge sa cuisson achevée, il apporte la chaudière au
milieu de la tente ; chacun y pêche un morceau
avec une branche d'arbre, le pose sur ses genoux,
le dissèque avec ses doigts, et le porte gloutonne-
ment, d'un seul bloc, à ses lèvres, après quoi on
prend une ample gorgée de neige fondue, et le repas est fini. Les Européens qui ont assisté à un de
ces dîners lapons ne sont pas tentés d'y revenir.

Lorsque Svendsson eut terminé sa tâche, il s'approcha du docteur et l'invita à rentrer dans sa tente
pour y manger du beurre frais.

« Tu verras, lui dit-il, avec quelle promptitude Akka fait ce beurre en battant le lait avec sa main, jusqu'à ce qu'il devienne aussi épais et aussi ferme qu'une tranche de saumon. »

Mais Carine, qui entendit cette proposition, déclara qu'elle était obligée de s'en retourner, et Marcel, qui n'avait pu s'empêcher de remarquer les mains noires d'Akka, ne se souciait nullement de goûter le mets qui lui était offert.

« Eh bien ! reprit Svendsson en s'adressant de nouveau à Walter, puisque tu ne veux pas rester, je te porterai prochainement une belle cuisse de renne.

— Non, non, répliqua le docteur, je te remercie

— Ah ! tu méprises le don du pauvre Lapon !

— Je ne le méprise pas ; mais j'aime mieux qu'il garde pour lui ses provisions, puisque je n'en ai nul besoin.

— Tu as beau dire, répondit Svendsson, j'irai te porter un présent.

— Et moi, dit Akka à Carine, je n'ai rien à vous porter ; mais je vous remercie de tout mon cœur de vos bienfaits.

— Pourquoi donc, dit Marcel au médecin, en reprenant avec lui le chemin de Hammerfest, ne voulez-vous pas accepter cette offrande de Svendsson ? Il me semble que c'est bien le moins qu'i

vous doive pour les soins que vous donnez à sa
mère.

— Ah ! vous ne connaissez pas le caractère du
Lapon, répondit Walter en souriant. Celui-ci a, il
est vrai, pour moi, aujourd'hui, un sentiment de
gratitude, et son offre est sincère ; mais le présent
qu'il m'aura fait, il le notera dans sa mémoire.
Dans un an, dans deux ans, chaque fois qu'il viendra à Hammerfest, il entrera chez moi et me dira :
« Donne-moi donc un verre d'eau-de-vie, ou un
« peu de tabac. Tu te rappelles quel superbe quar-
« tier de renne j'ai détaché de mon stabur pour le
« déposer dans ta demeure ! »

« Les pauvres gens ! je ne les blâme pas ; la misère de leur situation éclate jusque dans leur élan
de générosité, et les quelques denrées exotiques
qu'ils entrevoient autour de nous, leur apparaissent comme des merveilles. Ils nous gratifient de
leurs dons avec le même esprit de calcul qui ani-
mait jadis leurs ancêtres, dans les sacrifices qu'ils
faisaient à leurs idoles.

— Vous avez bien raison, dit Carine, d'être indulgent pour les Lapons. Quiconque les a vus de
près, dans leur isolement, dans leurs souffrances de
toute sorte, ne peut songer à eux sans une pensée
de commisération. Mais je ne comprends pas ce que
vous dites des anciens sacrifices de leurs aïeux.

— Je vais m'expliquer. Au temps de leur paganisme, les Lapons avaient, de même que les Indiens et la plupart des peuples primitifs, une jolie variété de fétiches, des pointes de montagnes, des pierres de forme bizarre, parfois même des tiges d'arbustes contournés. Sur ces montagnes, sur ces pierres, qu'ils considéraient comme des symboles divins, ils allaient déposer des cornes de renne, ou des plumes d'oiseau, avec l'espoir que le dieu auquel ils rendaient cet hommage transformerait ces plumes en autant de coqs de bruyères ou de gélinottes, et ces cornes en bons et beaux quadrupèdes.

— C'était, en effet, remarqua Marcel, une assez bonne spéculation, si elle eût pu réussir. Mais ces dévots Lapons avaient-ils un grand nombre de dieux, pour placer avec cette douce confiance les débris de leur chasse et de leur troupeau?

— Une quantité, répondit Walter : des dieux dans les astres et dans les airs, des dieux à la surface du sol et dans les entrailles de la terre, des dieux pour chaque mois, pour chaque saison, pour chaque événement. Mais ce n'étaient point des dieux brillants et joyeux, comme ceux de la Grèce, ni belliqueux, comme ceux des Scandinaves, ni terribles ou mystiques, comme ceux de l'Inde : c'étaient de pauvres dieux sans auréole, sans éclat, et sans exigence ; ils se contentaient d'une modeste offrande et obéissaient à l'évocation du sorcier.

« Ces sorciers, ces *Noaaides*, dont je vous ai déjà parlé, occupaient une grande place dans la tribu laponne ; ils formaient entre eux une corporation mystérieuse, et imposaient la crainte et le respect à la crédule population. A l'aide de leurs *runboom*, une espèce de tambour sur lequel étaient dessinés grossièrement des signes cabalistiques, ils prétendaient guérir les maladies, découvrir les objets perdus ou volés, deviner l'avenir, pénétrer dans l'empire des morts, entrer en communication avec les esprits invisibles. Comme cet antique magicien dont parle Ovide, ils prétendaient aussi subjuguer les éléments [1], et vous pouvez lire, dans une relation de voyage du XVIIe siècle, le naïf récit d'un chirurgien embarqué sur un navire de Copenhague, qui raconta comment il acheta d'un sorcier lapon une provision de bon vent, enfermée dans un mouchoir [2].

« Non contents d'accomplir avec leur runboom tant de prodiges, les Noaaides employaient à leur service divers animaux. Les traditions populaires

---

1.   Hippotades qui pro munere ventos,
        Curvet ut impulsos utilis aura sinus.
2. *Nouveau voyage du Nord*, dans lequel on voit les mœurs, la manière de vivre et les superstitions des Norvégiens, des Lapons, des Kiloppes, des Borendiens, etc.

du moyen âge rapportent que Cornelius Agrippa, le fameux nécromancien, conduisait à sa suite un démon sous la forme d'un chien noir. Les traditions lapones signalent un Noaaide qui avait soumis à ses volontés un oiseau, un serpent et un renne. L'oiseau le guidait dans ses pérégrinations, et de temps à autre, comme le corbeau d'Odin, lui apportait les nouvelles des lieux lointains ; le serpent lui servait de monture pour se rendre au sabbat, au Blocksberg des sorciers, ou d'instrument pour se venger de ses ennemis ; le renne assaillait et tuait les rennes de ses rivaux.

— Que de citations vous venez de faire en un instant ! dit Marcel ; vous lisez donc beaucoup ?

— Je le crois bien ! s'écria Catherine ; il n'aime que les livres, et, quand il a le bonheur d'en trouver un nouveau, il ne peut plus s'en arracher.

— Si ce n'est pourtant, répliqua Walter, quand je puis avoir le plaisir de passer quelques instants avec l'aimable et ingrate cliente qui, en ce moment, m'accuse, et qui me ferait passer, si on la croyait, pour un de ces animaux de l'espèce des rongeurs, que les Allemands appellent des *Bücherwürme* [1]. Le fait est, ajouta-t-il en s'adressant à Marcel, que j'ai l'amour des livres, que j'en cher-

1. Un ver de livres

che de tous les côtés, que j'amasse avec une joie
d'avare tous ceux que je puis me procurer, et parfois, s'il faut vous faire ma confession, j'ai peur
que mes désirs toujours croissants ne dégénèrent
en manie. Déjà les capitaines des bateaux à vapeur, et ceux des navires marchands, qui abor-
dent annuellement à Hammerfest, ne règlent plus
leur compte en écus, quand ils ont besoin de mon
ministère; ils m'apportent des livres, qu'ils ont
recueillis de côté et d'autre dans cette intention,
et ma femme, ma chère Ebba, qui est la bonté
même, me menace parfois d'allumer le poële avec
ces amas de papiers imprimés qui encombrent,
dit-elle, la meilleure part de notre petite demeure.
Mais vous excuseriez mon ardeur de bibliomane,
si vous saviez quelle est ma situation sur ce coin
de terre septentrional. Tenez, je me rappelle un
des vers de votre poëte la Fontaine, que nous ap-
prenions par cœur au gymnase :

Car que faire en un gîte, à moins que l'on ne songe?

Notre gîte ici est tel, que, quand on a beaucoup
songé, on a encore bien du temps de reste. L'été,
seulement, une phase de mouvement, d'affaires et
d'exercices; l'hiver, la solitude, et quelle solitude!
Pas un bruit du dehors; pas une communication
avec la lointaine existence de l'Europe ! Des mois

entiers de silence et de torpeur! Un exil, plus
qu'un exil, une sorte de séquestration de la vie
humaine, comme dans un établissement pénitentiaire à l'extrémité du monde! Une nuit perpétuelle, et parfois des rafales, des tourbillons de
neige qui ne nous permettent pas même de visiter
notre plus proche voisin. Chaque maison est alors,
comme un de ces *krepost* russes de la frontière
du Caucase, assiégé et cerné, non point par une
bande de Tcherkesses, mais par un ennemi plus
puissant et plus tenace, par les frimas du Nord.
Que faire dans une telle captivité, dans ces longues nuits qui, comme les longs jours du solstice
d'été, ont aussi leurs vingt-quatre heures? La Providence m'a donné les joies de l'étude, et je l'en
remercie. J'ai des livres et je lis. J'anime le silence
de ma retraite par la vie intellectuelle. Comme un
des anciens sorciers de la Laponie, j'évoque, à la
lueur de ma lampe, dans une chambre noire, les
esprits invisibles, l'esprit des poëtes, des histo-
riens, des philosophes. Quelquefois, du milieu de
notre pauvre petite bourgade, je pénètre avec un
romancier dans le luxe et dans l'agitation des
salons de Paris; quelquefois, du sein de nos remparts de glaces, je parcours avec un voyageur les
splendides contrées des tropiques. Il y a un poëme
espagnol dont je ne me rappelle que le titre : *La*

vida es un sueno [1]. Ceux qui ont eu ce songe dans leur imagination, n'ont-ils pas été, en définitive, aussi heureux, plus heureux peut-être, que ceux qui en ont vu la réalité?

— Ah! s'écria Marcel, je connais cette magie des livres, et ce n'est pas moi qui la blâmerai; mais vos lectures n'agitent-elles pas votre esprit? Les chants des poëtes, les récits des voyageurs, ne vous donnent-ils pas des élans impétueux et des aspirations difficiles à réprimer? »

A cette question, le docteur baissa la tête, comme un homme qui cherche à se recueillir, quand il a entendu une parole qui l'ébranle; puis, après un instant de silence, il reprit d'un ton calme, avec sa physionomie placide :

« Ce que vous me dites s'adresse à mon passé. Oui, j'ai été jeune aussi; j'ai eu mes jours de vanité et d'exaltation. Oui, lorsque j'étudiais à l'université de Christiania, je rêvais au bonheur de m'illustrer par quelque grande entreprise ou quelque mémorable découverte. J'aurais voulu m'embarquer, à titre de naturaliste, dans un aventureux voyage, faire le tour du monda, comme le célèbre Allemand Forster, comme l'Anglais Darwin, ou explorer l'Australie, comme votre savant Perron,

---

1. *La vie est un songe*, pièce de Calderon.

ou le Japon, comme notre Thunberg. Oui, il fut un
temps où j'ai pu m'écrier, ainsi que le poëte allemand :

Et moi aussi je suis né en Arcadie [1].

Mon Arcadie, c'était la riante vallée de Miossen où
j'ai passé mon enfance ; c'était le beau village où
mon père exerçait les fonctions de juge ; c'était la
jolie maison abritée sous les rameaux de sapins,
égayée par l'aspect des chalets dispersés sur les
collines, par l'onde limpide du fleuve miroitant
dans la verte prairie. Mais la nécessité, répètent
souvent les pauvres marins russes qui fréquentent
notre port, ne connaît pas de frère [2], c'est-à-dire
qu'elle se joue de nos plus chères résolutions ; et
la nécessité m'a fait descendre de mon rêve am-
bitieux de jeune homme dans mon humble habitation de Hammerfest. Mon père avait sacrifié pour
mon éducation son modique patrimoine ; quand
Dieu me l'enleva, je venais de terminer mes études ; je me trouvais à Christiania, sans fortune,
sans appui, et, dans mon abandon, je devais m'es-
timer heureux d'obtenir cette place de médecin de
district, qui me donnait au moins un honnête
moyen d'existence. Si d'abord j'ai gémi de la des-

1. « Auch ich war in Arkadien geboren. »
2. « Noujda-to ne svoi bratt. »

tinée qui se jouait cruellement de mes glorieuses
aspirations, qui me condamnait à une sorte de
déportation sur cette plage de l'océan Glacial, plus
tard j'ai reconnu que la Providence, dans sa miséricorde infinie, nous conduit quelquefois par des
sentiers que. nous ne devinions pas, et que nous
dédaignions, à un bonheur que nous n'avions pas
entrevu. Peu à peu je me suis résigné à cette obscure situation, si différente de cëlle que j'avais
rêvée ; puis j'ai trouvé une douce, bonne, vertueuse
femme, qui a bien voulu unir son sort au mien ; et
puis j'ai deux beaux enfants qui grandissent sous
mes yeux, comme deux vigoureux bouleaux ; puis,
l'aisance matérielle, et, je l'espère, l'estime de
ceux qui m'entourent, et l'espoir, si j'ose le dire,
de faire, de temps à autre, un peu de bien, et mes
livres ! que faut-il de plus pour suivre, avec un
paisible contentement, son chemin en ce monde?
Maintenant, quand il m'arrive de me souvenir de
mes ardents projets d'autrefois, j'y songe. comme
un vieillard songe, en souriant, aux témérités de
sa jeunesse, dont il est à l'avenir garanti par l'âge
et par l'expérience: »

Marcel avait écouté, avec une vive sympathie,
cette confession qui, par plusieurs côtés, touchait
à ses propres sentiments, qui, par sa conclusion,
lui rappelait la philosophie de Blondeau.

« Deux hommes si différents, se disait-il, et qui arrivent par des voies si opposées aux mêmes idées de calme et de résignation ! N'est-ce pas là, après tout, la vraie sagesse ? »

En faisant cette réflexion, il leva les yeux sur Carine et, à voir la sérieuse fixité avec laquelle il la regardait, on eût dit qu'il se demandait s'il pourrait renoncer à ses rêves aventureux, pour suivre, pas à pas, avec elle, un des humbles sentiers de la vie.

Mais elle ne vit point ce regard du lieutenant ; elle cheminait en silence à côté du docteur, la figure à demi voilée par les plis de son châle. Dans sa pudique placidité, elle ressemblait à cette image gracieusement dépeinte dans les chants serbes, à l'image de Militza.

« Je ne suis point, dit Militza, la Wila qui conjure les nuages ; je suis une jeune fille et je marche devant moi. »

Marcel la quitta à la porte de sa demeure, en la saluant respectueusement, reconduisit jusque chez lui le docteur, puis retourna à bord de son navire, l'esprit rêveur et le cœur troublé.

CHAPITRE VII

La semaine suivante, le beau navire de Dunkerque, convenablement réparé, poursuivait sa route
vers le Spitzberg.

Carine, en se rendant à bord de *la Rosa-Marie*,
avait, dans sa modestie, protesté contre la générosité de Blondeau et de Marcel, qui lui abandon-
naient leur appartement. Puis, comme tous deux
persistaient dans leur résolution, elle avait fait son
installation, disposé sa couchette et celle de son
père, rangé ses hardes et ses livres, à l'aide de
Frisquet, que le lieutenant avait mis à ses ordres,

et qui se montrait très-empressé de la servir. Dès
le premier jour, elle avait réglé sa vie dans sa maison flottante, comme elle la réglait à terre, avec
ses habitudes d'ordre. Le ciel était pur, la mer
calme, et ce calme paraissait très-affermi. Rare
bonheur dans ces contrées boréales.

Quiconque a quelque peu étudié les phénomènes
de la nature, sait qu'à mesure qu'on s'éloigne de
l'équateur, les brises deviennent plus variables.
Ils ne s'étendent guère en deçà du trentième degré de latitude septentrionale, ces vents chéris du
marin, ces vents alizés avec lesquels un navire
glisse régulièrement sur les flots, comme un wagon
sur un chemin de fer! l'Europe ne les connaissait
pas avant le voyage de Christophe Colomb, et les
timides compagnons du grand navigateur sentirent
leur perplexité s'accroître, lorsque, pour la première fois, ils se trouvèrent emportés par un souffle
rapide, qui, de plus en plus, les éloignait de leur
petit port de Palos. Pour apaiser leur crainte, Colomb prenait à tâche de leur dissimuler la célérité
de leur marche. « Encore trois jours! » leur disait
l'héroïque capitaine dans la sublime confiance de
son génie; et après ces trois jours il voyait en effet
rayonner, dans sa beauté virginale, la terre des
Antilles. La découverte des vents alizés le conduisait à la découverte de l'Amérique.

Dans nos régions européennes, il n'y a rien de
semblable à ces vents fidèles, à ces courants atmo-
sphériques qui, dès qu'on les a rejoints, enflent les
voiles du navire et le mènent en droite ligne, sous
un ciel azuré, sur une mer phosphorescente, à
plusieurs centaines de lieues de distance. Malgré
l'axiome du vieux Doria : « Il n'y a que trois bons
ports sur la Méditerranée, juin, juillet et août, »
ces trois ports imaginaires, ces trois mois d'été,
trompent souvent l'espoir des matelots. C'est bien
autre chose dans les parages du Nord : là, il n'y a
pas un jour de quiétude assuré ; là, au calme le
plus parfait succède tout à coup une rafale impétueuse ; là, il arrive que tous les vents s'échappent
à la fois de l'antre d'Éole, et luttent l'un contre
l'autre.

Dans cette mobilité perpétuelle de l'atmosphère,
le marin est obligé de se tenir sans cesse sur ses
gardes. Le moindre nuage qui s'élève à l'horizon
porte peut-être dans ses flancs une tempête ; une
vapeur légère peut en un instant se convertir en
une brume ténébreuse. Sur cette arène boréale, le
conflit des éléments est si rapide et si variable, que
parfois un navire vogue tranquillement à pleines
voiles, tandis qu'à une courte distance de là, un
autre peut à peine résister à la violence d'un ouragan. Un homme qui s'est fait un nom distingué

10

par ses expéditions dans le Nord, M. Scoresby, raconte, dans une de ses relations, que, par une riante matinée, il avait gravi à la pointe d'un roc escarpé. Tandis qu'il était là, à deux mille pieds au-dessus de la mer, contemplant dans une parfaite quiétude l'immense espace qui se déroulait autour de lui, soudain il se trouva assailli par un tel coup de vent, qu'il fut obligé de se coucher tout de son long sur une étroite plate-forme, et de s'y cramponner de ses deux mains pour ne pas être lancé dans l'abîme.

Dans le cinquième chant de ses *Lusiades*, Camoëns représente le vaisseau de Gama voguant paisiblement sous un ciel étoilé vers le promontoire d'Afrique, que Diaz avait appelé le cap des Tempêtes, et que Jean II de Portugal nomma le cap de Bonne-Espérance ; tout à coup un nuage noir cache sous ses ailes sinistres l'azur de la voûte éthérée ; la mer se soulève en mugissant, et aux regards des nouveaux Argonautes apparaît un colosse sans pareil, un spectre effroyable : c'est le géant Adamastor, le compagnon d'Encelade et de Briarès aux cent bras, le gardien de ces plages inexplorées [1], qui s'irrite de voir des étrangers pé-

---

1.   Eu sou aquelle occulto, e grande Cabo
A quem chamais, vós outros, Tormentorio.
       (*Os Luisiadas*, chant V, strophe 50.)

nétrer dans ses domaines, et les menace de ses vengeances.

Cette fiction du glorieux poëte est une image des phénomènes du Spitzberg. Là, le superstitieux matelot peut croire à l'existence d'un de ces êtres fabuleux, d'un de ces titans qui défend avec fureur l'entrée des sombres parages où les foudres célestes l'ont jeté.

Cependant, depuis son départ de Hammerfest, rien ne faisait présager au bâtiment dunkerquois une de ces terribles apparitions; il jouissait d'un calme extraordinaire, non point ce calme de l'équateur, ce calme redouté des marins, où les voiles tombent languissamment le long des mâts, où le navire et la mer ont l'immobilité d'un tableau [1]; mais un calme animé par une petite brise qui plissait, comme l'eau d'un lac, la surface de la mer. On eût dit que les elfes, ces douces fées du Nord, écartaient les nuées et les ouragans de la jeune Suédoise, qui elle-même ressemblait à une elfe par sa chaste beauté et sa grâce idéale.

Le matin, Carine restait enfermée dans sa chambre; à l'heure du déjeuner, elle se rendait dans la salle à manger : sa toilette était complétement

[1].   As idle as a painted ship
Upon a painted Ocean.
(Coleridge. — *The old mariner.*)

achevée, ses cheveux lissés sur ses tempes, son
mantelet noir boutonné avec soin, ses mains blanches comme des mains de duchesse ; l'après-midi,
elle faisait une promenade sur le pont, et quelquefois s'asseyait près du bastingage, avec un livre ou
avec un ouvrage de tapisserie ; puis elle redescendait dans sa cabine jusqu'au moment du dîner.

Tromblon n'avait pu la voir sans se livrer à quelques-unes de ses vulgaires plaisanteries.

« Caramba ! s'écriait-il en fixant sur elle son regard impudent. Notre capitaine et notre lieutenant
n'ont pas la berlue ; ils ont mis en cage une jolie
fauvette, un peu maigre seulement. N'importe !
c'est ce qu'on peut appeler un beau brin de fille. »

Mais ses compagnons ne s'associaient point à
ces grossiers propos. La jeune fille leur inspirait,
par la pureté de sa physionomie, par la dignité de
son attitude, un sentiment meilleur ; les égards que
lui témoignaient Marcel et Blondeau leur imposaient le respect. Puis, dès le premier jour, ils
avaient pris en affection le vieux Lax, qui venait
familièrement causer avec eux. C'était un petit
vieillard robuste et musculeux, à l'œil vif, aux
mouvements alertes, un de ces hommes fortement
trempés, qui démentent le nombre de leurs années
par la vigueur de leur tempérament, qui conservent la souplesse de leurs membres et la gaieté de

leur jeunesse, quand l'âge a déjà depuis longtemps
ridé leur front, blanchi leurs cheveux. Quoiqu'il
eût de la sympathie pour le capitaine et pour le
lieutenant, il préférait évidemment à leur société
celle de l'équipage ; dès qu'il avait fini ses repas, il
allait s'asseoir au milieu des matelots, et les égayait
par sa bonne humeur, ou les intéressait par ses
récits de voyages.

Le soir surtout, Lax s'abandonnait longuement
à ces entretiens. Le soir aussi, Carine se plaisait à
rester sur le pont. A une frileuse créole, le léger
vent d'ouest qui soufflait sur cette mer septentrionale eût paru trop froid ; la jeune habitante d'Hammerfest le trouvait agréable. Puis c'était le commencement de cette féerique saison qui gratifie le
Nord de ses nuits lumineuses, ou, pour mieux
dire, de ses jours sans nuit.

A toutes les contrées Dieu a donné quelques
merveilles, et la distribution de la lumière dans les
différentes zones du globe est une de ces merveilles. Entre les tropiques, le soleil vivifie toute
l'année les fleurs et les fruits par ses splendides
clartés ; mais il se lève tout à coup et disparaît de
même ; il s'allume subitement, comme un flambeau,
et s'éteint comme une lampe. Dans les régions
tempérées, il ne répand point les mêmes torrents
de feu, il n'a point dans son cours la même régu-

larité ; mais son apparition est annoncée par la
messagère du matin, par l'aube vermeille, qui,
selon la fiction des poëtes, ouvre de ses doigts
roses les portes du ciel, et, lorsqu'il arrive au
terme de sa journée, il semble s'éloigner à regret
de l'horizon, il y projette ses flots d'or et de pourpre, il y laisse l'enchantement des heures de crépuscule, heures de calme et de recueillement, de
piété et d'amour. Les pays du Nord sont, pendant
plusieurs mois, couverts d'un sombre linceul,
enveloppés dans de longues nuits : mais vienne le
printemps, voilà que les jours s'allongent de semaine en semaine avec une rapidité extrême ;
voilà que le soleil se rapproche, comme un amant
repentant, de la terre qu'il a si longtemps aban-
donnée, et la réchauffe sous son manteau de neige,
et l'inonde de ses rayons, et semble ne plus pouvoir la quitter.

C'est à partir des rives de la mer Baltique qu'on
voit ce phénomène dans toute sa magie. Là, à
l'approche du solstice d'été, l'obscurité nocturne
diminue graduellement, puis bientôt disparaît. Le
crépuscule du soir touche à celui du matin. Une
légende mythologique de l'Esthonie dit que le soleil est la lampe qui éclaire la demeure de Varma-
Isso, le père des dieux. Une jeune fille, Emmarika,
éteint le soir cette lampe ; un jeune homme, Koeto,

la rallume le matin. Pendant l'hiver, ces deux
êtres célestes, qui s'aiment, ne peuvent se voir;
mais en été ils se rejoignent pendant plusieurs
semaines; ils se serrent les mains et s'embrassent;
alors les joues d'Emmarika, la timide déité du crépuscule du soir, se couvrent d'un vif incarnat, et
leur couleur de pourpre se mêle aux lueurs de
l'aurore que fait jaillir Koeto.

Dans cette incessante effusion de lumière, on
distingue à peine l'heure de la nuit de l'heure du
jour. Cependant les lois normales de la nature ne
sont point complétement interrompues. Vers le
soir, le vent s'apaise; l'onde fraîche des lacs, l'onde
salée des fiords, s'assoupit dans ses bassins; les
oiseaux s'endorment sur les rameaux immobiles.
De toutes parts il se fait un grand silence, et ceux
qui ont veillé dans cet imposant et religieux silence, et ceux qui ont vu ces nuits du Nord, ces
midsummer's nights dans leur calme suprême,
dans leur blancheur diaphane, dans leurs effluve-
de douce lumière, pareille à celle d'une immense
voie lactée, n'en détacheront jamais leur cœur n'
leur souvenir.

Bientôt pourtant, le soleil, qui s'était penché a
l'horizon, se relève avec une nouvelle ardeur;
alors le mouvement journalier recommence; la mei
et les arbres palpitent au souffle de la brise; l'oi-

seau chante son chant matinal ; la nature entière
s'éveille pour saluer l'astre propice qui la réjouit,
qui la féconde.

Plus on s'avance vers les régions polaires, plus
on voit s'accroître la durée de ce phénomène.
Chaque année, au 25 juin, une foule de curieux se
réunissent près de Torneâ, sur la montagne d'A-
vasaxa, pour contempler le disque du soleil, qui,
ce jour-là, tournoie, à minuit, à la surface du ciel ;
mais, au Spitzberg, il reste, pendant plus de quatre
mois consécutifs, perpétuellement à l'horizon [1], et
c'est une admirable chose que de voir ce globe de
lumière, si pâle qu'il soit parfois, rayonner nuit et
jour sur la profondeur des mers, comme le flambeau inextinguible de la création, comme une
image de l'éternité.

La petite cohorte de *la Rosa-Marie*, séparée en
deux catégories, jouissait de la paix de ces belles
nuits limpides, de deux façons différentes. Un
navire est comme une petite cité divisée en deux
parties distinctes : le quartier aristocratique et le
faubourg plébéien. Sur les vaisseaux de guerre,
cette ligne de démarcation est rigoureusement
maintenue ; sur les bâtiments de commerce, elle

---

1. Au 60e degré de latitude, le soleil reste tout un jour à
l'horizon ; au 70e degré, 65 jours ; au 80e, il ne se couche
pas pendant 134 jours.

résulte d'une vieille coutume et d'une sorte d'accord tacite : l'équipage reste sur le gaillard d'avant ; les officiers, sur le gaillard d'arrière.

Les deux scènes que nous allons essayer de retracer représentent les habitudes des deux groupes différents, naviguant à la fois sur le bâtiment de M. Vanskep.

Après dîner, Lax, ayant allumé sa pipe, s'en va de l'autre côté du grand mât, s'asseoir sur un baril qui lui est réservé comme un siége d'honneur ; les matelots se placent en cercle autour de lui et l'écoutent avec attention, car il s'est mis à leur parler de quelques-unes des fabuleuses merveilles du Nord, du grand serpent de mer et du dragon. Tromblon lui-même, malgré son humeur goguenarde, penche la tête en silence et paraît s'intéresser à ces descriptions ; mais tout à coup, dans un brusque mouvement, il laisse tomber sur le pont sa pipe de terre, et elle se brise en morceaux.

« Mille millions de diables ! s'écrie-t-il ; une si délicieuse pipe, que j'ai gardée avec tant de soin depuis Dunkerque, et qui était devenue d'un si beau noir ! »

Au même instant, Frisquet, ayant fini son service, rôdait timidement près du grand mât, désireux d'entendre les récits du pilote, et n'osant prendre place dans son cercle d'auditeurs.

« Approche, esclave, lui crie Tromblon de sa voix de stentor ; approche, et souviens-toi de cette sentence des valets turcs : « Entendre est obéir. » Descends dans l'entre-pont ; tu sais où est mon bazar, tu y as peut-être plus d'une fois fureté, vilain singe que tu es. Va-t'en chercher dans mon coffre une pipe neuve, et prends garde de toucher à la bouteille qui est enveloppée dans ma vareuse ; c'est du tafia ensorcelé ; si tu en buvais seulement une goutte, elle te ferait pousser au menton, en une nuit, une barbe d'une aune. Va et reviens. »

Frisquet obéit sans répliquer un mot, bien qu'il ne fût pas aux ordres de Tromblon ; mais l'accent impérieux et le regard du rude baleinier le terrifiaient.

Lorsqu'il eut remis la pipe entre les mains du farouche matelot, il craignit une nouvelle bourrade, et il s'enfuit.

« Quel cancrelat ! dit Tromblon en le suivant d'un air de mépris. Si jamais cet avorton devient un bon marin, il aura de la chance. Ce n'est pas comme nous, l'ancien, ajouta-t-il en se retournant vers Lax ; nous sommes des vieux durs à cuire, des vieux loups de mer, que ni tonnerre ni tempête ne peuvent faire sourciller. Mais voyons : vous disiez donc qu'il existait, par ici, des monstres d'une dimension extraordinaire, des serpents comme on n'en rencontre pas dans les forêts d'Amérique.

— Oui, dit Lax d'un ton grave, il y a dans l'océan du Nord un serpent près duquel les serpents à sonnettes et les boas, dont j'ai entendu parler plusieurs fois, n'apparaîtraient que comme des vermisseaux, car il est deux ou trois fois plus long qu'une frégate. Quand il se déroule sur les flots dans toute son étendue, on dirait un câble destiné à couler l'ancre d'un vaisseau de ligne à cent brasses de profondeur ; quand il s'arrondit en cercle, on dirait un anneau de fer immense, l'anneau de noce du diable avec la tempête de l'Océan ; quand il se dresse dans les airs, sa tête s'élève à la hauteur d'un mât de perroquet. Cette tête est large comme une barque, effilée par le bout comme une chaloupe ; sa langue rouge ressemble à un tison enflammé ; ses yeux brillent comme deux pétards ; son corps est couvert d'écailles dures et luisantes comme des cuirasses d'acier poli ; sa queue agile et terrible frappe les vagues avec la force de trente-six avirons. Tantôt il se balance indolemment sur les vagues, comme une algue ; tantôt il bondit comme un cheval emporté, et franchit en une minute un espace d'un mille.

— Et vous avez vu ce joli animal ? demanda Tromblon d'un ton ironique.

— Non, répliqua franchement le pilote, je dois avouer que je ne l'ai jamais vu ; mais des gens dignes de foi l'ont parfaitement observé, et il y a eu, en Norvége, un savant évêque qui en a fait la description.

— Je voudrais bien en rencontrer un, s'écria Tromblon, et lui lancer mon harpon à la tête ; j'irais de ville en ville montrer sa carcasse, et je me ferais unjoli revenu.

— De vaillants marins, reprit Lax, ont eu la même pensée que vous ; mais, à la vue d'un tel monstre, le courage leur a manqué, et ils n'ont plus songé qu'à ramer de toutes leurs forces pour s'éloigner au plus vite. Les poissons aussi s'écartent de ce géant, et les oiseaux s'enfuient effrayés à son aspect. Si effroyable qu'il soit, il l'est pourtant moins encore qu'un autre animal qui se montre aussi, de temps à autre, dans les mers septentrionales, et qu'on appelle le kraken. Celui-ci est d'une telle dimension, qu'une baleine lui passerait sur le dos sans qu'il y fît plus d'attention qu'un bœuf à une mouche ; lorsqu'il plonge tout à coup dans les flots, malheur aux embarcations qui se trouveraient près de là ! elles courent grand risque de chavirer dans l'abîme qu'il se creuse, et, lorsqu'il monte au-dessus de l'eau, il trompe les regards les plus habiles. Oui, il y a des capitaines de

navire qui ont cru découvrir une île ignorée, qui
en ont déterminé les contours, fixé la position, et
se sont hâtés de la marquer sur leur carte. Cette
île qui occupait les géographes, c'était tout simplement le kraken. Quelque temps après, des curieux s'embarquaient pour explorer cette terre
nouvelle, et s'en retournaient tout déconfits : l'île
avait disparu, le monstre était retombé au fond de
l'Océan. D'autres marins l'ont aperçu d'assez près
pour reconnaître sa vraie structure, et ils se sont
hâtés de larguer toutes leurs voiles, et ils ont, en
tremblant, recommandé leur âme à Dieu. Car il
faut vous dire que le kraken est armé d'une quantité de cornes de plusieurs centaines de pieds de
longueur, dures comme du fer, souples comme
des trompes d'éléphant. Avec deux de ces cornes,
il saisit, comme dans un étau, les flancs d'un navire ; avec les autres, il croche le grand mât, le
mât de misaine, le mât d'artimon, et entraîne la
quille, l'équipage, la cargaison, toute la boutique
au fond de l'Océan ; après quoi, ni vu, ni connu.
De tout un brave bâtiment, il ne reste pas un vestige ; et voilà comment on cherche quelquefois en
vain les restes d'un beau navire ! Il a été brisé,
saccagé, englouti par le kraken. »

Dambelin, Frasnois et les autres matelots, écoutaient, non sans quelque doute, mais avec une

vive curiosité, les récits de Lax. Quant à Tromblon, il secouait la tête d'un air ironique.

« Vous nous en contez de belles, dit-il au pilote
en aspirant une longue bouffée, et vous avouez
vous-même que vous n'avez jamais vu un de ces
monstres dont vous nous faites une si mirobolante
description ; mais moi, j'en ai vu un de mes propres yeux. C'est une frégate anglaise poursuivant,
avec ses quarante-quatre canons, un pauvre inno-
cent bâtiment qui avait la charité de transporter
dans les Antilles un peu de bois d'ébène, c'est-à-
dire quelques nègres qui seront, dans leur nouvelle résidence, bien logés, bien nourris, et qui
accompliront une bonne œuvre en cultivant la
canne à sucre, en distillant le rhum. Voilà, mon
vieux, l'une des plus fâcheuses rencontres que l'on
puisse faire en pleine mer ; voilà le colosse enflammé, plus terrible que votre serpent et votre
kraken, et plus réel, soit dit sans vous offenser. »

Pour ne pas laisser l'honnête pilote sous cette
inculpation de conteur mensonger, nous devons
dire que l'existence du serpent de mer a été
attestée, au siècle dernier, dans le Nord, par des
hommes d'une science réelle et d'un caractère
respectable, entre autres par l'évêque Pontoppidan, à qui l'on doit un savant ouvrage d'histoire
naturelle, et par Égède, le courageux missionnaire

du Groënland. Le premier n'hésite pas à attribuer
à ce serpent une longueur de six cents pieds ;
le second dit qu'il lance par sa gueule des jets
d'eau, comme une baleine, qu'il a de larges pattes,
la peau rugueuse et couverte d'écailles. Capell
Brooke, dans son intéressant récit de voyages,
raconte qu'en 1819 on a vu, près des côtes de Norvége, un de ces reptiles, qui, autant qu'on pouvait
le discerner à quelque distance, avait près de deux
cents toises de longueur. Enfin, ce qu'il y a de
certain, c'est que, en 1808, on a trouvé, sur la
plage des Orcades, le squelette d'un de ces serpents, qui a été déposé dans le musée de l'université d'Édimbourg ; à en juger par ses restes muti-
lés, l'animal devait avoir soixante-deux pieds de
longueur et douze de circonférence.

Quant au kraken, le savant Torvesen (Torfaeus)
le mentionne aussi dans son *Histoire du Groënland.* Pontoppidan déclare que les marins, abusés
par ses énormes dimensions, l'ont considéré plus
d'une fois comme une île flottante. Pennant, l'auteur de la *Zoologie arctique*, compare ce monstre
à ces sépias gigantesques qui apparaissent, dit-il,
dans les mers de l'Inde, qui ont cent vingt pieds
de longueur et plusieurs bras énormes avec lesquels elles peuvent saisir et faire chavirer un bateau.

Tandis que Lax essaye de démontrer au scepti-
que Tromblon, non point par ces témoignages
scientifiques, mais par des récits traditionnels,
l'existence du kraken et du grand serpent de mer,
à l'autre extrémité du navire, sa fille, debout et
immobile sur un banc de quart, les coudes appuyés
sur le bastingage, est absorbée dans une silencieuse méditation.

« Comme vous regardez le ciel ! lui dit Marcel,
qui, après l'avoir observée discrètement quelques
instants, a fini par s'approcher d'elle ; est-ce que,
dans ces myriades d'astres étincelants, vous cherchez votre étoile.

— Une pauvre fille obscure comme moi, répond
Carine, ne peut pas s'imaginer qu'elle a une étoile :
ce sont les rois, les grands de la terre, qui, dit-on,
en ont une dont le foyer de lumière resplendit à
leur naissance, dont la clarté s'assombrit en leurs
jours de calamité et au moment de leur mort. Mais,
quoiqu'il ne puisse y avoir une telle corrélation
entre les sphères célestes et l'humble fille d'un pêcheur de Hammerfest, j'aime à voir dans leur
pure clarté, dans leur calme suprême, ces créations de Dieu. On dit que ce sont des mondes qui
tournoient, comme le nôtre, dans l'espace infini.
Je ne sais. Il me semble que ce sont des yeux
d'anges qui regardent notre terre avec bonté ; il

me semble parfois qu'il s'en détache un rayon sympathique qui me pénètre jusqu'au fond de l'âme. Au moment même où vous m'avez surprise dans mes réflexions, je songeais à deux strophes d'une élégie allemande que j'ai lue autrefois, et qui m'est restée dans la mémoire : elle représente un voyageur errant la nuit, tout seul, dans un pays qu'il ne connaît pas et où il s'égare. Dans sa marche incertaine, la peur le saisit ; il lève les yeux au ciel et s'écrie : « Petites étoiles d'or, vous êtes « à jamais éloignées de moi, et pourtant j'aime à « vous contempler, et pourtant en vous j'ai foi ! » Soudain, il lui semble qu'une lumière nouvelle éclaire son chemin, et dans le murmure du ruisseau, dans le frémissement du feuillage, il croit entendre une voix mystérieuse, la même voix des étoiles, qui répond : « Non, tu ne seras pas à « tout jamais éloigné de nous, et déjà nous pen- « sons souvent à toi. »

— Quelle charmante idée ! s'écria Marcel. Vous avez bien raison de la conserver. Les gens positifs la traiteraient de vaine rêverie. Les savants vous démontreraient, par un amas de chiffres, quelle est l'étendue de ces globes lumineux, leur distance de la terre et leur loi d'évolution. Mais la science nous rend-elle vraiment de si grands services, quand elle dépouille de son prestige idéal,

11

quand elle matérialise, par la rigueur de ses définitions, tout ce qui peut, dans un vague sentiment d'admiration, enchanter notre esprit ? Pour moi, il m'arrive souvent de regretter le temps où l'imagination n'était point à tout instant arrêtée dans son essor par le système d'un géologue ou les calculs d'un astronome, le temps où l'humanité naïve et crédule s'abandonnait à des songes magiques, où tout ce qui étonnait ses regards, tout ce qui émerveillait sa candide ignorance, s'expliquait, non point par un travail d'algèbre, mais par une conception poétique. Plus hardis que notre premier père dont nous accusons l'imprudence, nous ne nous contentons pas de toucher du bout des lèvres au fruit de l'arbre du bien et du mal, nous voulons l'éplucher et le fendre jusqu'au noyau ; et souvent ne dirait-on pas que ce fruit se dérobe à notre avidité sous les feuilles de papier noir, sous les amas de livres imprimés, de théories et de dissertations qui prétendent nous en révéler la quintessence ?

« Entre l'âge séraphique de l'Éden et l'âge philosophique actuel, n'y a-t-il pas eu une phase d'adolescence où l'homme avait plus de fraîches émotions et plus de douces croyances, par cela même qu'il avait plus de simplicité dans le cœur ? Quand nous reportons nos regards vers cette époque, autant que nous pouvons la discerner dans sa vaporeuse pénombre, l'homme ne nous apparaît plus comme il l'est aujourd'hui, abusé par son orgueil, refroidi par ses études matérielles, isolé dans son individualisme; il est l'enfant de la nature, et, comme un enfant, il associe son existence à tout ce qui l'environne; il jouit de tous les phénomènes qui se manifestent à ses yeux, de toutes les harmonies qui vibrent à ses oreilles. De même que, dans une œuvre d'horlogerie, tous les rouages et les pivots se joignent et agissent l'un sur l'autre; de même, dans la grande œuvre de Dieu, tous les êtres de la création, animés et inanimés, agissent sur la pensée de l'homme, et tour à tour l'égayent ou le rassurent et le consolent : le chêne lui murmure ses oracles; le laurier le garantit contre la foudre; la sauge, le genévrier, écartent de lui les démons; la cigogne et l'hirondelle protégent sa demeure; les pierres précieuses ont des vertus secrètes qui vous préservent de divers accidents et de diverses maladies, et quelques plantes ont des propriétés magiques.

« La nature, a dit un philosophe, a horreur du vide. » Bien avant que cet axiome fût érigé en principe scolastique, le peuple du moyen âge, pour ne pas laisser dans la nature le moindre vide, la peuplait d'une foule d'êtres de toute sorte, de sylphes et de koboldes, de nains et de géants, de fées et d'enchanteurs, de dragons ailés , d'oiseaux fantastiques et de végétations miraculeuses. Toutes ces naïves conceptions, toutes ces fables symboliques, le voyageur les portait d'une contrée à l'autre ; le croisé qui venait de combattre pour le Saint-Sépulcre joignait les traditions de l'Asie aux traditions de son foyer européen ; le trouvère et le minnesinger les ennoblissaient par leurs chants ; le conteur les narrait sous le toit du paysan comme dans les grandes salles du châtelain, et, par cette diffusion du récit surprenant, de l'histoire héroïque, de la légende religieuse, toutes les âmes participaient à la même source vivifiante, tous les peuples se ralliaient à la même poésie.

— Quel plaisir j'éprouve à vous entendre parler ainsi! s'écria Carine ; vous m'expliquez un sentiment que j'ai eu vaguement dans l'esprit, et vous serez content d'apprendre que ce que vous regrettez existe encore dans nos fidèles contrées du Nord. Oui, nos bons paysans de Suède, de Danemark, de Norvége, ont conservé cette poésie de leurs aïeux, ces contes de sorcellerie et d'enchantements, ces créations surnaturelles, ces traditions miraculeuses. Dans nos prairies sont les elfes, à la figure riante, au corps léger, qui dansent en rond sur l'herbe fraîche, et se tissent des vêtements avec les rayons de la lune. Dans nos montagnes, les nains qui célèbrent leurs fêtes sous des voûtes de diamants, et forgent les métaux précieux. Sous le seuil de nos habitations, les tomtegubbars, les bons petits génies du foyer qui ne demandent que quelques gouttes de lait et des habitudes régulières de propreté, pour seconder la servante dans son travail journalier, protéger le bétail et faire prospérer la maison du laboureur. Dans nos lacs et nos rivières sont les strömkarls, qui possèdent une harpe d'argent et enseignent à celui qui leur fait l'offrande d'une chèvre la plus ravissante mélodie. Dans la profondeur de nos mers sont les havfrues, ce qu'on appelle ailleurs, je crois, les *Meermaids*, qui viennent à la surface des flots peigner leurs longs cheveux avec un peigne d'or, qui chantent dans le murmure des vagues et conduisent le naufragé dans leurs grottes de cristal.

— Quelle mythologie! repartit en riant Marcel; et vous y croyez?

— Certainement, j'y crois.

— Mais vous êtes donc une petite païenne?

— Vous plaisantez! J'ai la prétention, au contraire, de rester, autant que je le pourrai, très-fidèle aux préceptes de notre sainte religion. Est-ce que vous allez me blâmer à présent de me com-

plaire dans ces fictions dont vous déploriez tout
l'heure l'anéantissement? Est-ce qu'elles ne peuvent pas très-innocemment s'allier avec la vérité
des enseignements du christianisme? Quand vous
étiez enfant, vous aimiez, je suppose, à entendre
raconter les *Aventures du Chat botté*, les *Sorti-
léges de l'enchanteur Merlin*, les *Métamorphoses
de l'Oiseau bleu*, les *Apparitions de la fée Mélu-
sine*, et cela ne vous empêchait pas, sans doute,
de faire dévotement votre prière sur les genoux
de votre mère, matin et soir? Pourquoi donc ne
conserverions-nous pas, autant que possible, ce
privilége de l'enfance? Voyez-vous, ce que nous
avons le plus à craindre, ce n'est point l'excès des
croyances, mais leur rétrécissement. La croyance,
c'est la richesse du cœur; la négation, c'est sa
misère. Je me souviens qu'une fois, chez ma bien-
faitrice, à Stockholm, je vis un homme que l'on
considérait comme un homme distingué; il avait
beaucoup voyagé, beaucoup étudié; il s'enorgueillissait des idées positives qu'il avait acquises par
ses recherches. Pendant le dîner, il ne cessa de
parler de l'ignorance des gens de la campagne; il
condamna comme de stupides aberrations la plupart de leurs coutumes populaires; il renversa,
comme une tige vermoulue, l'échafaudage de leurs
traditions. Tandis qu'il s'abandonnait ainsi à sa

froide et inflexible dissertation, je le regardais
avec un sentiment de pitié, comme un pauvre être
qui, de peur de porter un objet superflu, se dé-
pouillerait follement d'un bon vêtement et grelot-
terait dans sa nudité. Qu'importe que quelques-
unes de nos naïves croyances n'aient pas une utilité pratique? Qu'importe même qu'elles soient,
aux yeux des savants, des erreurs manifestes, si
ces erreurs ne nuisent point, en définitive, à notre
moralité, et si elles récréent agréablement notre
imagination! Lorsque, au printemps, le pommier
se couvre de feuilles, n'y a-t-il pas plus d'un féroce horticulteur qui pourrait dire aussi que ces
feuilles devraient être enlevées, puisqu'elles n'engendrent aucun fruit, et qu'elles absorbent une
partie de la sève de l'arbre? Mais elles protégent la
fleur naissante, le bourgeon débile; elles égayent
le regard du voyageur; elles abritent sous leur
pavillon le pâtre et le troupeau dans les jours de
pluie.

« Nos croyances populaires, nos superstitions,
nos erreurs, si vous voulez, sont pour les rameaux
de l'âme humaine comme ces feuilles riantes :
elles ravivent sa fraîcheur; elles décorent ses sentiments austères; que si on veut les élaguer, on
court risque de déchirer l'écorce d'où elles sont
sorties, et d'arracher avec elles un des germes

féconds qu'elles recèlent dans leur enveloppe.

— Quelle charmante prédication! » dit Marcel en essayant de donner à sa voix le ton de la plaisanterie; mais les paroles et l'accent de Carine lui causaient une émotion qu'il avait peine à réprimer, et le regard qu'il fixa sur elle devait avoir une expression inaccoutumée : car la jeune fille, en rencontrant ce regard, détourna les yeux, puis fit remarquer que l'air devenait trop frais et descendit dans sa cabine.

Le lieutenant resta rêveur à la place qu'elle avait occupée.

« Vous ne fumez pas, mon cher Marcel? dit Blondeau, qui depuis quelques instants se promenait de long en large, avec son air de contentement habituel.

— Je n'y pensais pas, répondit Marcel en surmontant de son mieux le dépit qu'il éprouvait de se trouver ainsi interrompu dans ses rêveries solitaires; mais j'allumerai volontiers un cigare pour vous tenir compagnie.

— Et vous aurez raison : car, voyez-vous, mon cher ami, après un dîner confortable et un verre d'eau-de-vie, il n'y a pas, dans la journée du marin, un plus grand plaisir que de fumer sur le pont, par un temps calme et une bonne petite brise. »

CHAPITRE VIII

Amour! « Loi, » dit Jésus. « Mystère, » dit Platon.
V. Hugo, *Les Contemplations*.

Nulle part les caractères ne sont soumis à une
plus rigide épreuve que sur un bâtiment à voiles,
dans le cours d'un voyage de quelque durée, surtout dans les régions où les vents sont très-varia-
bles, et la mer, comme disent les marins, très-
dure. Là, les lenteurs d'une navigation retardée
tantôt par des courants, tantôt par des brises con-
traires, irritent les désirs, déconcertent la patience.
Les brusques variations de température, les jours
de pluie et de rafale, agacent les nerfs. Les fatigues et les privations inséparables d'un trajet
nautique, en opprimant l'organisation physique,
atteignent aisément le moral. Mais de toutes ces
causes d'ennui, de malaise et d'irritation, la plus
grave est l'état de captivité auquel on se sent con-

damné, et l'impossibilité d'en sortir avant d'atteindre au port. Sur l'étroit espace où l'on se trouve renfermé, on aspire vainement à un refuge paisible dans sa souffrance. Que si l'on a été frappé d'un regard peu bienveillant, atteint par un sourire sardonique ou par une épigramme, un instant après, on rencontrera face à face celui qui a fait cette piqûre à notre amour-propre. De ce contact immédiat résulte un nouveau froissement, et de là, parfois, des animosités qui, ailleurs, s'apaiseraient par de faciles diversions, qui, ici, s'enveniment peu à peu par une pénible contrainte!

Depuis son départ de Hammerfest, Carine n'avait eu à souffrir aucun ouragan. Le temps le plus extraordinaire dans ces parages septentrionaux favorisait son voyage; mais après quelques jours de navigation, il était aisé de reconnaître qu'elle était de nature à subir patiemment les heures mauvaises, à s'assouplir aux divers accidents de son aventureuse traversée. Sa franche modestie la préservait des exigences et des susceptibilités qui ne naissent le plus souvent que de l'orgueil; son innocence éloignait d'elle jusqu'à la divination du mal; sa générosité de caractère la portait à s'oublier gaiement elle-même pour s'occuper des préoccupations, des plaisirs ou des contrariétés des autres. Sans effort, sans coquetterie, par une des-

tination particulière, comme l'étoile qui luit, comme
la fontaine qui réjouit le voyageur par son frais
murmure, comme l'oiseau qui chante, elle semblait n'aspirer qu'à se rendre agréable à ceux qui
l'entouraient. Par un inépuisable sentiment de bienveillance, elle réalisait à tout instant dans sa plus
grande extension cette maxime anglaise : *The
heart wants something to be kind to.*

Les matelots, avec leur honnête bon sens, n'a-
vaient pas tardé à reconnaître cette pure et attrayante bienveillance. Tromblon lui-même en
avait été quelquefois ému. Lorsque, le matin, Carine montait sur le pont et s'approchait de l'équipage, elle eût pu dire, comme la *Jeune captive*
d'André Chénier :

La bienvenue au jour me rit dans tous les yeux.

Frisquet la servait avec un empressement qui
témoignait d'un vrai bonheur. Blondeau, qui d'a-
bord redoutait de l'embarquer sur son navire, se
trouvait très-satisfait de la voir présider à ses
repas ; il commençait même à penser que , si
Mlle Rosa Marie était la plus parfaite des jeunes
filles, il pouvait y avoir dans le monde d'autres
femmes qui, par des qualités différentes, méritaient
presque d'être mises en parallèle avec cet idéal.

Quant à Marcel, il se sentait de plus en plus

attiré vers la jeune Suédoise ; il attendait, le matin,
avec impatience, son apparition ; il l'entourait des
soins les plus assidus ; il se réjouissait de tous les
instants qu'il pouvait passer près d'elle, et, le soir
lorsqu'elle redescendait dans sa chambre, il lui
semblait que le rayon du jour lui était enlevé : il
eût voulu pouvoir dormir jusqu'à l'heure où il
devait la revoir.

La jeune voyageuse, de son côté, témoignait au
lieutenant une confiance particulière ; elle était tou-
chée de ses témoignages de respect et de sollicitude ; puis elle se complaisait dans ses entretiens.

Si, comme nous l'avons dit, l'étroite vie du bord
peut donner lieu à de vives animosités par le rap-
prochement perpétuel qui est une de ses conditions, elle enfante aussi de promptes sympathies.
Il n'était guère possible que cette sympathie ne
se développât point rapidement entre deux êtres
qui se trouvaient par hasard réunis, loin du monde,
dans la solitude de l'Océan, également jeunes
l'un et l'autre, également portés à tout ce qui im-
pressionne le mieux le cœur et l'imagination, aux
sentiments généreux, à l'amour de la nature et de
la poésie.

Lorsque Carine allait s'asseoir sur le banc de
quart, Marcel la suivait respectueusement, l'interrogeait du regard, et, s'il s'y jugeait suffisam-

ment autorisé, allait aussitôt se placer à son côté.

Alors, tous deux s'engageaient dans une de ces longues, capricieuses, entraînantes causeries, qui, du point de départ le plus vulgaire, s'élèvent, par un élan subit ou par une ascension graduelle, jusqu'aux plus hautes réflexions.

Quelquefois aussi, accoudés l'un près de l'autre, sur le bord du bâtiment, ils contemplaient, dans une douce rêverie, le ciel et la mer, l'immense espace où *la Rosa-Marie* poursuivait solitairement sa marche silencieuse.

Les mers du Nord n'ont point le magique éclat ni la riante animation de celle des tropiques ; le navire n'y creuse point son sillage dans des vagues phosphorescentes, dans des myriades d'animalcules qui jaillissent comme des étoiles ou des crêtes lumineuses. L'œil ne pénètre point dans la profondeur de leurs flots ; on n'y voit point briller, dans un cristal limpide, la bonite à l'écaille cendrée, la dorade à la robe étincelante ; on n'y voit pas les groupes des marsouins bondir étourdiment dans les eaux, comme des collégiens dans les bassins d'une école de natation, ni les poissons volants tourbillonner dans l'air comme des chauves-souris. On n'y aperçoit par non plus ces vastes îles flottantes, ces prairies composées d'un amas de fucus dont les tiges ont quinze cents pieds de longueur, cette mer végétale qui fut une des étonnantes découvertes de Christophe Colomb, et qui a conservé le nom que les Espagnols lui donnèrent, le nom de mer de Sargasse; on n'y retrouve pas cette chaude lumière projetée de tous côtés par l'ardeur du soleil, ce rayonnement des vagues et des nuages empourprés, cette teinte blanche de l'horizon qui marie, comme un anneau d'argent, l'azur de l'Océan à l'azur du ciel.

Dans les parages du Nord, tout a un caractere grave, sombre et souvent terrible. La vie animale pourtant y subsiste dans une prodigieuse extension. La sonde, tombant dans les parages arctiques à six mille pieds de profondeur, en a ramené des animalcules, et les glaces du Spitzberg sont peuplées d'êtres gigantesques. Mais au delà du cap Nord, il n'y a plus aucune habitation humaine et plus loin, il n'est pas besoin de tracer des *itinéraires à vapeur*, comme ceux que M. le lieutenant Maury propose d'établir sur l'Atlantique, pour préserver les bâtiments d'une rencontre périlleuse : car on peut naviguer pendant des semaines et des mois entiers vers les banquises, sans voir, de quelque côté qu'on se trouve, surgir une seule voile. C'est le désert complet, le désert des flots et des glaces, où, plus que partout, le marin doit éprouver, dans une sorte d'effroi, le sentiment

de sa faiblesse, et s'écrier, comme l'humble pêcheur breton : « Mon Dieu, protégez-moi ! ma
barque est si petite, et la mer est si grande ! »

Carine et Marcel contemplaient ce spectacle parfois avec une muette surprise, parfois avec une
émotion religieuse ; et souvent alors, sans se le
dire, ils comprenaient, par une secrète intuition,
qu'ils avaient la même pensée. Parfois aussi, dans ses
heures de liberté, le lieutenant prenait un livre et
faisait une lecture à la jeune fille ; il cherchait avec
soin, non-seulement les ouvrages, mais les passages distincts de ces ouvrages qui lui semblaient
devoir l'intéresser, tantôt un trait d'histoire, tantôt un épisode de voyage ou une page de poésie.
Carine l'écoutait avec une vive satisfaction ; à la
voir penchée vers lui, l'oreille et l'esprit attentifs,
on eût dit un oiseau incliné au bord de son nid,
aspirant la saveur d'un air frais et les parfums de
la bruyère.

Les écrivains, je veux dire les écrivains honnêtes et modestes, ne savent pas tout le bien qu'ils
peuvent faire par l'expression d'une généreuse
idée, et l'on devrait le leur démontrer, non point
pour leur donner un fol orgueil, mais pour les affermir dans le noble sentiment de leur labeur, et
les encourager dans les difficultés de leur vocation, souvent si pénible et souvent si décevante.

Nulle chose en ce monde n'est perdue ; si chétive qu'elle soit en apparence, elle a sa place mar-
quée dans la grande œuvre de celui qui abaisse
également son regard sur le cèdre du Liban et
l'hysope, sur la demeure des rois et le nid du passereau.

La petite goutte d'eau qui filtre du toit de chaume
se joint à d'autres gouttes d'eau qui iront grossir
une rivière, qui aideront à faire voguer la barque du pêcheur, et plus tard le navire du marchand. Le germe flottant que le vent emporte sur
ses ailes, le pepin que l'oiseau digère, l'étamine
que le papillon recueille en voltigeant dans une
prairie, le pollen que la brebis enlève à son insu
en passant près de l'aubépine et du troëne, iront
de côté et d'autre ensemencer un fruit ou une
fleur.

De même, l'œuvre de l'écrivain va quelquefois
au loin répandre un des germes salutaires qu'elle
renferme, et, tandis qu'il s'attriste de l'indifférence
ou de l'injustice du public qui l'entoure, à cette
heure-là, peut-être, dans des lieux qu'il ignore,
il éveille une douce émotion, il console un cœur
affligé, il conquiert une sincère sympathie !

Cependant, tout en se complaisant dans l'étude
d'une littérature dont elle n'avait jusque-là entrevu que les premiers éléments, Carine ne pou-

vait renoncer à ses livres suédois ; elle y revenait
souvent ; elle en parlait avec une affection enthousiaste, et un jour elle dit à Marcel : « ·C'est bien
dommage que nous ne puissions lire ensemble ces
poëtes que j'aime, et j'essayerais en vain de vous
faire comprendre la beauté de leurs vers en vous
les traduisant. » Puis tout à coup elle s'écria, en
frappant des mains avec une gaieté enfantine :

« Vous devriez apprendre le suédois.

— Je le voudrais, répondit Marcel, mais cela
doit être une tâche difficile.

— Pas du tout, d'autant que vous savez déjà
l'anglais, et même, je crois, un peu l'allemand.
Les analogies de ces deux idiomes avec celui de
mon cher pays de Suède vous aideront dans cette
étude, et vous verrez quelle belle langue ! la langue de l'honneur et des héros, a dit notre poëte
Tegner, sonore comme le bronze, ferme et claire
comme le soleil [1].

— Je vous ai écoutée quelquefois quand vous la
parliez avec votre père ; elle m'a frappé, en effet,
par ses énergiques désinences semblables à celles
de l'espagnol, et par ses vibrations harmonieuses.
J'ai du reste un très-vif penchant pour l'étude des

---

1. « Ærans och hieltarnas språk ! Hur ädeldt och mannligt
du rör dig.

« Rän är som Malmen din Klang, saker som solens din
gång. »

langues; j'aime leur variété d'accent et d'inflexion,
et je n'ai jamais désiré qu'il n'y eût qu'une seule
langue dans le monde, pas plus que je ne voudrais
que tous les hommes eussent la même physionomie, et tous les arbres la même forme.

— Il me semble pourtant, reprit Carine, que cela
serait bien plus commode, si, dans les diverses
contrées du globe, tous les peuples n'avaient qu'un
même dialecte.

— Plus commode assurément pour les transac-
tions commerciales, pour les besoins matériels de
la vie, sans doute aussi pour la propagation des
idées pratiques; mais quelle perte pour celui qui
trouve dans les modulations d'une langue étrangère une musique distincte, et pour celui qui y
cherche les indices particuliers d'un caractère national! Car, voyez-vous, si, comme le fait paraît
démontré, tous les idiomes de l'Europe ont la
même origine, comme les rameaux d'un arbre qui
tiennent à la même tige, s'ils sont issus des langues monosyllabiques de l'Inde, si de leurs sources
lointaines ils se sont répandus de côté et d'autre,
comme ces ruisseaux qui, jaillissant du même bassin à la ligne de partage des eaux, se frayent un
chemin vers les divers points de l'horizon dans leur
essor, ils se sont formés et développés, non-seulement selon les mœurs de tel ou tel peuple, mais

selon la nature de son climat. Au Nord, les langues
viriles, fortement accentuées, les consonnes guttu-
rales, ces ossements des dialectes, a dit le savant
philologue Al. Murray ; au Midi, les molles voyelles,
les caressantes inflexions. Celles-là sont faites pour
résonner sur une terre rigoureuse, dans le bruis-
sement des vagues, dans le souffle des tempêtes ;
celles-ci, pour soupirer l'amoureux sonnet, par
une brise attiédie, sous les orangers en fleurs. De
là, des accents qui donnent une tout autre expression à la poésie, une expression locale, intradui-
sible. De plus, nous devons remarquer que, si la
langue est l'interprète de l'esprit, cet interprète, si
passif en apparence, réagit pourtant sur nos conceptions. Oui, essayez de penser dans une autre
langue que la vôtre, et vous ne tarderez pas à reconnaître que peu à peu elle modifie votre pensée,
qu'elle lui donne une autre nuance, un ton plus
vif, ou une teinte de langueur. Pour mieux pré-
ciser mon idée, je vous dirai que, pour écrire une
lettre positive, claire et nette, je choisirais de pré-
férence le français ; pour une description de quelque site vaporeux, l'anglais ; pour l'élégie, l'allemand ; pour un chant chevaleresque, l'espagnol, et
pour un rêve d'amour, l'italien.

— Malheureux que vous êtes ! s'écria Carine
avec une naïve exaltation ; vous ne connaissez pas

le suédois, qui réunit à lui seul toutes ces qualités. Hâtez-vous donc de l'apprendre.

— Je le veux bien, répliqua en souriant Marcel ; mais comment faire ?

– Comment ? homme de peu de foi ! J'ai justement ici tout ce qui est nécessaire pour ne laisser aucune excuse à vos tergiversations d'écolier rebelle : j'ai une grammaire, un dictionnaire, un choix de nos meilleurs écrivains, et, si vous voulez bien vous montrer un peu humble et soumis, comme il convient à un homme assez ignorant pour ne pas pouvoir lire une strophe de Franzen ou de Geiier dans l'original, je vous donnerai des leçons.

— J'accepte, s'écria Marcel, j'accepte avec bonheur, et je vous défie de trouver jamais un élève plus docile que moi et plus reconnaissant. »

Ce jour-là même, Carine, qui joignait à une vive promptitude d'idées une ferme persistance dans ses résolutions, commençait son enseignement. Le jeune lieutenant, assis à côté d'elle, appliquait toutes ses facultés intellectuelles à recueillir ses explications, et répétait, avec une obéissance exemplaire, les mots qu'elle lui faisait prononcer.

« Il est doux, a dit Byron, d'apprendre une langue étrangère par les lèvres et par les yeux d'une femme, quand l'institutrice et l'élève sont jeunes[1]. »

Elle était jeune et belle, celle qui interprétait, sur le pont de *la Rosa-Marie*, la syntaxe de sa langue maternelle ; jeune aussi, celui qui l'écoutait avec une dévote attention. Ce qu'elle éprouvait dans l'exercice de son professorat, je ne sais. Marcel ne savait peut-être pas non plus pourquoi ses heures d'études lui semblaient si douces, cette grammaire suédoise si lucide, cette langue nouvelle si mélodieuse ; mais jamais il ne s'était senti si heureux.

Cependant Blondeau l'observait de temps à autre à la dérobée, en se promenant de long en large, et murmurait en fumant sa pipe :

De pequena centella gran hoguera [2].

1. It is pleasant to be school'd in a strange tongue
 By female lips and eyes, that is I mean,
 When both the teacher and the thaught are young.
 (Don Juan, ch. I)
2. De petite étincelle, grand feu.

CHAPITRE IX

Blow, blow, thou winter's wind
Thou art not so unkind
As man's ingratitude.
SHAKESPEARE. *As you like it.*
Souffle, souffle, vent d'hiver, tu n'es pas si
cruel que l'ingratitude de l'homme.

Deux semaines s'écoulèrent pendant lesquelles la *Rosa-Marie* continuait, comme une indolente promenade, sa navigation. Cependant la température s'était déjà refroidie, à la hauteur du Beeren-Eiland, cette sorte de contre-fort détaché du Spitzberg, cette île de l'Ours, découverte par le pilote hollandais Barentz. En passant près de cette île, en cherchant à distinguer la pointe de sa noire sommité que Barentz baptisa du nom de Jammers-berg (Montagne-de-Misère), Marcel se rappelait que Nelson, le célèbre, le terrible Nelson avait failli, là, être dévoré par un ours. « A quoi tiennent, se disait-il, les plus grands événements des peuples?

Quel changement, peut-être, dans les destinées de la France, si le héros d'Aboukir et de Trafalgar, et le barbare dévastateur de la flotte de Copenhague, avait été écrasé, au début de sa carrière, sous la patte du monstre hyperboréen! Allah! Allah! s'écrient les Turcs, dans leur morose fatalisme, et quelquefois ne serait-on pas tenté d'admettre ce fatalisme, si l'on n'avait la meilleure foi du chrétien? »

Carine, à qui il communiqua ses réflexions, lui dit que la résignation des musulmans n'était qu'un acte de stupide esclavage, tandis que celle du chrétien est la respectueuse et confiante soumission de l'enfant incliné sous la main de son père qui le châtie pour le corriger de ses défauts.

Un matin, le thermomètre placé dans la chambre du capitaine baissa tout à coup de plusieurs degrés. Le vent se leva âpre et froid, et à quelque distance on vit flotter des blocs arrondis, qui apparaissaient comme de blanches toisons sur les vagues assombries.

« Tiens! tiens! s'écria Tromblon; ne dirait-on pas un troupeau de moutons? Est-ce que, par hasard, un charitable berger du Spitzberg nous amènerait de la chair fraîche? Qu'il soit le bienvenu! Je commence à en avoir assez du lard rance dont M. Vanskep nous a gratifiés, d'autant plus qu'on n'a guère ici de bon liquide pour l'arroser, et je ne serais pas fâché de donner un coup de dent à une succulente côtelette.

— Une drôle de côtelette! répliqua Lax; ce que vous voyez devant vous, ce qui vous apparaît comme un troupeau de moutons, ce sont les premières glaces; celles-ci sont encore bénignes; mais gare aux secondes! »

Quoique nos navires aient fréquenté en grand nombre les régions polaires, quoique nous avons au XVIIe siècle, lancé des frégates jusque dans les baies du Spitzberg pour défendre nos pêcheurs contre l'avidité de l'Angleterre; quoique plusieurs de nos hardis bâtiments de Dunkerque s'aventurent encore chaque année du côté du Groënland, et qu'enfin notre intrépide Dumont d'Urville ait pénétré plus loin qu'aucun autre navigateur dans les sinistres déserts du pôle Sud, nous n'avons qu'un très-petit nombre de mots pour désigner l'un des principaux phénomènes de ces parages : glaces flottantes et banquises, là se borne à peu près notre vocabulaire.

Les Anglais, au contraire, n'ont pas moins de quatorze expressions différentes pour caractériser briè-vement les diverses formes ou les divers mouvements de la glace [1].

1. Voici ces quatorze expressions : *Iceberg*. Vaste pic de glace, isolé et flottant, ou glacier élevé dans un ravin, du côté de la mer;

La Rosa-Marie glissa d'abord légèrement entre les brash-ices qui roulaient sur ses flancs comme de grosses boules de neige ou comme des ballons, et se dissolvaient peu à peu dans le frottement des vagues; mais bientôt elle rencontra d'autres blocs plus larges, plus élevés, qui avaient la consistance du granit. Ceux-là, il eût été dangereux de les heurter, et deux matelots, postés de chaque côté du navire, prenaient à tâche de les écarter avec de longues gaffes, et quelquefois, à la demande de Lax, placé près du gouvernail, *la Rosa-Marie* déviait elle-même de sa direction pour les éviter.

Field. Nappe de glace si étendue que, du haut d'un navire, on ne peut en distinguer les limites ;

Floe. Nappe de même nature, petite;

Drift-ice. Blocs de glace flottante de différentes formes et de différentes grosseurs ;

Brash-ice. Morceaux détachés de quelque grande masse ;

Bay-ice. Glace récemment formée dans la mer ;

Hummock. Protubérances qui s'élèvent par la pression et la jonction de plusieurs blocs à la surface d'un champ de glace ;

Tongue. Pointe de glace qui s'étend horizontalement sous l'eau : c'est un écueil dangereux pour les navires;

Pack. Masse de glaces flottantes dont on ne peut du regard mesurer l'étendue ;

Patch. Mêmes glaces, de forme circulaire, moins considérables ;

Stream. Enchaînement continu de glaçons qui, dans leur développement oblong, ressemblent au cours d'une rivière·

Sailing-ice. Masse de glace qui offre au navire une ouverture assez large pour qu'il puisse y pénétrer;

Land-ice. Blocs de glace attachés au rivage ;

Lane. Étroit canal entr'ouvert dans de vastes champs de glace.

Tout le jour se passa dans cette active surveillance et ce labeur difficile. Le ciel était couvert d'un nuage sombre à travers lequel le soleil projetait, seulement en un certain endroit, une lueur jaunâtre, comme le reflet d'une lame de bronze. Une forte brise soulevait les flots, sifflait dans les voiles, et d'un bout à l'autre du navire on entendait ce bruit sinistre, qui produit une si pénible impression sur ceux que les vieux matelots appellent dédaigneusement *les marins d'eau douce*, un craquement pareil à celui d'une maison ébranlée pa un tremblement de terre.

Marcel suivait d'un œil attentif les mouvements du gouvernail, et quelquefois prenait une part active aux manœuvres. Carine s'était retirée dans sa chambre; mais de temps à autre elle montait sur le pont, et observait en silence son vigilant compagnon. Dans ce premier orage de leur traversée, les deux jeunes gens éprouvaient plus vivement une nouvelle pensée : d'un côté, une pensée de devoir et d'honneur ; de l'autre, une pensée de confiance : et tous deux, sans se le dire, avaient besoin de se voir, et tous deux se communiquaient leurs purs sentiments par un regard.

Vers le soir, on arriva près d'un bloc de glace immense. Du haut du grand mât, l'œil pénétrant du vieux Lax ne pouvait en distinguer les bornes.

Au milieu de ce *field* s'ouvrait un passage tortueux de cinq à six milles d'étendue, qui paraissait se creuser au loin à l'ouest, précisément dans la direction que le pilote désirait suivre ; mais le vent était alors, selon l'expression technique, complétement debout, c'est-à-dire tout à fait contraire, et une de ces brumes épaisses, comme on n'en voit que dans le Nord, s'abattit tout à coup sur le ciel et couvrit d'un voile impénétrable la mer et l'horizon.

« Capitaine, s'écria Lax, laissez arriver ; faites carguer les basses voiles, et gouvernons au large. Nous n'avons rien de mieux à faire jusqu'à ce que ce chien de temps s'éclaircisse. »

Les instructions du pilote furent aussitôt exécutées ; en même temps, deux matelots se tenaient postés sur le gaillard d'avant, et dans le mugissement de la brise et des vagues résonnaient, à des intervalles réguliers, le cri de la vigie nautique : *Ouvre l'œil au bossoir !* comme dans une place de guerre, ou une ville en révolution, le cri des factionnaires nocturnes : *Sentinelles, prenez garde à vous !*

Toute la nuit, *la Rosa-Marie* se tint en pleine mer, de façon pourtant à ne pas s'éloigner du passage entr'ouvert ; au matin, elle y revint. Le soleil déchirait le rideau de brume, et le canal se dessinait nettement aux regards, dans ses lointains con-

tours. Mais le vent était encore debout ; il fallut louvoyer de nouveau, changer fréquemment les amar-
res, et quelquefois virer de bord, *lof pour lof*. Cette
manœuvre a un caractère solennel. Au moment où
elle s'accomplit, le navire, tournant sur lui-même,
cesse d'être gouverné, et, lorsque le capitaine for-
mule son ordre par ces mots vibrants : *A Dieu vat!*
c'est qu'en effet il y a, dans cette brave évolution,
comme un abandon total à la grâce de Dieu.

Pendant huit jours, *la Rosa-Marie* poursuivit
son pénible trajet. Quelquefois un rayon de soleil,
pénétrant à travers les sombres brouillards, ravivait le cœur des matelots ; quelquefois une légère
brise d'ouest leur donnait un moment de relâche ;
puis soudain le ciel se couvrait de nouveau d'une
noire vapeur ; le vent du Nord se relevait plus vif
et plus tenace. De nouveau alors il fallait louvoyer,
et d'épais flocons de neige, tombant sur les vergues, humectaient les cordages et aggravaient le
travail des matelots. Trois ou quatre fois, la marche
du navire fut forcément interrompue par les ténèbres qui l'entouraient ; le capitaine le fit amarrer à
la banquise par un grappin. Alors, pas une lueur
consolante n'apparaissait à l'horizon, pas une éto. э
ne brillait au firmament, et l'on n'entendait, dans
la profondeur du sinistre désert, que le mugissement des vagues qui se brisaient sur les ron-

parts de glace comme sur des rocs de granit, et de temps à autre le cri rauque d'un oiseau sauvage, ou le gémissement d'un jeune phoque égaré dans l'obscurité, et cherchant à rejoindre sa mère.

Quel canal! disait Blondeau, *longo y estrecho como anno malo* [1].

Sa tranquillité d'âme n'était cependant pas ébranlée; seulement, pour se distraire, il fumait un peu plus que de coutume. « Le tabac, disait-il, est l'ami de l'homme. Ceux qui en blâment l'usage ne savent pas le bien qu'il peut faire au pauvre marin.

— C'est un ambassadeur, lui dit un jour Marcel, c'est Jean Nicot, qui, le premier, l'introduisit en France; c'est un illustre gentilhomme, Walther Raleigh, qui l'importa en Angleterre.

— Un ambassadeur et un illustre gentilhomme! répliqua Blondeau; voyez-vous comme le tabac a aussi ses lettres de noblesse! Jean Nicot, dites-vous, et Walther Raleigh!... Deux braves gens! je me souviendrai de leurs noms, et je vais, à l'instant même, allumer cette pipe en leur honneur. »

Dans les heures de halte où Marcel pouvait se reposer de son active coopération aux manœuvres de l'équipage, Carine lui permettait de descendre à côté d'elle dans la salle à manger. Là, près d'un

---

1. Long et étroit comme une mauvaise année.

petit poêle où flamboyait un feu de charbon de
terre, à la lueur d'une lanterne suspendue au plafond, et oscillant dans le roulis avec le navire, tous
deux continuaient leurs lectures ou leurs causeries.

C'est le privilége de ceux qui s'aiment, d'oublier
l'un près de l'autre les divers accidents de la vie,
ou de s'en consoler par le bonheur de se trouver
réunis. Les Arabes ont inventé de merveilleuses
histoires de féerie; mais quelle féerie peut être
comparée à celle de deux jeunes âmes qui, dans
leur doux accord, dans leur affectueuse expansion,
puisent en elles-mêmes les magiques trésors dont
elles parent leur solitude?

Au bord de ces glaces auxquelles leur navire
était cramponné par une dent de fer, les deux
jeunes gens s'entretenaient des riantes vallées de
Suède ou de France; sous leur ciel ténébreux, ils
évoquaient les joyeuses clartés, les rayons d'or et
de pourpre des contrées méridionales. Dans le
conflit des vents orageux, dans le gémissement
des flots, ils cadençaient les strophes harmonieuses
d'un poëte. Par les dons de leur intelligence, par
le confiant abandon de leur cœur, ils réalisaient,
dans leur isolement, le précepte de notre cher La
Fontaine; ils se faisaient à eux-mêmes

Un monde toujours beau,
Toujours divers, toujours nouveau.

Quelquefois pourtant, la jeune fille, saisie par le froid, s'approchait du poêle, et serrait sur sa poitrine les plis de son châle ; mais, dès qu'elle remarquait l'inquiétude que Marcel éprouvait en voyant ce mouvement, elle se hâtait de rire, et s'écriait qu'elle avait honte d'être si frileuse.

Au Spitzberg, le thermomètre ne s'élève pas, en été, à plus de deux ou trois degrés au-dessus de zéro ; le vent du nord l'avait fait baisser à cinq degrés au-dessous du point de congélation.

Pendant ce temps, Lax, assis près des matelots, leur disait qu'il ne fallait pas se laisser décourager par une première difficulté, que ce canal les conduisait près de la côte ; que là, ils auraient une navigation plus aisée, un temps propice, et qu'ils feraient probablement une pêche abondante.

La plupart d'entre eux l'écoutaient en silence, avec un sentiment d'espoir. Tromblon murmurait et jurait.

Le huitième jour enfin, *la Rosa-Marie* se retrouva en pleine mer. Ainsi que le vieux pilote l'avait annoncé, le vent était favorable, le ciel clair ; au loin, on entrevoyait confusément une ligne blanche, la cime des montagnes de Bell-Sound couvertes de neige.

Mais tous les hommes, épuisés de fatigue, se tenaient immobiles l'un près de l'autre, envelop-

pés avec soin dans leurs cabans, les uns sommeillant sous leur capuchon, les autres gardant un
morne silence.

« Quel chien de métier ! s'écria Tromblon de sa
voix brutale, sans s'inquiéter de réveiller ceux qui
dormaient près de lui ; ces maudits Anglais ! Ce
sont eux pourtant qui sont cause que je bourlingue
ainsi sur cette mer du diable ! S'ils n'avaient pas
eu, les brigands ! l'idée d'interdire le trafic des négril-
lons, le plus honnête trafic du monde, à l'heure
qu'il est je voguerais probablement entre les côtes
d'Afrique et les Antilles, et j'aurais chaud du
moins, et à la fin de ma campagne je pourrais
encaisser dans ma poche un joli petit rouleau de
douros ; tandis qu'ici... »

Au moment où il se livrait avec amertume à ses
réminiscences de négrier, il aperçut près de lui
Frisquet, tenant à la main une bouilloire fumante.

« Viens ici, petit, » lui dit-il d'un ton câlin.

Le mousse s'approcha.

« Tu es gentil, Frisquet, reprit Tromblon ; tu
as l'œil vif comme la flamme d'une allumette, et
le visage frais comme une pomme. Je t'ai quelquefois un peu rudoyé, mais c'était pour ton bien,
vois-tu ; car, en vérité, tu me plais. Que portes-tu
là ? Du café, je crois ; donne-m'en une tasse, mon
petit marsouin ; cela me fera du bien.

— Non, je ne le puis, répondit Frisquet, ému
par l'accent inusité avec lequel lui parlait ce même
Tromblon, ordinairement si emporté ou si revêche.
Je ne le puis, répéta-t-il doucement : c'est le café
de mademoiselle, et mademoiselle m'attend.

— Donne-m'en une tasse ! » s'écria le baleinier
en reprenant son rude ton de voix.

Frisquet, effrayé, voulait s'enfuir.

« Ah ! petit serpent ! dit Tromblon en le saisissant par le bras avec ses larges doigts, pareils à
des crochets de fer ; tu te regimbes, tu n'as point
de respect pour tes anciens ; tu te crois au-dessus
d'eux parce que tu t'es fait le caniche de cette
femmelette et du lieutenant. Eh bien ! tiens, voilà
pour te donner une leçon de discipline ; tiens,
voilà pour ce mauvais lieutenant qui nous fait
virer de bord deux fois en une heure, et voilà pour
ta maîtresse. Tu pleures, petit lâche ! tiens, voilà
encore pour tes pleurnicheries. »

En parlant ainsi, il lui appliquait sur les joues
de violents soufflets. L'enfant sanglotait, gémis-
sait, et, en cherchant à se dégager des mains de
Tromblon, il glissa et tomba.

Ainsi que tous les hommes d'une nature emportée, quand le baleinier s'abandonnait à un de
ses accès de colère, bientôt il ne pouvait plus
le réprimer : une sorte de transport furieux l'a-

veuglait; ses lèvres écumaient; ses yeux s'injec-
taient de sang; il ressemblait à une bête fauve.

Lorsqu'il vit le mousse couché à ses pieds, pleu-
rant et se débattant, il se pencha sur lui avec une
nouvelle fureur; d'une main il le tenait cloué sur
le plancher, de l'autre il le frappait à coups re-
doublés sur la tête. Ses compagnons pourtant
essayèrent de mettre fin à cette scène cruelle et de
lui arracher sa victime.

« Laissez-moi, s'écria-t-il d'une voix de tonnerre : il y a longtemps qu'il m'irrite, ce misérable, cet affreux valet. Il faut que je me satisfasse :
retirez-vous, ou sinon.... » Et il asséna à Frisquet
un nouveau coup de poing qui lui mit la figure en
sang.

Le mousse poussa un cri aigu qui retentit jusqu'à l'extrémité du navire. Le lieutenant, qui alors
était occupé à étudier la carte du Spitzberg dans
la dunette, sortit précipitamment, et vit d'un coup
d'œil ce qui se passait. Soudain, s'élançant vers le
gigantesque Tromblon, il le saisit par la cravate,
lui imprima une impétueuse secousse, et l'envoya,
à trois pas de distance, rouler comme un tronc de
chêne, de toute sa longueur, sur le pont, puis il
prit l'enfant dans ses bras et retourna vers sa
cabine.

Tromblon se releva dans un état d'humiliation

et de rage difficile à décrire. Près de lui se trouvait une barre de cabestan ; il la saisit et voulut courir après Marcel ; mais cette fois Dambelin et Frasnois l'arrêtèrent, et les autres matelots se jetèrent sur son passage.

« C'est bon, dit-il, je ne veux pas lutter contre vous tous : qu'il s'en aille aujourd'hui avec son marmouset ; mais, foi de Tromblon, je me vengerai. »

A ces mots, il se retira à l'écart, comme un tigre qui va cacher dans l'ombre ses blessures, et de tout le jour pas un de ses camarades ne put lui parler.

Marcel remit le mousse entre les mains de Carine, en lui racontant ce qui venait de se passer.

« Oh Dieu ! oh Dieu ! s'écria la jeune fille ; est-il possible qu'il y ait des hommes si barbares ! Le pauvre garçon ! il a la tête toute meurtrie. Mais rassure-toi, mon enfant, et ne pleure plus : nous te guérirons et nous te protégerons. »

A ces mots, elle versa de l'eau fraîche dans une cuvette, y trempa un linge, lava délicatement les tempes de Frisquet, coupa ses cheveux aux endroits où le sang avait coulé, puis lui mit une compresse sur la tête, lui fit boire un verre de vin pour le réconforter, et lui dit de s'asseoir près du poêle.

A la voir faire, l'une après l'autre, ces diverses

opérations avec un soin touchant et une dextérité parfaite, on eût dit une jeune sœur de charité accomplissant un des devoirs journaliers de sa sainte vocation. Marcel la contemplait avec une tendre émotion, et l'orphelin la regardait avec un indicible sentiment de reconnaissance, comme un enfant doux et malade regarde sa mère.

« Mauvaise affaire, dit le capitaine à Marcel, lorsqu'il apprit les détails de cet événement : vous avez agi en homme de cœur; mais je crains que Tromblon ne vous pardonne jamais, et que tôt ou tard il ne vous fasse voir la durée de son ressentiment. Ce hideux Tromblon! ce n'est pas un homme : c'est une bête brute, et une bête dangeureuse. M. Vanskep a voulu obstinément nous l'imposer; je regrette bien de n'avoir pas résisté à ses instances.

— Rassurez-vous, repartit Marcel; ici, du moins, il est seul de son espèce : ses camarades, au besoin, nous aideront à le contenir.

— Je l'espère! mais pourtant, prenez garde à vous!

— Soyez tranquille. Je suis un peu plus solide que Frisquet, et je tâcherai de ne pas me laisser prendre à défaut. Ceux qui veulent faire le mal sont souvent trompés dans leurs mauvaises intentions; il y a même une vieille sentence qui les menace d'une prompte fin :

Nul ne peut vivre longhement
Qui tos jors à mal faire entent.

Mais voici Lax qui descend de la hune, où il a été
faire ses observations. A en juger par sa physionomie, il doit avoir quelque grave nouvelle à nous
annoncer. r

CHAPITRE X

The ice was here, the ice was there
The ice was all around.
                    COLERIDGE.

La glace ici, la glace là, la glace de
tous côtés.

« Mauvaise nouvelle ! dit le pilote en se rappro-
chant des deux officiers.

— Quoi donc ? demanda Blondeau.

— Eh bien ! voilà : je comptais que nous pourrions prochainement atterrir sur cette côte, et j'aurais voulu vous conduire dans la baie de Bell-Sound
où il y a plusieurs bons ancrages, et où l'on trouve
des ruisseaux d'eau douce ; mais je vois que toute
cette plage est obstruée par les glaces. Ces scéléra-
tes de glaces ! Il n'y a rien de plus capricieux et de
plus fantasque ! Je ne serais pas éloigné de croire
qu'elles sont habitées par de malins Trolles qui
s'amusent à les promener de côté et d'autre, pour

vexer les pauvres pilotes. Tantôt elles s'en iront
barrer le cap méridional du Spitzberg ; tantôt elles
s'amasseront à l'est, tantôt à l'ouest. La côte occidentale est pourtant ordinairement la plus sûre et
la plus fréquentée : c'était là que se rassemblaient
autrefois les navires hollandais, et c'est là que nos
pêcheurs norvégiens essayent encore d'aborder. La
côte orientale, au contraire, est d'un accès très-dif-
ficile ; peu de rades sûres ; des bancs de roche qui
se cachent traîtreusement sous les eaux, et sur lesquels un bâtiment se brise comme une coquille de
noix, puis des coups de vent extraordinaire et de
vastes banquises. Il y a eu là de terribles catastro-
phes, de mémorables événements, entres autres.
celui des quatre matelots russes qui se trouvèrent
abandonnés sur une des îles de cette mer enragée.
Tout le monde connaît cette histoire.

— Quelle histoire ? s'écria vivement Marcel.

— Vous devez la savoir, vous qui lisez tant de
livres, que ma fille ne se lasse pas de me vanter
votre science universelle ; on en a fait une brochure
qui a été traduite en suédois, et même en islandais,
et, je crois, en français.

— C'est singulier, dit Marcel ; moi qui ai tant
cherché toutes les relations de voyages dans le
Nord, je n'ai nulle idée de celle-là ; veuillez nous
la raconter.

— Avec plaisir, répondit Lax, d'autant que je m'étais déjà proposé de la raconter à l'équipage. Je me préparerai par là à un récit plus circonstancié : car, avec vous, je pense qu'il faut abréger; vous devinez les choses avant qu'on en ait dit la moitié, tandis que les matelots, c'est un cercle d'auditeurs qui écoute joliment un conteur, qui demande des détails, et n'en a jamais assez.

— Nous vous écouterons très-attentivement aussi, dit Blondeau. Pour être plus à l'aise, entrons dans la dunette, et buvons un verre d'eau-de-vie : j'espère que cela ne vous sera pas désagréable.

— Cela me fera grand plaisir, répondit Lax. J'ai passé là-haut deux heures, par un coquin de vent que les Américains appellent *le Barbier*, et ils ont raison, car il vous rase la figure, comme avec une lame des mieux affilées.

— Faut-il, reprit Marcel, inviter Mlle Carine à venir vous entendre ?

— Non, répliqua Lax; elle connaît déjà cette histoire, et elle en connaît bien d'autres qu'elle pourrait vous narrer mieux que moi. »

Les trois amis entrèrent dans la chambre du capitaine et s'assirent sur des escabeaux, autour d'une petite table.

« Fameuse eau-de-vie ! s'écria Lax en avalant

d'un trait le verre que Blondeau lui avait présenté.
A Hammerfest, nous n'en trouverions pas une pareille. Nous n'avons que de l'eau-de-vie de grain
qui descend comme une râpe dans le gosier.

— Encore un verre? dit en souriant le capitaine.

— Volontiers. Je crois que j'ai un glaçon dans
l'estomac : cette chaude liqueur le fera fondre. »

Quand il eut savouré plus lentement son second
verre et allumé sa pipe, le pilote commença son
récit :

« Vous saurez donc, dit-il, qu'il y a un bon nombre d'années, un siècle, je crois, un marchand de
Mesen expédia un navire de pêche au Spitzberg.
Le commandant de ce navire, qui savait son affaire, voulait aller, comme les Hollandais, sur la
côte occidentale ; mais des vents impétueux auxquels il ne pouvait résister l'entraînèrent à l'est, et
le jetèrent près d'une île que les Russes appellent
Maloï-Broune, petite brune, une drôle de petite
brune, comme vous allez voir.

« Un savant de Christiania, M. Keilhau, qui a visité le Spitzberg, et que j'ai vu à son passage à
Hammerfest, m'a dit qu'il croyait que cette île est
celle que les Anglais marquent sur leur carte sous
le nom de *Halfmoon;* elle se trouve vers le soixante-
dix-huitième degré de latitude; mais n'importe!

« A peine le bâtiment était-il là, à une lieue environ de la plage, qu'il fut tout à coup cerné par
des amas de glaces flottantes où l'on n'entrevoyait
pas la moindre issue.

« Alors le contre-maître, nommé Himkoff, dit à
ses compagnons qu'il se rappelait que d'autres
Russes avaient construit sur cette île une cabane,
qu'on la retrouverait peut-être et qu'on pourrait y
passer l'hiver.

« C'était là une bonne nouvelle, dans l'effrayante
situation du navire. Lui-même offrit de s'en aller
à la recherche de ce précieux refuge et partit avec
son filleul, Ivan Himkoff, et deux autres matelots.

« Comme ces braves gens avaient un trajet difficile à faire sur des monceaux de glaçons, ils n'emportaient que juste ce qui pouvait leur être nécessaire, en cas d'accident, pour une absence d'un
ou deux jours.

« Voyons que je tâche de me rappeler ce qu'ils
avaient : un fusil, une poire à poudre, douze balles, une hache, un petit chaudron, un petit sac
renfermant une vingtaine de livres de farine. C'est
tout, je crois ; non, ils emportaient encore un couteau, un briquet, de l'amadou, du tabac et des
pipes.

— Sages précautions ! dit Blondeau en bourrant

de nouveau sa pipe, comme pour faire voir, par son propre exemple, combien il appréciait l'utilité de cet ustensile.

— Les quatre aventuriers, reprit le pilote, après avoir cheminé à une demi-lieue de distance dans l'intérieur de l'île, découvrirent la cabane qu'ils cherchaient, une belle et solide cabane, ma foi ! divisée en deux compartiments, assez large pour abriter tout un équipage, et garnie d'un four ; ils y passèrent la nuit, et le lendemain matin de bonne heure ils se remirent gaiement en marche pour annoncer leur découverte à leurs camarades. Figurez-vous leur stupéfaction, lorsqu'en tournant les regards de côté et d'autre ils ne virent que les vagues ondulant librement, plus de glaces et plus de navire. Un coup de vent avait, pendant la nuit, balayé la mer ; le même coup de vent avait fait sombrer ou emporté au loin le bâtiment. Ce qu'il est devenu, on ne sait ; on n'en a jamais retrouvé les vestiges.

« Les pauvres gens, abandonnés ainsi sur leur île déserte, sans chaloupe, sans aucun moyen pour en construire une, retournèrent dans leur gîte, bien affligés, comme vous pouvez le penser, et bien effrayés.

« Leur premier soin fut de pourvoir à leur subsistance. Par bonheur, il y avait autour d'eux des rennes; avec leurs douze balles, ils réussirent à en tuer une douzaine qu'ils dépecèrent, et dont ils firent sécher la chair pour la conserver; ils travaillèrent ensuite à réparer leur cabane, dégradée en différents endroits par les ouragans. Le Spitzberg, comme vous savez, ne produit aucun arbre, pas même de chétifs arbustes; mais les courants apportent fréquemment sur ces plages des bois d'une autre contrée, peut-être des bois d'Amérique.

— Oui, dit Marcel, dont l'esprit saisissait toujours avec avidité chaque notion de physique ou de géographie, c'est même là un des faits péremptoires que l'on a souvent signalés pour démontrer l'existence d'un passage au nord, entre l'océan Atlantique et l'océan Pacifique. Je voudrais bien en trouver, de ces bois flottants, et voir de mes propres yeux, si, comme l'a observé Scoresby, on y distingue des piqûres d'une espèce d'insectes qui n'existe que dans les régions boréales. Une telle remarque est des plus importantes; et, si quelque jour je naviguais vers le pôle sud, je voudrais bien, comme cela est arrivé à quelques baleiniers, parvenir à capturer un de ces cétacés qui ont été harponnés dans les mers du Nord, et qui glissent dans l'océan Pacifique. Mais, pardon, mon cher Lax, de cette interruption : continuez, je vous prie, votre récit, qui me paraît devoir être si intéressant.

— Je continue, dit Lax, qui, depuis son embarquement à bord de *la Rose-Marie*, avait dû s'habituer aux digressions du jeune lieutenant.

« Les quatre matelots russes, en errant sur la côte, eurent le bonheur de trouver des pièces de bois qui devaient servir à réparer leur cabane et à chauffer leur poêle; mais ce qui les réjouit bien plus encore, ce fut de recueillir divers débris d'un navire naufragé , des planches dans lesquelles étaient encore fichés de longs clous, des rouleaux de fil caret et plusieurs pièces en fer. Leur provision de poudre était épuisée; la découverte qu'ils venaient de faire leur donnait un nouveau moyen de salut; ils fabriquèrent des lances avec ces clous attachés solidement à des bâtons; ils employèrent les lourds morceaux de fer en guise de marteaux; ils parvinrent même à se façonner un arc avec une tige de sapin recourbée. Ainsi armés, un jour ils tuèrent un ours qui s'approchait de leur demeure; sa chair leur offrait un bon aliment, sa peau leur servait de couverture, et en divisant ses tendons, ils en firent une sorte de fil à coudre.

— Mais, s'écria Marcel, c'est une nouvelle histoire de Robinson que vous nous racontez.

— Robinson! Robinson! répliqua le pilote, choqué cette fois de cette interruption dans laquelle il croyait entrevoir une épigramme; il m'est arrivé

de lire la vie de ce marin qui a été traduite en suédois, et je ne puis nier qu'elle ne m'ait intéressé ;
mais, à vous parler franchement, j'ai toujours pensé
que ce brave homme comptait un peu trop sur la
crédulité de ses lecteurs, et s'amusait à composer
des aventures qui ne me paraissent pas toutes dignes de foi, tandis qu'au contraire celles que je
vous raconte sont très-véridiques.

— Je n'en doute pas, se hâta de répondre le
lieutenant, pour apaiser la susceptibilité de Lax.

— Trés-véridiques, et attestées par les plus solides témoignages.

— Je puis vous certifier, ajouta Marcel en souriant, que votre histoire est pour moi beaucoup
plus sûre que celle de Robinson.

— Et vous pourriez ajouter plus émouvante ;
car enfin, ce Robinson, il était seul, il est vrai,
jusqu'au jour où il trouva son fidèle Vendredi.
Mais il avait été jeté par son naufrage sur une
terre féconde, où il pouvait faire d'agréables plan-
tations, où un généreux soleil faisait mûrir ses
fruits et ses moissons, et vous savez qu'il avait
trouvé dans les épaves de son navire une quantité
de provisions et d'ustensiles de toute sorte. Ces
quatre pauvres Russes, au contraire, étaient abandonnés aux dernières limites du monde, sur un
sol impitoyable, sous un ciel glacial.

— Je vous demande pardon une seconde fois, repartit Marcel, de vous avoir fort mal à propos interrompu, et maintenant je vous écoute avec la plus vive attention.

— L'hiver vint, dit Lax, apaisé par cette excuse; le noir, le froid, le terrible hiver des régions polaires ! Les malheureux Russes, enfermés dans leur cabane, gémissaient de l'obscurité dans laquelle ils étaient ensevelis. Pour y remédier, ils s'avisèrent de faire une lampe avec de la terre glaise, qu'ils pétrirent en forme de vase; ils y mirent de la graisse de renne et l'allumèrent : mais ce premier ustensile était d'une nature trop poreuse; la graisse en se fondant le traversait. Ils façonnèrent un autre vase, qu'il firent d'abord sécher en plein air, puis rougir au feu; ensuite ils le trempèrent dans une bouillie de farine brûlante. Cette fois leur essai réussit. La nouvelle lampe contenait parfaitement la graisse qu'ils y versaient, et ils déchiquetaient leur linge et leurs habits pour faire des mèches. De temps à autre, avec leurs lances ou leur arc, ils tuaient encore des rennes, des renards et des ours qui, pressés par la faim, s'approchaient témérairement de leur cabane. L'idée leur vint de faire sécher à la fumée de leur poêle une partie de la chair de ces animaux; ils a cassaient ensuite par petits morceaux et la mangeaient en guise de pain. Les peaux de ces mêmes animaux, ils les employaient à se façonner des vêtements ou des couvertures, en les trempant d'abord dans l'eau et en les enduisant ensuite de graisse pour les assouplir.

« Ils savaient que le scorbut est une des calamités auxquelles on est le plus exposé dans les parages du Nord. Mais la Providence a mis là, comme en tant d'autres lieux, le remède à côté du mal : ils trouvèrent autour d'eux, en creusant sous la neige, du cochléaria, et en firent un fréquent usage : de plus, ils employaient une précaution très-usitée parmi les habitants de la Sibérie septentrionale et de la Nouvelle-Zemble : ils mangeaient dans toute sa crudité de la chair de renne gelé et buvaient du sang de renne chaud. Enfin, ils s'imposaient l'obligation de sortir et de se livrer à de violents exercices. L'un d'eux, qui était d'un tempérament apathique et qui ne voulait pas se soumettre à ces mesures hygiéniques, dépérit bientôt, et tomba dans un tel état de faiblesse, qu'il ne pouvait même plus porter sa main à sa bouche; ses compagnons le servaient comme un enfant au maillot : puis il mourut et fut enterré dans la neige.

Les trois autres continuèrent à observer le régime auquel ils devaient le maintien de leur exis-

tence. Mais quelle existence ! Toujours le même
hiver, la même captivité dans cette île maudite ;
nul espoir d'en sortir, et la mort loin de leur
terre natale ! Souvent ils se lamentaient sur leur
triste sort, Himkoff surtout, qui était marié. Que
de fois il s'attendrit au souvenir de son foyer domestique ! que de fois il demanda à Dieu le bonheur de revoir sa femme et ses enfants !

« Les infortunés étaient là depuis six ans, lorsqu'un matin, au mois d'août, ils virent poindre à
l'horizon les mâts d'un navire : vous pouvez vous
imaginer leur saisissement de cœur, à cet aspect,
et leurs transports ! Pour attirer l'attention des
marins de ce bâtiment, qui leur apparaissaient
comme des envoyés du ciel, ils se hâtèrent d'allumer un grand feu sur une colline, puis ils couru-
rent au bord de la plage, en agitant, comme un
pavillon, une peau de renne attachée à une per-
che. Bientôt ils eurent la joie de voir que leurs
signaux de détresse étaient remarqués. Le navire
se dirigeait de leur côté. C'était un navire russe
qui avait tenté, comme le leur, d'atteindre la côte
occidentale du Spitzberg, et que les vents contrai-
res avaient jeté, comme le leur, vers cette île
fatale.

« Le capitaine les prit à son bord, avec leur
cargaison, qui se composait de vingt quintaux de

graisse enfermée dans des peaux de rennes, de
plusieurs fourrures de renards blancs et de renards bleus et de dix peaux d'ours. Ils emportaient en outre, comme un précieux trophée de
leurs six années de malheur, les lances, les marteaux, les aiguilles qu'ils avaient eu tant de peine
à façonner, et une boîte en os que l'un d'eux avait
patiemment ciselée.

« Cinq semaines après, ils arrivaient à Archangel,
et la femme de Himkoff faillit se noyer, en courant
précipitamment sur la rade, au-devant de son mari.
Voilà l'histoire des quatre matelots russes. Je dois
ajouter que, le bruit de leur aventure et de leur mi-
raculeux retour s'étant répandu dans le pays, Himkoff fut appelé à Saint-Pétersbourg; il s'y rendit
avec un de ses compagnons, et y raconta à plusieurs
personnes de distinction les divers incidents de son
long séjour dans l'île de Maloï-Broun. La véracité
de son récit fut attestée par l'équipage d'un bâtiment
de pêche, appartenant au comte Schouwaloff qui,
l'année suivante, aborda dans cette même île, y retrouva les traces des naufragés, et y vit aussi une
croix que Himkoff avait pieusement érigée près
de la cabane.

— Merci! mon cher Lax, dit Marcel, votre relation est un curieux épisode des voyages dans le
Nord; je m'en souviendrai.

— Oui, ajouta Blondeau, c'est un récit touchant et instructif, et j'en conclus que nous devons employer toutes nos forces à ne pas nous laisser entraîner sur la côte orientale. Quoique je n'aie ni femme ni enfants, je ne me soucie nullement de camper plusieurs années sur cette île désolante : et quel chagrin pour l'honnête M. Vanskep, s'il ne nous voyait pas, d'ici à quelques mois, rentrer dans le port de Dunkerque!

— Ainsi que je vous l'ai dit, repartit le pilote, j'aurais voulu conduire le navire dans la baie de Bell-Sound, d'autant que la corvette française *la Recherche* y a stationné, il y a quelques années, et que nous y trouverions peut-être encore quelques-unes des constructions que son équipage y a faites. Mais cette baie est entièrement obstruée par un banc de glace. Il faut donc nous résigner à en chercher une autre plus éloignée. Pour éviter le voisinage des banquises, je vous conseillerais de mettre le cap à l'ouest-nord-ouest; par ce moyen, nous aurions le vent plus favorable et nous accélérerions notre marche.

— Soit! dit Blondeau. Vous êtes notre guide, et je m'abandonne avec confiance à votre direction. »

CHAPITRE XI

Qui descendunt mare in navibus, facientes operationem in aequis multis, ipsi viderunt opera Domini et mirabilia ejus in profundo.
Ps. cvi.

Ceux qui vont sur mer avec des navires, faisant le négoce dans les grandes eaux, ceux-là verront les œuvres du Seigneur et ses merveilles dans les profondeurs.

Quelques instants après, *la Rosa-Marie* filait légèrement par une bonne brise de trois-quarts. C'est un des plus agréables modes de navigation; car alors le navire, appuyé d'un côté, glisse en droite ligne sans roulis et sans tangage, et, aussi longtemps qu'il peut rester ainsi orienté, les matelots se reposent.

Carine remonta sur le pont.

Frisquet, guéri par les soins compatissants de la jeune fille, avait repris son service. Tromblon le vit passer près de lui et détourna la tête, soit que l'aspect du petit mousse lui rappelât sa récente humi-

liation, soit qu'il craignît de s'abandonner à un
nouvel élan de colère; il détourna la tête, mais son
regard et sa physionomie avaient une expression
farouche. Lax, ayant essayé de lui faire amicalement quelques représentations sur ses emporte-
ments, avait été si mal reçu, qu'il ne se sentait
nulle envie de recommencer.

La Rosa-Marie se tenait à dix lieues environ de
la côte, et on ne rencontrait plus que de temps à
autre quelques plaques de glaces éparses qui, en
glissant sous sa quille, ne pouvaient l'endommager.
Mais lorsqu'on arriva à la hauteur de l'île du Prince-
Charles, la jeune passagère, qui était près de la
dunette, les yeux fixés sur l'horizon, vit briller une
lueur blanchâtre, semblable aux premiers rayons
de l'aube, ou à la réverbération du disque argenté
de la lune.

« Monsieur Marcel! monsieur Marcel! » s'écria-
t-elle.

Le lieutenant, qui, en stationnant sur le pont pour
observer le cours du vent, avait à tout instant l'esprit et l'oreille tournés du côté de Carine, se rendit
à cet appel.

« Voyez donc! là-bas, devant nous, dit la jeune
fille, cette clarté singulière : qu'est-ce que c'est donc?

— Sans doute, répondit Marcel, le reflet des icebergs illuminés par le soleil.

— Vous voulez dire des montagnes de glace de l'île?

— Non, cette île est, à la vérité, remarquable entre toutes par sept montagnes de glace d'une dimension prodigieuse; mais nous en sommes trop loin pour pouvoir les distinguer. Celles que vous voyez miroiter sont probablement des montagnes flottantes.

— Est-il possible?

— J'en suis convaincu.

— Mais nous avons été beaucoup plus près de terre; nous avons même navigué, pendant plusieurs jours, au milieu d'une couche de glace épaisse que vous appelez un field, et nous n'avons rien vu de pareil.

— Faut-il vous donner l'explication d'un de ces phénomènes du Nord? J'hésite à le faire : car il me semble qu'en face des grandes scènes de la nature, ce qu'il y a de meilleur, c'est de contempler et de se recueillir, sans songer aux froides solutions de la science. Si ces solutions satisfont à une de nos curiosités, si le plaisir de les connaître flatte notre amour-propre, souvent aussi elles amortissent un des plus vifs élans de notre pensée; elles remplacent, par d'inflexibles analyses, les féeries de l'imagination..... Voyez l'enfant qui ne sait rien, comme il admire naïvement les moindres objets qui

frappent ses regards : le papillon qui voltige sur les
fleurs, les fils de la Vierge qui flottent dans les airs ;
tandis que l'homme qui a fait quelques études se
dit que ce brillant papillon est enfanté par un très-
vilain insecte, et que ces légers filaments proviennent d'une araignée.

— Eh quoi ! s'écria Carine, allez-vous à présent
me prêcher l'ignorance, vous qui avez un tel besoin de lecture et une si grande avidité d'instruction ?

— Malheureusement, répliqua Marcel, je ne suis
pas d'accord avec moi-même ; je voudrais pénétrer
dans les secrets de la science, et souvent je suis péniblement affecté de ses révélations, et souvent je
me demande s'il n'est pas plus heureux que les
plus illustres savants, celui qui ne se préoccupe
point de leurs laborieuses recherches, celui qui
s'en tient tranquillement, en toute chose, aux simples notions de la nature ou de la tradition, à ce
qu'on appelle vulgairement la foi du charbonnier.
Schiller a, dans une de ses poésies lyriques, représenté un jeune homme que le désir ardent de s'instruire entraîne à Saïs, en Égypte. Là, dans une enceinte mystérieuse, il s'arrête devant une image
voilée, et le prêtre qu'il interroge lui dit : « Derrière
« ce voile est la vérité ; mais malheur à qui oserait le
« soulever sans l'aide de la divinité ! » Le jeune

homme impétueux enlève le rideau sacré, et tombe inanimé aux pieds de la statue d'Isis. Ce qu'il avait vu, ce qu'il avait entendu, personne ne peut le dire; la gaieté de sa vie s'évanouit à jamais, et bientôt il mourut de consomption. Il y a longtemps que j'ai lu ce poëme, et il m'est resté dans l'esprit comme une grave parabole, comme une sage leçon... Mais à quoi vais-je songer? Nous parlions des glaces, et vous désirez, je crois, que je vous explique leurs diverses formations?

— Oui, répondit Carine, qui avait patiemment écouté l'aventureuse digression de Marcel; je confesse que j'aimerais assez à avoir cette explication, dussé-je y perdre cette précieuse admiration qui, selon vos belles doctrines, serait un des priviléges de l'ignorance.

— Eh bien! reprit Marcel en souriant, soyez punie comme vous le méritez. Il y a dans ces régions deux espèces de glace, l'une se forme près des côtes, à la surface de la mer, à cinq degrés environ au-dessous du point de congélation de l'eau fraîche; elle est d'une nature particulière, poreuse, peu compacte et peu transparente; elle s'étend quelquefois à une assez longue distance de la plage, mais elle n'a qu'une durée éphémère. L'autre est celle que les Anglais désignent par le nom générique d'*iceberg*; elle s'étend sur un

espace immense dans la profondeur des vallées ;
elle s'élève au bord de l'Océan, entre les pics de
roc du Groënland et du Spitzberg. Ses premières
couches sont probablement aussi anciennes que le
sol sur lequel elles reposent; ses autres couches
se sont formées peu à peu pendant une longue
suite de siècles, par les masses de neige qui tombent sur les montagnes, qui, en été, s'y liquéfient
et coulent dans les ravins, où bientôt elles se con-
gèlent. Il existe dans l'une de nos anciennes et de
nos plus regrettables possessions, dans le Canada,
près de Québec, une magnifique cascade qu'on
appelle la cascade de Montmorency. Parfois, en de
rigoureux hivers, on l'a vue paralysée par le
froid, immobile et silencieuse comme une stalac-
tite : c'est ainsi que les ruisseaux de neige du
Spitzberg sont arrêtés dans leurs cours. Au printemps, la cascade canadienne reprend sa voix sonore et ses rapides élans. Mais quand les ruisseaux du Spitzberg ont été gelés, nul soleil ne
leur rend leur premier mouvement; ils s'adjoi-
gnent à l'éternelle muraille de glace, et réparent
les vides qui s'y font chaque année. Car, chaque
année, voici ce qui arrive : les flots de la mer, qui
sans cesse frappent la base du glacier, finissent
par la miner, par y creuser de larges cavités;
alors la lourde façade, privée de ses fondements,

s'ébranle, vacille, et tombe comme une avalanche dans les vagues. Il en est qui se brisent dans leur chute; il en est qui restent sur l'Océan comme des collines. Dans les mers du Groënland, Parry, Ross et le capitaine Graah, en ont mesuré quelques-unes qui s'élevaient à plus de cent pieds de hauteur à la surface de l'eau, et plongeaient de sept à huit cents pieds dans ses profondeurs. Des mers du Groënland, les courants les emportent dans l'Atlantique, le long de la côte du Labrador, auprès des bancs de Terre-Neuve : c'est l'un des périls auxquels on est exposé en faisant la traversée d'Europe à New-York. Ce superbe bateau à vapeur *le Président,* qui fut anéanti il y a quelques années, de telle sorte qu'on n'en a jamais retrouvé aucun vestige, il a probablement été broyé, pulvérisé près de Terre-Neuve, par les glaces qui descendaient du cap Farewell... Mais vous allez juger par vous-même de l'aspect de ces îles mobiles; car les voilà qui s'avancent mollement de notre côté, comme si elles se berçaient sur les vagues et se dorlotaient au soleil. Si elles viennent trop près de nous, n'ayez pas peur; il nous sera facile de les éviter. »

Le navire n'eut pas besoin de faire la moindre manœuvre pour s'écarter de cette légion de colosses: ils défilaient à une assez longue distance

pour n'inspirer aucune crainte, et assez rappro-
chée cependant pour qu'on pût les observer dans
leur solennel mouvement. Tous les gens de *la
Rosa-Marie* se penchèrent sur les bastingages pour
contempler ce spectacle, l'un des plus merveilleux
de la nature.

Il y avait eu sans doute quelque commotion et
quelque bouleversement extraordinaire dans l'île du
Prince-Charles : car, sur un espace de près d'une
lieue d'étendue, les vagues étaient parsemées des
débris de ces *icebergs*, débris étranges qui éton-
naient les regards de Carine, de Marcel, et ceux
des matelots, par la grandeur de leurs dimensions
et la variété de leurs formes.

L'auteur anonyme d'un voyage imaginaire aux
deux pôles signale une île où l'on voit, dit-il, une
montagne de glaces taillée à facettes, et des arbres
de glace « qui jettent des rameaux chargés de flo-
quets de neige qui leur tiennent lieu de fleurs et
de fruits [1] ! »

Quelle chétive fiction à côté de la réalité ! Ceux
qui ont réellement vu les *icebergs* des régions polaires ne peuvent en décrire la formidable majesté,
et le peintre le plus habile ne peut réussir à représenter entièrement la diversité de leurs struc-

[1]. *Relation d'un voyage du pôle a.. l que au pôle antarc-
tique.* **Paris, 1721.**

tures et l'éclat de leurs couleurs. Il y en a qui sont aiguisées comme les flèches d'un clocher ou arrondies comme une tour ; il y en a qui sont creusées par les vagues et se dressent sur deux piliers, comme des arcs de triomphe ; il y en a qui représentent le dessin ogival d'un édifice gothique, ou la monstrueuse colonnade d'un temple indien, tel que le temple d'Éléphanta. A les voir onduler à la surface des flots, on dirait des pans de muraille, des ailes de cathédrale, des pavillons de fantaisie enlevés aux cités des contrées méridionales, et conservés dans leur forme première sur ce lointain océan. Puis, à travers ces constructions gigantesques, voici d'autres images moins grandioses, mais non moins surprenantes : voici des blocs de glace qui s'élèvent sur une légère tige et s'évasent à leur sommité, comme des champignons ; en voilà d'autres qui étendent de côté et d'autre leurs branches, comme un buisson d'aubépine ; d'autres encore qui s'élancent en pointe pyramidale, comme un sapin ; enfin, il en est qui représentent, même aux yeux du navigateur, les meubles de son foyer, tantôt une coupe étincelante, tantôt une couchette. Scoresby, l'illustre baleinier, affirme même avoir vu une fois, dans cette fantastique exhibition, une table ronde très-nettement dessinée, sur laquelle étaient rangés symétriquement des verres et des bouteilles.

En observant ces fabuleux phénomènes, ne serait-on pas tenté de croire à une nouvelle mythologie ? Qu'en dites-vous, poétiques songeurs de l'Allemagne ? N'y a-t-il pas là toute une nouvelle sphère d'ingénieux systèmes, toute une cohorte de Djins, d'Ariel, de Trilby, qui, pour quelques méfaits peut-être, ont été bannis des riantes contrées où résident encore leurs frères, et qui, pour se consoler des rigueurs de leur exil, reproduisent, dans leur froide demeure, les images de leur chère patrie ? S'ils ne peuvent animer ces images, ils leur donnent du moins, par leur puissance magique, un admirable rayonnement.

Oui, il est vrai que partout il existe une concordance manifeste entre la position géographique d'un pays et la teinte de ses plantes et de ses animaux. Sous les tropiques, « où luit perpétuellement l'invariable clarté du soleil [1], » le feuillage des plantes est d'un vert foncé ; les fleurs et les fruits ont une vive couleur, et le plumage des oiseaux offre aux regards les nuances les plus brillantes. Dans les contrées orientales de la Perse, le peuple attribue de tels effets à la lumière, qu'il prétend que les turquoises se colorent peu à peu

---

1. « The sun shines for ever unchangeable bright. »

au soleil comme les cerises, et que celles-là restent pâles que l'on a détachées de leur filon avant leur pleine maturité.

Dans les régions tempérées, le coloris des diverses productions de la nature est moins éclatant, et, plus on s'avance vers les parages du Nord, plus on le voit s'affaiblir. De même que l'on a composé une géographie des plantes et des animaux dans les différentes zones du globe, de même on pourrait composer une échelle géographique des couleurs ; son point culminant toucherait à l'équateur, son extrémité inférieure aux régions polaires. Mais il faudrait y noter, comme un point exceptionnel, les glaces de ces régions : car, aux rayons d'un jour lumineux, les glaces ont la splendeur des plus riches trésors de l'Orient, la transparence du cristal, le rayonnement de la perle, l'azur du saphir, la verte profondeur de l'émeraude, et parfois même la fulgurance du rubis.

Il y a quelques années, un peintre d'un notable talent, M. Meyer, associé au voyage de *la Recherche*, mit à l'exposition plusieurs tableaux qu'il avait très-consciencieusement faits au Spitzberg. En voyant ces glaces si brillantes, les régents du feuilleton, les pédagogues de l'art, se firent un généreux devoir de lui représenter ses erreurs et de lui donner une charitable leçon ; s'ils avaient vu

comme lui les scènes qu'il représentait, ils auraient rendu justice à l'exactitude de son coup d'œil
et à la fidélité de son pinceau.

Carine était émerveillée du spectacle qui, de
minute en minute, se déroulait à ses regards avec
une nouvelle majesté et un nouvel éclat. A tout
instant elle exprimait son enthousiasme par une
vive exclamation ; elle applaudissait, comme un
enfant, à cette féerie de la nature, et son regard
cherchait celui de Marcel pour l'associer à son admiration. Cependant le voisinage de ces masses
de glace refroidissait d'une façon très-sensible l'atmosphère. La jeune fille éprouvait le besoin de
serrer sur sa poitrine les pans de son manteau, et,
malgré les efforts qu'elle faisait pour résister à
l'impression de la température, elle toussait. Le
lieutenant l'engagea, d'un ton d'affection frater-
nelle, à se retirer, et en elle-même, elle sentait
qu'elle devait obéir à ce conseil.

« Ah ! notre mauvaise nature physique ! murmura-t-elle avec un mouvement de dépit et un
sourire mélancolique ; est-ce qu'il n'y aurait pas
moyen de la réprimer, comme une vile esclave,
et de la faire taire ? Il semble qu'elle se complaise
à nous fatiguer par ses exigences, à nous irriter
par ses révoltes. Au moment même où notre esprit s'abandonne avec bonheur à un rêve idéal, la

voilà qui, au lieu de céder complaisamment à cet essor de la pensée, se soulève dans son grossier élément, et nous ramène, par l'aiguillon de la souffrance, au sentiment de notre infirmité. La vilaine, la méchante, l'infidèle enveloppe terrestre ! Dieu soit loué ! Un temps viendra où nous en serons délivrés.

— Sans doute, répondit Marcel, qui, en regardant la douce figure de la jeune fille, réfléchissait que cette enveloppe terrestre ne méritait point des épithètes si injurieuses ; mais, en attendant que nous soyons délivrés de cette pauvre moitié de nous-mêmes, il est bon d'avoir quelques égards pour elle, ne fût-ce que pour apaiser ses rigueurs et la rendre par là plus docile. Je crois donc, quoi qu'il m'en coûte de vous voir disparaître, que vous feriez bien de ne pas vous exposer plus longtemps à cette froide température.

— Soit ! » répliqua Carine.

Mais à l'instant où elle s'apprêtait à descendre dans sa chambre, son père, qui se tenait debout au bord de la dunette, les yeux fixés sur l'horizon, cria d'une voix retentissante : *Val ! val !* C'est le cri traditionnel emprunté aux Hollandais, le cri par lequel une vigie annonce l'approche d'une baleine. Aussitôt tout est en mouvement sur le navire ; quelques-uns des matelots se hâtent de

15

démarrer les chaloupes, d'autres préparent les instruments nécessaires pour attaquer le monstre nautique : le harpon, les lances, la ligne, la hache.

La baleine est à un demi-mille environ de distance, lançant par ses évents deux jets d'eau qui retombent en poussière comme les flots d'une cascade.

Tromblon se précipite dans une embarcation, avec un timonier et trois autres de ses compagnons ; une seconde chaloupe va le suivre pour l'assister dans ses opérations, et lui remettre, s'il en est besoin, une nouvelle ligne. Le capitaine, le lieutenant, président à ses manœuvres ; le vieux Lax va et vient, et court de côté et d'autre avec la vivacité d'un jeune homme, et Carine remonte sur le banc de quart pour observer cette nouvelle scène.

La baleine s'est replongée dans l'abîme ; elle y reste environ dix minutes, pendant lesquelles parfois elle parcourt un long espace ; mais on peut reconnaître sa marche à la profondeur du lit qu'elle se creuse, au sillage qu'elle trace comme un navire, et souvent à l'aspect d'une volée d'oiseaux qui planent au-dessus d'elle et la suivent dans ses mouvements.

Le besoin de respirer l'oblige à remonter à la surface de l'eau ; elle y reste à peu près deux minutes : c'est le moment rapide qu'il faut saisir pour la frapper. Le sens de l'ouïe est en elle fort peu développé ; son regard, en revanche, est très-pénétrant. Pour échapper à la finesse de ce regard, les pêcheurs font quelquefois un long détour, et prennent à tâche de se ranger sur un des côtés de l'animal.

En ramant de toutes leurs forces, bientôt les bateliers de *la Rosa-Marie* arrivèrent près du remous produit par la promenade du cétacé. Tromblon était debout à l'arrière du canot, tenant de la main gauche sa lourde ligne de trois pouces de circonférence, de l'autre le harpon forgé avec le meilleur fer, affilé à ses extrémités, barbelé près du manche. Avec sa haute taille, sa robuste carrure, son regard fier et résolu, il avait en ce moment un aspect majestueux et une sorte de beauté imposante, la beauté de l'homme énergique qui se prépare à entrer en lutte avec un formidable adversaire.

Tout à coup les vagues se soulevèrent, et retombèrent de côté et d'autre en nappes d'écume. La baleine apparut, comme une île mobile, à la surface des flots. Tromblon lui lança d'une main vigoureuse son harpon ; la lame acérée pénétra dans les flancs du Léviathan, comme la hache d'un robuste bûcheron dans le tronc d'un chêne. Lax,

Marcel et Blondeau, qui n'avaient cessé d'observer attentivement les évolutions de la chaloupe, applaudirent à la fois à ce coup de maître. Carine frissonna et détourna la tête. En cet instant, tous les marins de *la Rosa-Marie* éprouvaient une de ces émotions pareilles à celles d'une foule ardente d'Espagnols assistant à un combat de taureaux. Mais, si le public ici était moins nombreux, quelle différence dans la grandeur du spectacle ! La galerie, c'est le pont du bâtiment ; les troupes de bandilleros, c'étaient les embarcations avec leurs actifs rameurs ; le cirque, c'était l'immensité de l'Océan, et le taureau, le géant des régions polaires, qui, par ses énormes dimensions, représente le poids de cent éléphants, qui, des débris de son corps, de l'huile que l'on extrait de ses flancs, de la forêt de fanons qui tapisse son palais, suffit pour récompenser d'une périlleuse expédition tout l'équipage d'un navire.

Cependant la baleine, à la morsure du dard qui la déchirait, fit un bond effroyable, lança dans l'air une trombe d'eau en frappant les vagues de sa queue et de ses nageoires, puis s'enfonça rapidement dans la mer, comme pour y chercher un refuge contre une nouvelle atteinte.

« Laisse arriver, dit d'une voix brève Tromblon au timonier ; file la ligne, » ajouta-t-il en se retournant vers le matelot placé près de lui.

Cette surveillance de la ligne est l'un des actes les plus importants de cette pêche audacieuse. La ligne que l'on attache au harpon est faite avec le chanvre le plus fin, roulée avec soin sur le bateau, et disposée de façon à glisser sur l'étrave. Chaque embarcation en porte environ six cents brasses, et toutes ces lignes sont préparées de manière à ce qu'on puisse, au besoin, les nouer promptement l'une à l'autre.

Dès que la baleine a été frappée, elle file dans la profondeur des eaux avec une vélocité de dix à douze milles à l'heure, et la corde file après elle. Nulle couche de goudron ne doit la roidir, nul obstacle ne doit en arrêter le développement, et le géant nautique qui l'entraîne lui imprime une telle rotation, qu'on est obligé à tout instant de l'arroser, pour qu'elle ne s'enflamme pas dans son frottement contre le bord du canot. Souvent il arrive que la baleine emporte, dans sa course furibonde, toutes les lignes de quatre embarcations, qui représentent, dans leur ensemble, une longueur de près de deux lieues, et, si alors on n'a point réussi à l'atteindre de nouveau, à la frapper mortellement, et si on ne peut la suivre plus longtemps, ou ralentir sa marche en serrant le cordage près de l'étrave, il faut se résoudre à l'abandonner.

Le cétacé sur lequel Tromblon avait si vigou-

reusement lancé son fer aigu, promettait une meilleure chance. Après s'être dérobé, pendant vingt
minutes environ, aux regards des canotiers, il re-
parut à la surface de la mer dans un état visible
d'affaiblissement, et les matelots se rapprochèrent
de lui la lance à la main ; mais soudain il fit un
nouveau bond et se précipita sous un banc de glace,
entraînant avec lui la chaloupe, dont les cordages
touchaient à leur fin.

« Malédiction ! s'écria Tromblon. Une autre
ligne ! une autre ligne ! » Mais l'autre ligne qu'il
demandait ne put lui être remise assez promptement, et son canot allait se briser contre la glace,
et il fut obligé de trancher d'un coup de hache le
lien fatal attaché à la baleine.

C'en était fait du résultat de sa vaillance ! La
riche prise qu'il espérait avoir conquise, le harpon
et la ligne, tout était perdu !

Il rejoignit le navire dans un paroxysme de rage.
En vain le vieux Lax essaya de le consoler; en vain
Blondeau et Marcel tentèrent aussi de l'apaiser en
le complimentant sur sa force et son adresse; il les
écouta d'un air sombre, sans daigner leur répondre, avala en silence deux verres d'eau-de-vie que
le capitaine voulut lui-même lui verser, puis s'assit
à l'écart, près de la poulaine, en murmurant : « Ce
voyage est pour moi maudit; j'en ai eu l'idée dès

le premier jour, quand j'ai rencontré, en me rendant à bord, la vieille Bonnefonds, une vieille
femme hideuse, ce qui est un signe certain de
calamité. Depuis ce jour-là, je n'ai eu que des
misères, et ce n'est pas fini. »

CHAPITRE XII

« Enfin ! s'écria un matin le pilote, après avoir
attentivement observé l'horizon, si je ne me trompe,
la mer doit être libre au nord-est. J'espère que
nous aborderons aisément dans la baie Magdeleine, et, comme la brise nous porte de ce côté,
nous pourrons même nous rapprocher sans incon-
vénient de l'île du Prince.

— Mais nous en sommes déjà très-près, dit
Blondeau.

— Très-près ! répliqua Lax : il faudrait faire
encore, en droite ligne, un bon bout de chemin
avant d'y arriver.

— Ah ! oui, répliqua le capitaine ; j'oubliais ces

illusions d'optique. J'ai cependant eu l'occasion de les remarquer plus d'une fois au Groënland. »

Le fait est que, dans ces contrées boréales, la vivacité des contrastes de l'ombre et de la lumière, la hauteur, l'escarpement des côtes, produisent de singulières déceptions. A huit lieues de distance, les cimes des rocs et les icebergs se dessinent si nettement aux regards, qu'il semble qu'en un instant on peut y toucher. Comme l'a très-justement remarqué un physicien, M. Van Baer, la nudité du sol contribue encore à augmenter cette erreur. Ni arbustes, ni arbres, ni maisons, aucun de ces objets qui par des dimensions connues sert de point de comparaison, et aide à prendre une mesure.

Il existe, dans les relations nautiques du Danemark, un curieux exemple de ces déceptions. Un officier, nommé Heinson, fut envoyé par Frédéric II à la recherche des colonies perdues dans le Groënland; on le citait comme un marin très-habile, et il navigua, en effet, avec courage et dextérité, à travers de graves difficultés. Après avoir subi plusieurs tempêtes et franchi plusieurs vastes fields, il arriva en face de la plage orientale du Groënland; un bon vent le favorisait; la mer était dégagée de tout banc de glace. Là, en quelques instants, il croyait atteindre la côte; mais

plus il avançait, plus cette côte fantastique semblait s'éloigner de lui. A la fin, il se crut le jouet
d'une puissance surnaturelle ; il se sentit saisi d'une
terreur superstitieuse, et s'en revint en Danemark,
disant que, tandis que la brise enflait ses voiles,
des démons invisibles ou des roches cachées sous
les eaux arrêtaient la marche de son navire. Le
brave Heinson attribuait à une cause imaginaire
une simple erreur d'optique ; il croyait être très-
près de terre, lorsqu'il en était encore fort éloigné.

Ainsi, les matelots de la *Rosa-Marie*, qui n'a-
vaient point encore navigué dans le Nord, auraient
affirmé aussi qu'ils allaient en un instant atteindre
ce promontoire du Prince-Charles, s'ils n'avaient
été désabusés par le vieux pilote : car ils voyaient
devant eux, à une distance apparente de quelques
encâblures, les glaciers de l'île, qui s'élèvent au
bord de la mer comme des murailles de cristal,
les sévères sommités qui les surmontent, entre
autres cette cime aiguë et dénudée qui s'élance à
deux cents pieds de hauteur, et qu'on appelle le
Pouce-du-Diable, un vrai pouce satanique qui se
dresse dans l'espace, comme une aiguille de fer,
et qui n'est ganté que par de sombres nuages.

La variabilité du vent et de l'atmosphère donnait, à tout instant, à cette côte étrange un nouvel

aspect : tantôt des tourbillons de vapeur l'enveloppaient dans leurs immenses replis ; tantôt ces vapeurs, se relevant comme un rideau, dévoilaient aux regards une longue chaîne de montagnes étagées l'une sur l'autre comme les gradins d'un amphithéâtre, ou comme les assises régulières de la pyramide de Chéops. Quelquefois, à un jet subit du soleil, une portion de ses remparts de rocs et de glaces s'illuminait comme une rue ténébreuse aux lueurs éblouissantes de l'étincelle électrique. Puis le soleil disparaissait de nouveau sous un torrent de brumes, et le vent sifflait dans les cordages, et la neige tombait en grains anguleux, taillés comme des étoiles.

« Quel temps ! disait un des hommes de *la Rosa-Marie*, né sur les bords de la Méditerranée ; quand je songe qu'à présent, en France, on est en pleine canicule !

— Et que, près de l'équateur, ajoutait un de ses camarades, le goudron des planches du navire fond sous les pieds des matelots.

— Quel tableau inimaginable ! s'écriait d'un autre côté Carine, avec un religieux enthousiasme. Quelles merveilles dans la variété des œuvres de Dieu !

— Oui, murmurait Blondeau qui, avec sa bonne et simple nature, avait le cœur ouvert aux vraies

et nobles émotions : *si quieres aprender a orar,
entra en la mar* [1]. »

Marcel remercia son ami de cette sentence, et la
traduisit à la jeune fille.

De même qu'on avait distingué à une longue
distance les glaciers de l'île du Prince-Charles, de
même on aperçut à l'horizon lointain l'île d'Amsterdam qui, au Nord, protége la baie Magdeleine,
puis le cirque montagneux de cette baie dont les
cimes effilées justifient, comme toutes celles qui
les entourent, le nom imagé que les Hollandais
ont donné à cette contrée, le nom de Spitzberg
(montagnes pointues).

Un vent contraire obligeait encore le navire à
louvoyer, et c'était pour l'équipage un rude travail de haler les cordages roidis par la neige, et
une tâche assez périlleuse de courir sur les vergues
glissantes.

Malgré le froid qui pénétrait sous son manteau,
Carine persistait à rester sur le pont, et se réjouissait quand un rayon de soleil perçait à travers
une épaisse masse de brouillards. Mais ce soleil
qui, chaque année, manifeste pour les régions
extrêmes de l'hémisphère boréal une telle affection
que, pendant quatre mois, il ne peut se résoudre

1. « Va sur mer, si tu veux apprendre à prier. »

à les abandonner, ce pâle soleil du pôle, il n'a
point une vigueur digne de sa fidélité ! Il ne réussit qu'à peine à surmonter, de temps à autre, les
obstacles qui s'opposent à sa marche lumineuse.
A chaque instant il est menacé par une noire vapeur qui du sein des vagues, s'élève dans l'atmosphère, ou subjugué par une subite rafale qui lui
jette sur la face un noir linceul. Il a pourtant,
dans sa débilité, la vertu d'un amant opiniâtre; il
s'efforce de se dégager des entraves qui l'arrêtent,
et de fixer ses regards sur cette terre qui élève
tristement vers lui ses bras de neige et son front
désolé. Quelquefois, par un énergique élan, il par-
vient à répandre sur les montagnes et les vallées
des torrents de lumière; quelquefois, il ne peut
déchirer, sur une longue ligne, les brouillards qui
l'enveloppent, et il étincelle, comme une lame
d'acier dans un fourreau brisé. Quelquefois, il se
montre au milieu d'une brume intense, comme
une lampe suspendue à une voûte sombre. Quelquefois, il a la lueur blanchâtre des nuées magel-
laniques, de ces curieuses nuées de l'hémisphère
austral, qui, selon quelques astronomes, sont des
groupes d'étoiles si éloignées de notre globe, que
leur clarté ne peut arriver plus nettement jusqu'à
nous. Quelquefois, enfin, il semble épuisé dans ses
efforts, et il n'apparaît plus que comme un œil

morne, maladif, à demi éteint dans le cercle sinistre qui comprime son orbite.

Ceux qui se plaisent à étudier les traditions mythologiques auraient, dans ce spectacle des variations du ciel polaire, une image saisissante de ces
conflits symboliques dépeints dans les cosmogo-
nies des anciens peuples, de la lutte primitive des
ténèbres et de la lumière, des Titans contre les
dieux de l'Olympe, du Typhon des Égyptiens
contre le brillant Osiris, de l'Arizman des Perses
contre le radieux Ormuzd, et des légions de géants
de l'Inde contre l'inflexible Vichnou. La différence
est que, dans le Nord, c'est le dieu de la lumière
qui, après une longue collision, finit par être
vaincu et disparaît tout à coup, comme s'il se retirait à l'écart pour reprendre de nouvelles forces,
puis revient, à une époque fixe, recommencer son
éternel combat. Les traditions de l'Inde rapportent
que Vichnou lutta pendant dix mille ans contre les
démons de l'obscurité. Combien y a-t-il de siècles
que le soleil lutte, chaque été, contre les ombres
du Spitzberg? A cette question, les réformateurs
de l'humanité ne manqueraient pas d'ajouter : Combien voilà-t-il de cycles que les lueurs de la civili-
sation luttent aussi contre la ténacité de l'ignorance? Mais nous ne songeons nullement à suivre
dans leurs théories les réformateurs de l'humanité.

Il était près de minuit, lorsque *la Rosa-Marie*,
ayant doublé la pointe d'une presqu'île, entra dans
l'enceinte de la baie Magdeleine. Tout le jour,
Marcel avait été occupé d'une manœuvre pénible.
Carine, qui se sentait un peu souffrante, et qui ne
voulait pas le laisser voir, s'était retirée dans sa
chambre. Le jeune lieutenant regrettait de ne pas
rencontrer ce doux et bon regard qui s'alliait si
intimement au sien, de ne pas entendre cette voix
dont l'accent harmonieux résonnait comme un accord musical dans son cœur; mais, avant tout, il
avait sa tâche d'officier à remplir. Dès son enfance,
il avait eu, par une grâce providentielle, l'amour
du travail ; dès sa première jeunesse, il avait com-
pris la loi du devoir, cette noble loi qui ceint la
conscience de l'homme comme un anneau d'or.
Puis il aimait l'exercice de sa profession ; il n'avait
rien perdu encore de sa joviale ardeur de marin ; il
se plaisait à voir son navire courir sur les vagues,
tourner les écueils. Comme un amant admire, dans
la grâce de sa démarche, dans le mouvement d'une
danse, la jeune fille qui lui est chère, Marcel admi-
rait la légère *Rosa-Marie*, dans la vivacité de son
allure et la sûreté de ses évolutions. Quelquefois
même, il ne pouvait l'admirer en silence ; il la
louait à haute voix d'un de ses habiles virements ;
il lui parlait, comme si elle pouvait l'entendre,

comme l'*arriero* espagnol parle naïvement à sa mule favorite.

Cependant, tout en surveillant avec Lax et Blondeau d'un œil attentif la marche du bâtiment, tout en dirigeant le labeur des matelots, il songeait à Carine, et la jeune fille, assise dans sa cellule solitaire, songeait aussi à lui. Elle distinguait, entre tous les autres, le bruit de ses pas sur le pont; elle prêtait l'oreille au son de sa voix, et, par l'effet d'une mystérieuse intuition, Marcel et Carine savaient qu'ils pensaient l'un à l'autre.

Dans ce temps d'incrédulité si froide et de crédulité si déréglée, dans ce temps où, en renversant d'une main le flambeau des saints autels, de l'autre, on s'efforce de faire pirouetter une table, s'il est une idée de puissance magnétique à laquelle nous nous rendons volontiers, c'est celle de deux êtres unis l'un à l'autre par une pure sympathie, qui communiquent ensemble sans se voir, et s'entretiennent l'un avec l'autre dans le silence de leur pensée.

Mais lorsque la jeune fille entendit résonner la chaîne de l'ancre qui se déroulait sur le cabestan et tombait dans les flots, elle remonta sur le pont pour voir le lieu où elle devait probablement séjourner pendant plusieurs semaines.

Elle n'était pas riante, cette rade qu'on avait

16

eu tant de peine à atteindre! Les matelots, ayant accompli leur dernier travail, la regardaient avec un triste étonnement.

« Ah! c'est là votre port? disait l'un d'eux. Il est joli! Ohé! la musique! en avant le fifre et le rigodon!

— Mais pourquoi donc, dit un autre, l'appelle-t-on la baie Magdeleine?

— C'est sans doute, répliqua le facétieux Provençal, parce qu'une Magdeleine est venue y pleurer ses péchés.

— Il a raison, le Moco, s'écria un de ses compagnons, et, sur ma foi, l'endroit était bien choisi. »

Tromblon ne disait rien. Depuis son échec dans la capture de la baleine, son humeur sombre n'avait fait que s'accroître; il fumait sa pipe à l'écart, lançait avec une sorte de colère sourde des bouffées de fumée en l'air, et ne parlait presque plus à ses compagnons.

Carine gravit l'étroit escalier qui conduisait au haut de la dunette; Marcel, qui venait de recouvrer sa liberté, la suivit.

En ce moment le ciel était couvert d'une brume épaisse, déroulée vers les quatre points cardinaux comme une tente crevassée en certains endroits, découpée à son extrémité inférieure comme les bords d'une ombrelle. Par une de ces crevasses apparaissait le soleil de minuit, dont le disque pâle et à demi voilé projetait une lueur blafarde sur la cime d'une montagne noire. A travers les découpures de l'immense tissu de vapeurs, on ne distinguait que la neige du ravin et la base des glaciers.

Pas une trace de végétation, pas un signe de vie, pas un mouvement. La brise avait cessé de souffler ; la mer était immobile : c'était une de ces scènes d'une austérité funèbre, qui font fléchir la tête de l'homme et compriment sa pensée ; une de ces scènes sublimes et terribles qui n'apparaissent aux regards stupéfaits qu'à cette extrémité du monde.

Ailleurs, dans les phases d'un grand calme, dans les heures où la nature entière est endormie, on distingue encore un indice d'animation, un bourdonnement d'insecte, un vol de moucheron, un léger murmure de l'eau ou du feuillage, un souffle, inexplicable peut-être, et saisissant comme celui qui passa sur le front de Job et le fit frissonner.

Mais ici, pas la moindre vibration, pas la plus légère apparence de vitalité : un ciel de fer, une mer de plomb, un silence sépulcral !

A voir dans cette muette immobilité les masses confuses de neige et de glace sous leur dôme de

vapeurs, on eût dit l'image du globe dans son état
primitif, le spectacle du chaos.

Marcel et Carine contemplaient ce spectacle
avec une même émotion, sans prononcer un mot,
comme s'ils étaient subjugués par ce mortel silence, et craignaient eux-mêmes d'y faire entendre
le son de leur voix.

Marcel fut le premier qui osa prendre la parole.

« Vous qui connaissez sans doute, dit-il, votre
ancienne mythologie scandinave, dites-moi, ce
tableau ne vous fait-il pas songer à ce sombre
Niflheim? à cet enfer de nuages noirs, de givre et
de glace, dépeint en quelques traits si rudes dans
les vieilles traditions islandaises? Ou plutôt, comme
vous préférez, je crois, la lecture de la Bible à
celle de l'Edda, ce sinistre désert ne vous rappelle-
t-il pas l'un des premiers versets de la Genèse :
« La terre était sans forme et vide, et les ténèbres
« étaient sur la face de l'abîme. »

— Oui, répliqua la jeune fille, vous avez deviné
ma pensée ; mais la Bible que vous citez si bien
ajoute : « Et l'esprit de Dieu se mouvait sur les
« eaux, et Dieu dit : Que la lumière soit, et la lu-
« mière fut »

« Cette lumière divine, elle est là, devant nous,
sur la sommité de la montagne ; et regardez, re-

gardez, la voilà qui se rallume comme un phare, la voilà qui se dégage de ses ombres, qui éclate dans sa splendeur. Oh ! quel rayonnement ! quelle magie céleste ! »

En ce moment, en effet, par une de ces merveilleuses féeries des régions boréales, le soleil, qui naguère ressemblait à un cierge à demi éteint sous un voile de deuil, surgissait avec un nouvel éclat, s'enflammait comme un brasier et répandait au loin des flots d'or et d'argent, des torrents lumineux. A cette clarté subite, les oiseaux sommeillant sur la grève se réveillèrent et battirent des ailes ; la brise endormie se releva comme pour saluer le Dieu du jour ; la mer frémit au souffle qui courait à sa surface ; ses vagues se plissaient dans des teintes de pourpre, et le noir manteau de brume s'entr'ouvrant, se déchirant de tout côté, flottait sur la pente des montagnes en lambeaux épars, et les icebergs étincelaient comme des palais de cristal ou d'émeraude.

C'était l'aurore d'un nouveau jour après les ténèbres ; c'était la magnificence d'un des prodiges de la création, après l'image du néant.

Dans l'enthousiasme qui le saisit à cette apparition, Marcel, par un mouvement impétueux, prit la main de la jeune fille et la serra dans la sienne. Carine tressaillit, et une rougeur pudique se ré-

pandit sur ses joues ; puis elle le regarda avec un
bon regard, comme les oiseaux regardent quand
ils n'ont pas peur. Par ce serrement de main, par
l'expression de leurs yeux, l'honnête Marcel et la
pure Carine se disaient le secret de leur cœur, et
la solennelle nature du Nord semblait, par son
animation soudaine, sourire à leur aveu.

CHAPITRE XIII

Each moss, each schell, each crawling in....
holds a rank important in the plan of him who
formed this scale of beings.

THOMSON.

Chaque mousse, chaque coquille, chaque insecte rampant occupe une place importante
dans le plan de celui qui a formé l'échelle des
êtres.

Il est des jours où tous les germes d'espoir et de
joie renfermés en nous s'épanouissent à la fois
par une puissance mystérieuse, comme les plantes
d'un frais vallon par une fraîche matinée de printemps ; des jours où l'on dirait que l'âme a noyé
dans les eaux du Léthé toutes les peines et les
anxiétés de la vie, et fermé les portes des mauvais
songes pour se délecter sans trouble dans l'essor
de ses rêves dorés, pour s'irradier aux clartés d'un
horizon sans nuage. En ces jours d'enchantement,
il semble que, par une miséricorde céleste, l'homme
ait vu fléchir devant lui le glaive de feu de l'ar-

change, et reconquis son Éden. Il lève les yeux
au ciel avec une douce confiance ; il promène
avec une noble fierté ses regards autour de lui,
comme un roi paisible sur ses domaines. Par les
facultés de son esprit, par ses sens, il ne perçoit
que de riantes impressions ; par le prestige de sa
pensée, il colore, il anime tout ce qui l'environne.
La terre lui apparaît comme une immense vallée
sous un dôme d'azur ; l'onde lui sourit comme un
miroir de cristal. Dans les airs, il entend vibrer
des harmonies nouvelles ; en lui-même, il sent
une plénitude de vie qu'il n'avait jamais connue ;
et telle est l'abondance de ses émotions, que parfois son cœur ne suffit pas à la contenir et s'incline sous leur trésor, comme le calice d'une fleur
sous la rosée qui l'emplit.

Tel fut, pour Marcel et Carine, le jour où ils se
revirent unis l'un à l'autre par un noble sentiment ;
ils s'étaient quittés à minuit, après leur virginale
expansion ; ils se retrouvaient, au matin, avec
une douce assurance. Par un mouvement simul-
tané, ils se tendirent la main, puis ils restèrent
un instant l'un près de l'autre en silence. Quelle
parole eût pu exprimer l'intimité de leur émotion ?
quel serment verbal eût pu fortifier celui qu'ils s'a-
dressaient par leurs regards !

Jeunes tous deux, et tous deux portés aux mêmes

conceptions idéales, et tous deux se dilatant, pour la première fois, au limpide rayon de leur amour, ils s'alliaient l'un à l'autre par le sentiment le plus pur et le plus profond. Leurs âmes s'élançaient ensemble dans le temps, dans l'espace, comme ces blanches colombes dont parle Dante, le grand poëte :

> Quali colombe dal disio chiamate
> Con l'ali aperte e ferme al dolce nido
> Volan per l'aer dal voler portate [1].

Ce jour-là aussi, Marcel était libre. Le navire était ancré dans la rade, les matelots apprêtaient les bateaux de pêche, et Blondeau, comme s'il eût deviné le désir de liberté de son jeune ami, avait voulu se charger lui-même de surveiller ces préparatifs.

Le lieutenant pouvait donc, sans inquiétude et sans scrupule, consacrer toutes ses heures à sa chère Carine.

« Voulez-vous, lui dit-il, que je vous conduise à terre? Après ces longues semaines de navigation, il me semble que vous devez éprouver le besoin de sortir de cette étroite enceinte, et de poser votre pied sur la plage.

— Je le veux bien, répondit-elle ; mais laissez-

_____

1. L'Enfer, chant V.

moi d'abord examiner cet admirable panorama
que nous n'avons encore fait qu'entrevoir, et qui
se développe à présent autour de nous dans toute
son étendue. »

A ces mots, elle monta sur la dunette, et Marcel
y monta après elle.

C'était, en effet, un admirable spectacle que celui qu'ils allaient contempler du haut de leur amphithéâtre. De tous côtés, un cercle de montagnes
aux pics aigus, comme des schraeckhorn, et réunies l'une à l'autre par des cimes dentelées. Sur
la pointe de ces montagnes, la neige ne peut séjourner ; mais elle remplit leurs interstices, elle
comble les ravins, et sur les contours de ces ravins,
au bord de la mer, s'élèvent les éternels remparts
des glaciers. Dans cette enceinte, d'un aspect
sans pareil, la rade apparaissait comme le bassin
d'un lac abrité contre les orages. Le soleil, jouis-
sant ce jour-là d'une de ses phases éphémères de
triomphe, illuminait l'azur du ciel et répandait de
tous côtés des lames d'or et de pourpre. A ses
rayons, la neige se fondait sur les pentes escar-
pées ; on la voyait couler comme des larmes sur
la face immobile des glaciers ; on l'entendait tomber
dans l'Océan avec le murmure d'un ruisseau, et
sur la grève et sur les vagues, il y avait une étrange
animation.

Si la vie végétale disparaît à peu près complètement à cette extrémité septentrionale du globe, ou
du moins ne s'y manifeste plus que par quelques
petites plantes chétives, la vie animale, au contraire, y subsiste dans les plus étonnantes proportions. Dieu a partout imprimé le sceau de sa puissance, et l'un des effets de cette puissance, c'est le
contraste des diverses espèces de vigoureux animaux avec le sol dénudé des régions du Nord, du
peuplement de l'océan polaire avec la terre inhabitée qui l'avoisine.

C'est dans ces parages que l'on a fait les premières grandes pêches de la baleine ; c'est là qu'au
XVIIᵉ siècle on comptait, en un seul été, deux cents
bâtiments et près de dix mille hommes employés
à la poursuite de ce géant des mers; c'est près de
la baie Magdeleine, sur la plage de Smeerenberg,
que les Hollandais dressaient des tentes, construi-
saient des cabanes, distillaient l'huile du cétacé, et
formaient enfin un tel établissement industriel,
qu'on l'appelait la Batavia du Nord.

La baleine, persécutée sans cesse par les ardentes légions de Basques, de Français, d'Anglais,
de Néerlandais, harcelée par les lances et les harpons des bateaux de pêche, épouvantée par l'ar-
tillerie et les combats sanglants des bâtiments de
guerre, a fini par déserter ce domaine où la nature

lui avait assigné un si grand refuge, où l'homme
lui faisait une guerre si impitoyable. Quelques-
unes seulement sont restées comme des enfants
d'émigrés qui, dans le bouleversement d'une révo-
tion, ne peuvent se résoudre à abandonner leur
demeure natale ; mais leur nombre est si petit
qu'il n'offre plus au prudent armateur une chance
de lucre assez assurée, et maintenant une partie
des baleiniers se dirige vers le Groënland, une
autre vers les parages du pôle sud.

Cependant, au sein des mers arctiques, les pêcheurs russes et norvégiens viennent chercher le
morse, cet autre animal énorme, qui porte sous sa
peau épaisse une couche de graisse dont on extrait
une huile plus fine que celle de la baleine, et à sa
mâchoire supérieure deux dents d'un pied de longueur, de vingt livres de pesanteur, qui ont la consistance et la blancheur de l'ivoire, et que plus d'un
marchand préfère même aux défenses de l'éléphant. Ces monstrueux amphibies sortent fréquemment de la profondeur des eaux. A l'aide de leurs
larges pattes, ils se traînent sur la grève ; à l'aide
de leurs dents, ils se cramponnent, comme avec
des crochets, au bloc de glace qui est, dit Martens,
leur prairie. Ils se hissent ainsi à sa sommité, s'y
entassent l'un sur l'autre par centaines, et passent
ainsi de longues heures, immobiles, muets, dans

une sorte de léthargie. Près d'eux est le phoque,
à la poitrine bombée comme celle d'une femme, à
la tête ronde comme celle d'un moine rasée par
les ciseaux du cloître, au regard doux et tendre
comme celui d'une jeune fille ; le phoque illustré
par tant de poëtes et tant de naïves traditions. Les
mythologues de l'antiquité en ont fait une sirène ;
la légende superstitieuse du moyen âge en a fait
un religieux condamné pour une grande faute à sa
demi-métamorphose, et les Islandais ont dit que ces
mêmes phoques étaient les débris de l'armée de
Pharaon.

Dans les champs de neige qui entourent ces animaux aquatiques, de loin en loin, apparaît le roi
des quadrupèdes du Nord, l'ours blanc, au museau
noir, à l'œil rouge, à la dent acérée comme celle
de l'hyène, au jarret souple et vigoureux comme
celui du tigre. Là aussi est le renne sauvage ; là le
renard blanc et le renard bleu, aux longs poils
chatoyants et soyeux, mouchetés à leur extrémité
d'une petite pointe pareille à une tête d'épingle
d'argent. L'ours, renommé dans toutes les contrées pour son intelligence, sort avec précaution
de son repaire, et souvent échappe, par la finesse
de son instinct, aux piéges qui lui sont tendus. Le
renne cherche laborieusement sous la neige les
brins de mousse humide qui doivent lui servir de

pâture ; le renard, cet astucieux voleur, s'avance sournoisement vers les lieux où il flaire quelque carcasse.

Mais, sur la grève et sur les eaux, retentissent les cris d'une myriade d'oiseaux. Là est le goëland à l'aile blanche comme la voile d'un pêcheur; l'hirondelle qui, de son vol rapide, rase la surface des flots ; le pétrel qui annonce la tempête ; le stercoraire, ce brigand de la troupe ailée, qui se précipite sur la mouette qui vient de pêcher un poisson, comme un bandit californien sur le mineur qui vient du *placer*, et lui ravit son butin. Là est un autre pirate, plus fort, plus redouté que le stercoraire ; les Hollandais l'ont irrévérencieusement surnommé le bourgmestre. A l'écart de cette bande sauvage, est le guillemot au plumage noir ; l'oie grise, qu'on appelle l'oie barnache ; le lagopède, qui piétonne sur le sol comme nos perdrix, et l'éder avec son moelleux duvet.

« Quelle quantité d'animaux de toute sorte ! s'écria Carine en observant tour à tour une troupe de morses et de phoques assoupis sur des bancs de glace, et une nuée d'oiseaux tourbillonnant autour d'elle. Qui croirait qu'on peut voir, dans cette mortelle région, tant d'êtres vivants? Et comment donc peuvent-ils pourvoir à leur subsistance ? »

Marcel aurait mieux aimé se livrer à un doux

épanchement de cœur que d'entrer dans une dissertation d'histoire naturelle ; mais il aspirait tellement à complaire à la jeune fille, qu'il n'hésita pas à réprimer son désir d'un autre entretien pour répondre à la question qu'elle lui adressait.

« Plus on observe, dit-il, la nature, plus on est émerveillé des règles providentielles qui la régissent. Tout y révèle un principe irréfragable. Tout y a sa place spéciale et sa destinée particulière. La destruction même est une de ses lois de reproduction ; la mort des différents êtres qui la peuplent alimente d'autres êtres. Vous avez remarqué peut-être çà et là, à la surface de la mer, une matière informe, ondulante ; cette matière, qui ressemble à une gélatine sans consistance, c'est un animal, c'est la méduse, qui vit, qui respire comme les autres animaux, qui aspire par ses pores les imperceptibles atomes dont elle se nourrit ; cette méduse est le premier élément de subsistance des êtres innombrables qui étonnent vos regards. L'océan polaire est rempli de ces animalcules. En certains endroits même, ils se trouvent en masses si compactes, qu'ils impriment aux vagues une teinte particulière, une teinte olivâtre. Faibles et inertes, sans autre moyen de défense qu'une légère faculté de picotement, ils alimentent les crabes, les crevettes, les petits poissons qui, à leur tour, devien-

nent la pâture des requins, des morses et des baleines. Les poissons deviennent ensuite la pâture
des oiseaux de proie, et l'ours et les renards s'emparent de tout ce qui périt sur la grève ou de tout
ce qu'ils peuvent saisir sur la glace. Telle est la
puissance de la vie animale dans ces contrées si
arides, si désolées, qu'elle se répand jusque dans
les parages méridionaux. Ces myriades de harengs,
qui réjouissent des milliers de pêcheurs européens,
on dit qu'ils proviennent des mers du Groënland.
Le fait est-il vrai? Je n'ose l'affirmer; mais plus
d'un savant l'atteste. Au mois de janvier, ils des-
cendent vers la côte d'Islande, et y arrivent ordinairement vers le mois de mars. Là, comme une
armée qui, en se comptant, se trouve trop nombreuse pour suivre en un même corps le même
chemin, ils se divisent en deux bandes : la plus
considérable se dirige vers le nord de l'Écosse, et,
après avoir longé l'Irlande, s'approche des côtes
de France ; l'autre contourne la Norvége et entre
dans la Baltique.

« Au mois de juillet, tout ce qui reste de ces nomades légions, tout ce qui a échappé aux divers
accidents d'une telle traversée et aux filets des pêcheurs, retourne vers le Groënland. Quelques naturalistes ne craignent pas d'affirmer que les harengs ont, à cette époque, un lieu de rendez-vous

déterminé, comme les oiseaux au temps de leur migration, mais il n'a pu encore être découvert. Ce qu'il y a de sûr, c'est qu'à leur départ et à leur retour ils s'avancent comme des soldats disciplinés, à la suite d'un chef qui est comme leur roi par droit de naissance, ou par droit d'élection, ou en vertu de sa taille, comme les anciens rois des peuplades sauvages de l'Océanie, car il est plus grand et plus fort que tous ses sujets. Les Hollandais, qui attachent une si grande importance aux produits de la pêche du hareng, qu'ils ont glorifié le nom de celui qui le premier apprit à les saler[1], les Hollandais reconnaissent aisément ce roi à ses dimensions, et, dès qu'ils le trouvent dans leur nasse, ils se hâtent de lui rendre la liberté, de peur que son absence ne jette le désordre parmi ses fidèles troupes. Si cette histoire de migration est exacte, les Hollandais, les Shetlandais, et une quantité d'autres pêcheurs, peuvent bien dire qu'ils doivent une de leurs plus fructueuses récoltes aux froids abîmes du Groënland.

« Mais ce n'est pas tout. Ces belles grosses oies au dos cendré, au col noir et à la gorge blanche, et dont la chair savoureuse délecte en hiver les

---

1. Guillaume Beucklet, mort à Biervliet en 1447. On lui a élevé un monument que Charles-Quint voulut voir, à son passage à Biervliet

gourmets d'Allemagne, elles viennent aussi des
plages arctiques, et longtemps, comme on ne les
voyait couver nulle part, on ne pouvait s'expliquer
ni leur propagation ni leur origine. Longtemps
même il y a eu à ce sujet une singulière croyance
répandue parmi le peuple. On disait que leurs
œufs germaient et se développaient comme des
fruits sur les rameaux d'un arbre, et en tombant à
l'eau se transformaient en volatiles [1]. En vertu de
cette curieuse crédulité, l'oie barnache était ad-
mise, comme un aliment maigre, dans les repas
du carême.

« Ainsi, partout la vie, partout l'action des forces
reproductives de la nature, partout le mouvement
continu, jusque dans les choses les plus inanimées.
Voyez ces neiges qui, en hiver, s'amassent sur les
flancs des montagnes, qui l'été, se liquéfient et
roulent au loin avec les flots de l'Océan ! Voyez
ces icebergs qui nous entourent ; par la variété de
leurs formes, par l'éclat de leurs couleurs, ils hu-
milieraient la puissance des génies qui construi-

---

1. « Aucuns auteurs n'ont eu crainte d'escrire que ces
oyes naissent ès arbres en Écosse, de maniere que si des
branches de ces arbres espandues sur l'eau, les fruits
viennent à tomber en cette eau, ils tiennent que les petits
de ces oyes et canards sauuages s'engendrent incon-
tinent, nagent, et que ceux qui tombent en terre se
corrompent et ne servent de rien. » *Trois navigations ad-
mirables, faictes au septentrion.* — **Paris, 1599.**

saient un magique palais pour Aladin : en voilà un
dont la façade me rappelle le portail de la plus
belle église de Dunkerque ; en voilà un second
dont l'immense arceau me fait songer aux grottes
de stalactites d'Adelsberg ; en voilà d'autres dont
les ramifications sont comme une image de ces
prodigieux arbres de l'Inde poétiquement décrits
par Milton, de ces arbres dont les souches gigantesques projettent de longs rameaux qui se penchent sur le sol, s'y enracinent, y forment d'autres
tiges, et s'épandent dans les airs en d'autres rameaux [1].

« Quelle merveilleuse architecture que celle de
ces glaciers ! et à quelle date remonte-t-elle ? Les
anciens Perses rapportent dans leur cosmogonie
que la base de notre globe terrestre est l'Elborous
(le Kaukase). Cette montagne, d'où sont issues,
disent-ils, toutes les autres montagnes, sortit du
chaos comme le germe d'une plante, se développa
peu à peu dans un cycle de quinze ans, puis grandit comme un chêne, et n'arriva à sa complète
croissance que dans le long espace de huit siècles.

« Ici encore la fiction populaire est au-dessous
de la réalité. La couche primitive de ces glaciers re-

1.   Branching so broad along, that in the ground
     The binding twigs take root, and daughters grow
     About the mother tree, a pillar's shade
     High overarch'd with echoing walks between

monte bien au delà de huit siècles, jusqu'aux âges ténébreux scrutés par les géologues, et probablement jusqu'à la première formation du sol sur lequel ils reposent. D'année en année, de période en période, ils se sont élargis et élevés comme les chaines du Caucase. Par leur masse compacte, par leur vaste étendue, ils semblaient défier le pouvoir du temps et les diverses influences des saisons. Cependant ils subissent, dans leur grandeur suprême, l'action des plus faibles éléments. Un filet d'eau, découlant d'une nappe de neige, se fraye un passage dans leurs blocs de granit : une vague opiniâtre sape leurs fondements ; un rayon de soleil les pénètre ; un coup de vent les ébranle. Le tonnerre n'éclate pas dans cette froide atmosphère du Spitzberg ; mais, lorsque ces énormes murs de glace se détachent de leur enceinte, ils s'écroulent dans les flots avec le fracas du tonnerre, et du broiement de leurs débris s'élève un tourbillon de poussière pareil à la fumée d'un incendie allumé par la foudre.

« Voilà l'une des images qui étonnent la pensée aux dernières limites du monde! Et quelle serait notre stupéfaction, si, après avoir contemplé ces phénomènes de la plage, nos regards pouvaient plonger dans les abîmes de l'Océan! Là est un autre monde trois fois plus vaste que la terre où

les races humaines bâtissent leurs demeures. Là
sont des vallées incommensurables où les plus
hautes cimes des Cordillères s'engloutiraient, et
des montagnes dont nous ne pouvons mesurer
l'étendue, et d'autres qui, de la profondeur de
leur base aquatique, s'élèvent à des milliers de
pieds de hauteur au-dessus des vagues. Là, il y a
une richesse, une variété de productions, plus
merveilleuses que celles qui nous apparaissent à
la surface de la terre ou qu'on découvre dans ses
entrailles, des créatures plus monstrueuses que le
mammouth antédiluvien. Là sont les perles étincelantes que les plongeurs de Ceylan arrachent
aux parois du roc pour la parure des reines,
et les structures fantastiques des madrépores, et
les villes de corail, cette magique création qui,
dans chacune de ses parcelles, présente tour à
tour le bourgeonnement de la plante, la respiration de l'animal, la couleur purpurine de la rose et
l'immobilité de la pétrification.

« Sous les flots de la mer, au pied des dunes de
la Normandie, s'étendent de vastes prairies couvertes d'un trèfle succulent qui sert de nourriture
à des troupeaux de veaux marins, comme les her-
bages de la vallée d'Auge aux bœufs superbes qui
font la fortune du paysan. Sur ces mêmes plages
croît une espèce de laitue dont les feuilles plissées

et onduleuses sont un remède efficace contre les fièvres, les maux de tête et les insomnies.

« Ailleurs brille le rosier marin, dont le pédicule, passant à travers les fleurs qu'il décore, se couronne, comme d'une tiare, d'une seconde et d'une troisième rose. Partout les violettes maritimes, plus modestes encore que celles qui se dérobent sous les feuillages de nos haies champêtres ; partout des touffes de gazon semblables à une soie vermeille, qui sont un des aliments des morses et des lamentins; partout enfin l'algue ou le fucus, cette puissante végétation des océans dont on ne peut, sans un sentiment d'admiration, observer la structure et les variétés.

« La partie inférieure du fucus, qui pourrait être sa racine, ne sert point à sa nutrition. Si on le détache du sol où il est implanté, le fucus n'en subsiste pas moins. Il se nourrit au moyen de ses pores nombreux et de filaments ou suçoirs qui garnissent ses pores. Il existe, par la vertu de son élément, comme ces fleurs poétiques de l'Amérique du Sud, que l'on voit suspendues aux balcons de Mendoza, et que l'on appelle les fleurs de l'air : *Flores de l'aere*. Grâce à cette faculté d'absortion et de reproduction, il se propage dans tous les océans. Il étonne le voyageur par la diversité de ses formes, par l'éclat de ses couleurs. Dans

certains parages, les médecins en extraient un
remède pour diverses maladies; dans d'autres,
l'homme l'emploie à ses besoins domestiques.

« Le long des grèves de la Méditerranée, est le
fucus jaunâtre, haut et ligneux comme les bruyères
de nos landes. Il est l'asile d'une multitude d'insectes et de coquillages, il alimente diverses espèces d'oiseaux et de poissons. Sur ces mêmes
grèves est la coraline de Corse, aux filaments ra-
meux réunis et entrelacés par petites touffes. On
en fait dans les pharmacies un excellent vermifuge
pour les enfants.

« Dans l'Océan, sur les côtes de France, d'Angleterre et d'Espagne, grandit l'algue empourprée
qui ressemble à une branche de corail mouchetée
de petites taches noires et couronnée de perles.
L'auteur des curieuses notes jointes au poëme de
Castel dit que cette plante peut remplacer dans nos
teintures l'ancien *murex* de Tyr et la cochenille
du nouveau monde. Ailleurs est le fucus aux
branches évasées comme la lyre antique. On dirait
que le dieu des mélodies olympiennes a laissé
tomber son instrument musical au fond des eaux,
ou qu'il l'a livré après un amoureux concert aux
blondes Néréides.

« Sur les plages de l'Islande est la canne à sucre
de l'Océan, *le fucus saccharinus*. Sa feuille, qui

n'a pas moins de douze pieds de longueur, est couverte d'une efflorescence blanche et sucrée. On en fait, en la cuisant avec du lait, une savoureuse bouillie. On la grille aussi avec du beurre, et les pauvres moutons d'Islande, à qui une terre aride refuse si souvent ses produits, mangent avec avidité cette herbe des eaux.

« Sur les rives glacées du Kamtschaka est le *fucus dulcis*, à la teinte verte nuancée de rouge, qui donne aussi une nourriture aux habitants de cette malheureuse contrée, et assaisonne leur boisson.

« Dans les îles d'Orient est l'algue *edulis*, qui flotte sur les eaux comme une gelée à demi transparente. Une hirondelle la cueille, la pétrit avec son bec, et en fait ces fameux nids dont se délectent les Chinois dans leurs festins les plus somptueux.

« Près de Java est le fucus qu'on peut appeler le chanvre nautique, dont on fait des filets et de solides cordages.

Au 50e degré de latitude australe se déroule dans une longueur incommensurable le varech, qu'on a justement surnommé le varech gigantesque. Il descend dans des profondeurs où n'a jamais rayonné la lumière, qui ne pénètre qu'à cent cinquante pieds dans l'abîme des eaux.

« A la pointe d'Afrique est un arbrisseau mari-
time de trois pieds de hauteur, qui, par la variété
et la vivacité de ses couleurs, apparait sur les roches comme une chaloupe pavoisée.

« Dans l'Amérique russe, au fond de la mer qui
arrose la côte de Sitka, il y a, dit M. Schleiden,
l'ingénieux botaniste allemand, il y a une forêt, i
y a toute une végétation d'une splendeur inima
ginable. Là, sur les tapis veloutés des fils d'algue
ondoyantes, de mousses brunes, de conferves écar-
lates, s'élèvent les longues feuilles de pourpre des
iridées et les tiges flexibles des *alaries*. Sur les
écueils, sur les rocs, se déroulent, comme des ru-
bans de soie, les légers fucus, et du milieu de ces
réseaux de plantes s'élance le *néreocyste*, qui, à
son sommet, porte une bulbe énorme où s'épanouit un faisceau de feuilles, comme une aigrette
ondulante sur le cimier d'un casque. Ce sont là les
palmes de l'Océan, palmes éphémères qui se déve-
loppent en quelques mois et se flétrissent, puis
renaissent bientôt par la puissance infinie de leur
élément.

« Océan sans bornes et sans repos, disent les
poëtes, et c'est vrai! Il est la plus saisissante
image de l'infini, et nous offre la plus vivace idée
du mouvement éternel! Nous ne voyons pourtant
qu'une partie de ses mouvements, ceux qui se

font à la surface par les courants, par les marées, par le souffle des vents. Combien d'autres que nous devinons à peine, et qui sans cesse s'opèrent dans ses profondeurs, par les convulsions volcaniques, par les vallées qui se creusent au pied de ses montagnes, par les migrations continues de ses diverses peuplades, par les combats de ses différentes légions. Car là aussi est la guerre, enfantée, comme dans notre pauvre monde, par la rapacité, par la jalousie, par la vengeance. Là aussi, il y a des sultans qui se disputent avec acharnement la libre disposition d'un harem, et des êtres débiles qui doivent se tenir sans cesse en garde contre les puissants ennemis qui les menacent ; et là aussi, d'intrépides prolétaires qui ne craignent pas d'attaquer le souverain des mers. Ici même, nous pourrions voir un exemple de ces luttes audacieuses : la baleine, qui, par ses dimensions, semble devoir épouvanter toutes les hordes aquatiques ; la baleine dont le choc équivaut, dit Lacépède, à celui d'une batterie de soixante canons ; la baleine est harcelée, comme le lion du désert, par de misérables insectes qui se cramponnent aux parties les plus sensibles de son corps, et se jouent de ses fureurs. Elle est poursuivie par le narval, qui lui plonge comme une lance dans les flancs sa longue corne d'ivoire, et par le requin, qui, de sa triple rangée de dents, lui enlève quelquefois de larges lambeaux de chair. Souvent le spectacle de ces combats échappe à nos regards; mais un jet de sang colore l'eau, un monstre marin flotte inanimé à la surface des vagues, des requins voraces le déchirent, des oiseaux de proie fondent sur lui, et nous apprenons par là le conflit qui a éclaté et le meurtre qui s'est accompli dans les mystérieuses arènes de l'Océan.

— Quelle triste chose, s'écria Carine, que de retrouver partout, dans l'histoire de la nature, comme dans celle des sociétés humaines, ces perpétuelles scènes de combats! Ce qui me plaît surtout dans l'idée que l'on m'a donnée du paradis terrestre, c'est le tableau de cette terre virginale s'épanouissant, dans sa beauté sereine, aux yeux de notre premier père, de ce fleuve limipde où il voyait se réfléter l'azur d'un ciel sans nuage, de ces animaux auxquels le Créateur lui disait de donner un nom, et qui reposaient en paix autour de lui, comme un docile troupeau de moutons autour de son berger.

— Oui, répondit Marcel, c'est une douce image, une image qui ne nous est point complétement enlevée : car il est des jours, des heures, où elle se représente à notre âme, comme le souvenir de la patrie lointaine au cœur de l'exilé. Mais si nous

ne devons jamais la revoir dans toute sa plénitude
en ce monde, n'y a-t-il pas encore un grand
charme à étudier l'œuvre de Dieu sur cette terre
orageuse? Plus on y regarde de près, plus on est
émerveillé des lois suprêmes qui la régissent et
des prévisions infinies de la Providence. Partout
l'ordre éternel surgit de ce qui apparaît quelquefois à notre faible intelligence comme le désordre.
Partout la vie naît de la mort, comme de la nuit
la lumière. Partout un souffle puissant pénètre,
échauffe, anime la nature la plus rebelle, et sans
cesse opère des transformations près desquelles
les métamorphoses mythologiques de l'antiquité
ne sont plus que de grossières fictions. La pierre
même, la pierre impassible et inerte, est un
exemple de ces métamorphoses. Qu'un filet d'eau
y tombe journellement d'une cascade, peu à peu il
la creusera. Que quelques parcelles de terre roulent ensuite dans la fissure qu'il a faite, bientôt
on y verra des cryptogames, puis des plantes plus
fortes, puis un chêne ou un sapin, et un temps
viendra ou ce même roc, miné par l'eau, dissous
par l'action continue de l'humidité et de la chaleur, s'ouvrira de côté et d'autre aux racines qui
tendent à se fixer dans ses parois, et se changera
en un monticule de verdure. Là, les chèvres du
village iront brouter les branches des jeunes plan-

tes ; là, le scarabée aux ailes d'or se balancera sur
une graminée, comme un clown, avec sa jaquette de
soie et sa ceinture écarlate, sur la corde aérienne ;
là, on entendra chanter la cigale, bourdonner l'a-
beille. En se penchant sur le sol, on distinguera
diverses espèces d'insectes qui, dans leurs dimensions microscopiques, ont un organisme complet,
qui de bonne heure sont éveillés, et tout le jour
circulent dans leur petit domaine, comme des gens
très-affairés, les uns cheminant sous les réseaux
de mousse qui, pour eux, sont les lianes et les
arbres gigantesques d'une forêt vierge ; d'autres
gravissant résolûment à la pointe d'un caillou,
comme un hardi chasseur à la cime des Alpes ;
d'autres encore, plus aventureux, se hasardant en
une audacieuse exploration et traversant sur une
feuille flottante ou sur un brin de paille l'océan
d'une crevasse remplie par la pluie. Qu'un observateur perspicace s'arrête là, et sur un espace de
quelques pieds il discernera peut-être plus de races
différentes d'insectes qu'il n'y a de peuplades différentes dans un des vastes États de l'Amérique
du Nord. Peut-être même il en découvrira qui ne
sont pas encore inscrits dans les registres des mu-
sées, et il aura, comme Adam au premier jour de
la création, le privilége de leur donner un nom.
Mais nous n'avons pas besoin d'aller jusqu'aux

lieux où une abondante terre végétale se peuple
de tant d'êtres de toute sorte, pour reconnaître les
inépuisables facultés de production de la nature.
Ici même, regardez en face de vous ce tapis em-
pourpré qui se déroule sur la pente de cette montagne.

— Je l'ai déjà remarqué, répondit Carine, et j'ai
cru d'abord que c'était une masse de neige qui s'ir-
radiait ainsi à la lueur du soleil; mais, à présent,
le soleil n'y brille plus, et elle m'apparaît avec une
teinte sinistre, comme une nappe ensanglantée.

— Rassurez-vous, reprit Marcel, c'est tout simplement de la neige; mais une neige imprégnée
d'une multitude innombrable d'animalcules si petits, qu'à peine peut-on les discerner à l'aide du
microscope. Demain, probablement, ces légions
d'êtres éphémères auront cessé de vivre; et alors
cette même neige sur laquelle ils répandent, dans
leur rapide existence, cette couleur de pourpre,
deviendra, par la décomposition de leurs cadavres,
verte comme une prairie. Mais voyez : de même
que, dans la Sénégambie ou dans l'île de Ceylan,
on peut toucher aux deux extrémités de la vie végétale, d'une main au plus chétif gazon, de l'autre
au baobab dont le tronc a vingt-cinq pieds de dia-
mètre, ou au talipot dont une feuille suffit pour
mettre dix hommes à l'abri de la pluie, de même

ici vous êtes entre les deux extrémités de la vie
animale : sur cette montagne, l'imperceptible in-
fusoire, et dans ces vagues, l'incommensurable
baleine : entre ces deux extrémités, quelle variété
d'êtres! quelles gradations!

— Que vous êtes bon, s'écria Carine, de me révéler toutes ces merveilles! elles m'inspirent une
profonde admiration et un nouveau sentiment de
piété. Maintenant, si vous pensez que nous avons
assez vu ce panorama de la baie, voulez-vous que
nous descendions à terre?

— Très-volontiers, répondit le lieutenant : toute
ma journée est à vous. Quelle heureuse journée
dans ce désert solennel, où jamais probablement
aucune femme n'est apparue, et où jamais aucun
homme n'a pu avoir les émotions que j'éprouve,
ma chère Carine! »

« Ma chère Carine! » c'était la première fois que
Marcel lui parlait ainsi, et, comme s'il eût craint
d'avoir été trop loin, il s'enfuit, il alla donner à
un matelot l'ordre de mettre à la mer la petite
yole suspendue au flanc du navire.

La jeune fille resta sur la dunette, absorbée dans
une indicible rêverie. « Ma chère Carine! » Ces
paroles vibraient encore à son oreille. Son cœur
disait aussi : « Cher Marcel! » et ces quelques mots
résonnaient en elle comme une harmonie surnatu-

relle. Musique céleste du premier aveu, de la première expression d'amour! Plus tard, on en viendra à un langage plus tendre et plus explicite, d'où
naîtront d'autres impressions; plus tard, ceux qui
s'aiment noblement, sincèrement, confondront
leurs âmes dans un ineffable accord. Mais cette
note timide, inattendue et entraînante, de la première révélation, elle restera comme une note
unique dans la mélodie de la vie.

« L'embarcation est prête, » dit Marcel en gravissant quelques échelons de la dunette et en tendant
la main à Carine pour l'aider à descendre. La jeune
fille accepta son offre en souriant, et tous deux entrèrent dans la chaloupe. Marcel tenait la barre du
gouvernail; Carine était sur un banc couvert d'un
tapis.

En voyant devant lui cette douce et belle jeune
fille, délicate et blanche comme un lis, candide et
charmante comme un enfant, Marcel se disait qu'il
aurait mieux valu la conduire en des lieux plus
riants, sous un ciel plus doux, où les fleurs s'épanouissent au souffle d'une brise tempérée, où les
enfants se fortifient dans une atmosphère propice.
Involontairement, il songeait aux ondes azurées des
mers méridionales, au tiède bassin du golfe de Ba-
hia, au lac célébré en vers immortels par Lamartine.

Pourtant, il se trouvait heureux de voguer avec

elle sur ces froides vagues du Nord. Il aimait, et
la magie de l'amour suffit pour faire de la région
la plus désolée une demeure idéale ; il aimait, et
en ce moment il pouvait chanter du fond de l'âme
les strophes de Th. Moore :

> Viens sur la mer, loin de la plage,
> Jeune fille, viens avec moi :
> Par le vent, la neige et l'orage,
> Avec bonheur je suis à toi.
>
> Qu'importe à celui qui t'aime
> Les saisons, les climats, les lieux ?
> Partout le cœur reste le même,
> Partout le ciel est dans tes yeux [1].

Carine semblait heureuse aussi de cette promenade nautique, et, lorsque la chaloupe s'arrêta à
la pointe de la presqu'île, elle sauta lestement à
terre, et s'écria en riant :

« Voilà donc notre jardin d'été ! un tapis de
neige pour égayer nos regards, des bancs de glace
pour nous asseoir, et des kiosques de glace pour
nous mettre à l'abri de la chaleur !

— Attendez, dit Marcel : cette bande de terre
nous réserve peut-être quelque agréable surprise.
J'ai lu dans le livre de Martens et dans celui du capitaine Phips la description de plusieurs plantes
qui verdissent au Spitzberg, et l'un de vos compatriotes, M. Keilhau, a noté sur ce même sol vingt-

1.   Come over the sea,
             Maiden, with me.

18

six espèces de phanérogames, et trois espèces de fucus. Qui sait si, en errant un peu de côté et d'autre, nous n'en trouverions pas quelques-uns?

— Allons, répondit Carine; je serai charmée de faire cette exploration, et si, par hasard, nous venions à découvrir une quatrième espèce de fucus, songez un peu quel honneur!

— Oui; nous adresserions à ce sujet un beau rapport à l'Académie des sciences de Stockholm, et votre nom serait inscrit dans ses annales.

— Non pas le mien, mais le vôtre.

— Pas du tout; ce sera le vôtre, et on vous décernera peut-être une belle médaille d'or, avec une inscription en latin : « A la savante, à l'intrépide Carine Lax, qui, au péril de sa vie... »

— Vous vous moquez de moi, mais je prendrai ma revanche. »

En plaisantant ainsi, tous deux se mirent en marche; mais le trajet n'était pas facile. En certains endroits la neige, amollie par une température inaccoutumée, s'effondrait sous les pieds; dans d'autres s'élevaient des blocs de glace qu'il fallait contourner, ou franchir avec précaution pour ne pas glisser. Carine appuyait son bras sur celui du lieutenant, et le jeune amoureux profitait de tous les passages un peu difficiles pour serrer plus étroitement ce bras contre sa poitrine.

Ils allaient ainsi de çà, de là, comme deux oiseaux qui piétinent au hasard à travers champs, et
de côté et d'autre ils ne voyaient toujours que la
même nappe de neige.

« Adieu, dit Carine, nos rêves de gloire et notre
médaille d'or! Nous ne verrons pas même un des....
comment appelez-vous ces plantes dont parle mon
compatriote Keilhau?

— Des phanérogames.

— Phanérogames! Eh bien, nous n'en découvri-
rons pas même un. C'est pourtant triste d'avoir fait
de si beaux projets et de s'être ainsi trompé dans
son espoir. Je me rappelle avoir lu, quand j'étais
petite, un conte de fées, où l'on voit comment un
pauvre garçon se mit à la recherche de la fleur qui
chante. Êtes-vous sûr que la prétendue végétation
du Spitzberg n'est pas une fable du même genre?

— La fleur qui chante, répliqua vivement Marcel, n'est pas une fable : c'est la femme que l'on
aime et dont on écoute la voix mélodieuse.

— Vous ne répondez pas à ma question, » repartit Carine avec un joli petit sourire d'enfant.

Mais tout à coup elle s'arrêta, et fit une exclamation de joie. Devant elle était un ravin arrosé
par un ruisseau de neige fondue, et au bord de ce
ruisseau on distinguait des plantes verdoyantes. Elle
pressa le pas pour arriver plus vite à l'attrayant val-

lon : c'était pour elle une oasis, et, sur ce sol glacé,
une oasis plus étonnante, plus admirable dans sa
chétive existence, que celle des arbres majestueux
que Linnée appelait les princes du règne végétal,
des palmiers qui s'élancent comme des colonnes de
marbre et répandent leurs fruits savoureux dans les
sables du désert, ou dans les îles de la Polynésie.

Par un de ces phénomènes de végétation qui
surprennent les regards du naturaliste, et doivent
être notés comme des exceptions dans les règles
de leur statistique, entre deux plateaux couverts
d'une neige éternelle, apparaissaient deux bandes
de terre, revêtues de lichen, de cochlearia et de
plusieurs espèces de graminées, parmi lesquelles
Marcel reconnut quelques agrostides et quelques
alopécurus. Une de ces dernières plantes, favori-
sée spécialement par la place où elle avait germé,
s'élevait à un pied de hauteur et dominait comme
une reine toutes les autres. Au pied de cette tige
audacieuse fleurissait une renoncule pâle et débile,
plus faible que la pauvre marguerite de Burns, dont
la tête délicate surgissait à peine sur le sein de la
terre sa mère [1].

« Oh ! la douce fleur ! s'écria Carine en se penchant vers le sol pour la voir de plus près : je vou-

---

1.   Scarce reared above the parent earth.
                Thy tender form.

drais bien la cueillir; mais n'est-ce pas un meurtre
que de l'enlever à ce ravin qu'elle décore?

— Elle est née il y a quelques jours, répondit le
jeune lieutenant; elle mourra dans quelques jours,
peut-être plus tôt, au premier coup de vent; vous
pouvez l'enlever sans remords.

— Eh bien! je la prends, dit Carine en la cueil-
lant délicatement pour ne pas blesser sa racine,
et je la garderai comme une des reliques de mon
voyage, comme un souvenir de ma première journée dans la baie Magdeleine.

— D'une journée à jamais mémorable pour moi,
s'écria Marcel avec une ardente animation. Oh!
Carine, laissez-moi vous le dire, sur ce désert où
la Providence m'a conduit avec vous, sous ce ciel
qui nous regarde, dans ce silence où Dieu nous
entend: je vous aime! je vous aime! »

A ces mots, la jeune fille penchant un instant la
tête sur la fleur qu'elle tenait entre ses doigts, puis,
relevant son visage dont la pâleur s'était subitement
empourprée d'un pudique incarnat, et fixant sur
Marcel ses beaux grands yeux noirs, expressifs et
francs : « Je vous aime, Marcel, murmura-t-elle
d'une voix un peu troublée, mais résolue.

— Mon Dieu!... merci! Et vous serez à moi?

— Je serai à vous comme une honnête, fidèle
femme, est à son mari.

— Et votre père consentira?...

— Mon père aussi vous aime et vous estime.

— Et vous ne regretterez pas de quitter votre pays pour une terre étrangère?

— Votre Dieu est mon Dieu, votre peuple est mon peuple, répondit Carine, comme la tendre fille de Noémi.

— Merci encore, merci mille fois; à vous toute ma vie, à vous toute mon âme, s'écria Marcel en saisissant impétueusement Carine et en imprimant un baiser sur ses joues; puis aussitôt il se retira tout confus de son audace.

— Vous avez dérobé, lui dit doucement Carine, ce que je vous aurais accordé moi-même avec confiance, si vous me l'aviez demandé. Et maintenant ne recommencez pas, entendez-vous, si vous m'aimez comme je le veux, comme je le crois. Laissez-moi vous dire cette maxime d'un vieil écrivain allemand que ma beinfaitrice répétait souvent, et que je n'ai jamais oubliée. C'est un bon enseignement pour les diverses circonstances de la vie :

> Argent perdu, rien n'est perdu.
> Courage perdu, triste perte.
> Honneur perdu, grande perte.
> Ame perdue, tout est perdu [1]!

1.   Gut verloren, nichts verloren.
Muth verloren, was verloren.
Ehr verloren, viel verloren.
Seele verloren, alles verloren.
                    SÉBASTIEN BRAND.

Elle prononça ces mots avec une énergie d'accent et une expression de regard dont Marcel se trouva tout saisi. En ce moment ce n'était plus la délicate et timide jeune fille qui parlait, c'était la femme d'une beauté fière et d'un caractère imposant :

« Pardon, dit-il avec l'humilité d'un coupable, et désormais ayez confiance en moi ; désormais, je vous le jure, vous n'aurez plus aucun reproche à me faire.

— J'ai confiance, lui répondit-elle en reprenant sa douce intonation habituelle et en lui tendant la main qu'il serra dans la sienne. Disons adieu maintenant à ce ravin dont nous parlerons sans doute plus d'une fois, et conservons à nous deux la blanche renoncule qui nous y attendait. »

Tous deux se mirent en marche pour regagner la chaloupe, mais ils n'y retournèrent point en droite ligne par le chemin qu'ils avaient déjà suivi. Sans se dire qu'ils voulaient prolonger leur promenade, ils allaient de côté et d'autre dans leur heureux élan de cœur, tantôt recueillis en silence dans le charme de leurs pensées, tantôt se révélant l'un à l'autre par un regard, par un serrement de main, le mutuel accord de leurs rêveries, tantôt riant comme deux jeunes écoliers, puis causant gravement de leurs projets pour l'avenir. Oh ! les

délices du premier amour! oh! les trésors de l'âme
qui s'épanouit à sa céleste aurore! oh! jeunesse,
printemps de la vie !

> Gioventù, primavera della vita

Dans le cours de cette marche vagabonde, soudain les yeux de Carine se fixèrent sur une masse
de débris confus qu'elle entrevoyait au pied d'un
bloc de glace.

Qu'est-ce donc qu'on aperçoit là? demanda-
t-elle; on dirait des planches éparses, et il me
semble même distinguer quelque chose qui a la
forme d'une croix.

— Je ne sais, répondit Marcel, qui devina du premier coup d'œil ce que c'était, et qui désirait éloigner Carine d'une image de deuil. C'est probablement quelque reste de barque brisée; mais cela ne
vaut pas la peine que nous nous détournions de
notre chemin. Venez par ici, je vous en prie, venez.

— Non, non. Laissez-moi voir ce que c'est. »

Et elle entraîna le lieutenant, qui déjà ne pouvait lui résister.

Ce qui avait attiré son attention, ce qu'elle avait
voulu voir de plus près, c'était une fosse de pêcheur, un cercueil enfoui à plusieurs pieds dans
le sol par des mains fraternelles; mais les ours
avaient enlevé la terre qui le recouvrait, brisé ses

planches fragiles et dévoré le corps qu'il contenait.
Çà et là gisaient quelques ossements dénudés, un
lambeau de linceul et les fragments d'une croix.

« Oh ! Dieu ! oh ! Dieu ! s'écria la jeune fille avec
un saisissement d'effroi et de douleur, en se met-
tant les deux mains sur le visage. Oh ! Dieu ! le
malheureux ! La mort est partout l'implacable
mort ! Mais mourir ainsi, loin des siens, loin de
l'église qui donne à ceux qui s'en vont un religieux
adieu, loin du cimetière où les amis et les parents
vont prier ; seul, à cette extrémité du monde, sur
cette terre de glace, sous la dent des bêtes féroces !
C'est horrible ! Partons, mon ami. Je vois bien, à
présent, que vous vouliez m'écarter de ce spectacle, et je ne comprenais pas votre résistance, et
j'ai eu tort de ne pas vous céder. »

En parlant ainsi, Carine s'éloignait d'un pas
rapide, la tête baissée ; elle s'assit dans la chaloupe,
pensive et triste. De retour sur le navire, elle n'a-
vait pu encore surmonter sa pénible impression ;
elle essaya pourtant de sourire à Marcel, puis se
retira dans sa chambre.

Pour la première fois, l'idée de la mort entrait
dans son esprit, à l'heure même où la vie venait
de lui apparaître si riante, et l'avenir si doux. Sa
journée, commencée par un rayon céleste, se ter-
minait par un nuage sombre.

CHAPITRE XIV

An der Braut, die der mann sich erwählt, lässt gleich
Sich erkennen
Welches Geister er ist, und ob er seinen eigenen Werth fühlt
GŒTHE, Hermann et Dorothée.

Par la fiancée qu'il se choisit, l'homme
montre aussitôt quel est son esprit, et s'il
sent sa propre valeur.

Ces frais convolvulus, à la corolle bleue et blanche, qui, le matin, s'entr'ouvrent aux premières
clartés de l'aurore, qui, tout le jour, se dilatent à l'air, à la lumière, puis, le soir, referment
leur calice et se penchent mollement sur leur
tige ; ces charmantes fleurs que les botanistes
classent dans la famille des liserons, et auxquelles
on a donné, très-justement, le nom de *Belle-de-
Jour*, ne sont-elles pas le vivant emblème du mouvement qui s'opère dans le cœur de l'"homme,
lorsque, après une radieuse journée, il se recueille
en lui-même, comme pour contenir et savourer en
silence ses émotions ?

Ainsi faisait Marcel, lorsque Carine l'eut quitté ;
il était seul sur le pont, absorbé dans ses méditations. Douces et graves méditations !

En quelques semaines, quelle révolution dans
ses volontés ! quel changement dans ses projets !
Il avait résisté à l'attraction des nobles qualités et
de la fortune de Rosa Marie ; il s'abandonnait à
celle d'une humble fille d'un pêcheur. Il avait dit
à Blond eau, avec l'accent d'une énergique résolution : « Non, je ne me marierai pas ; je n'enchaî-
nerai pas ma liberté d'action aux chenets du foyer
domestique ; je n'aime que la mouvante et aventureuse carrière du marin : je resterai marin; » et
maintenant, il n'aspirait qu'à retourner à terre
pour y célébrer son mariage !

Le cœur de l'homme le plus ferme est comme un
château enchanté des contes arabes. Il résistera plus
d'une fois à une violente attaque ; il se croira impassible et immuable ; mais qu'une délicate émotion le surprenne à l'improviste, et il cèdera à cette
émotion inattendue, comme les portes de fer des
voûtes d'or et de diamant, à la magique puissance
d'une petite plante d'Orient : Sésame, ouvre-toi !

« Oui, se disait-il, c'était là l'idéal que je n'avais
pas même entrevu, mais que je cherchais confusément dans mes rêves; l'idéal de la beauté touchante, de la grâce naturelle et de l'esprit, de l'in-

telligence la plus vivace et de la plus pure candeur. Ce n'est pas l'aveugle hasard qui me l'a fait connaître : c'est Dieu lui-même qui, dans sa bonté suprême, l'a mise sur mon chemin. Pauvre comme moi, elle a besoin d'un appui : je serai ce appui, et elle sera ma joie, mon guide, mon bon génie.

« Ah ! reprenait-il un instant après, nous n'aurons point une magnifique maison, comme M. Vanskep, et je ne pourrai pas déposer dans sa corbeille de mariage une parure de diamants; mais le lis de la vallée n'a-t-il pas un vêtement plus beau que celui des rois ? et n'est-elle pas, comme un de ces lis, décorée des dons les plus précieux ? Voilà ! ajoutait-il en se parlant gravement, comme un homme qui examine avec soin ses affaires ; nou louerons, près de la plage de Dunkerque, un mo deste appartement. Son père viendra demeure avec nous, et se complaira dans ce mouvement d la rade. Moi je naviguerai pour subvenir à nos besoins, pour acquérir peut-être, graduellement, une petite fortune ; je naviguerai en pensant à la chère gardienne de mon foyer; je reviendrai en songeant qu'elle est là qui m'attend, et chaque fois que je la reverrai, après une longue absence, ce sera pour moi comme l'aurore d'une nouvelle vie. »

Eu parlant ainsi, Marcel ne faisait point un rêve exagéré. Si, pour le marin uni à une douce et honnête femme, c'est une dure nécessité de quitter le trésor de ses affections, à son retour aussi, quelle joie ! quelle effusion de tendresse longtemps contenue ! Quel bonheur pour lui de revoir celle qui lui tend les bras avec amour, et la maison qu'elle a parée pour ce jour de fête, et les enfants qui ont grandi sous l'aile maternelle, et qui viennent s'asseoir sur les genoux de leur père, et qui en posant sur son épaule leur tête blonde, lui racontent ce qu'ils ont appris, comme ils parlaient de lui sans cesse, et comme ils priaient dévotement pour son bon voyage, matin et soir. Si, selon l'opinion de quelques rigides observateurs de notre condition humaine, tout bonheur en ce monde est comme un larcin qui doit s'expier, le marin n'a-t-il pas d'avance expié son bonheur par les regrets de son absence ? N'a-t-il pas suffisamment payé son tribut aux dieux ennemis, par ses fatigues et les anxiétés de son voyage, et ne doit-il pas regarder sans inquiétude son anneau de Polycrate, son anneau de mariage ?

« Avant tout, reprit Marcel après un instant de réflexion, il faut que j'obtienne le consentement de Lax, et il faut aussi que j'annonce à Blondeau ma résolution. Ce brave Blondeau ! il avait formé pour moi d'autres projets, et il sera chagrin d'apprendre qu'ils ne peuvent se réaliser. »

Le bon capitaine regrettait en effet vivement de n'avoir pu décider son jeune ami à tourner ses vœux du côté de Rosa Marie; mais, sans en rien dire, il observait, depuis plusieurs semaines, les relations du lieutenant avec Carine, et il ne parut point surpris de sa confidence.

« A la garde de Dieu! lui dit-il. Vous savez que j'avais rêvé pour vous un autre mariage. Pourtant, je dois avouer qu'après l'excellente fille de M. Vanskep, nulle personne ne m'a inspiré plus de respect et de sympathie que Mlle Carine. J'espère que vous serez heureux avec elle; sans fortune... Mais, hélas! j'ai assez vécu près des riches pour savoir ce qu'il y a de sombres soucis et de plaies douloureuses sous le manteau de leur fortune, et les Espagnols ont bien raison de dire : « Pour « bien user des armes et de l'argent, il faut de « bonnes mains [1]. » Nous retournerons à Dunkerque, après ce voyage. Mlle Rosa Marie ne refusera pas, je l'espère, de vous protéger; d'ailleurs, vous vous protégez assez vous-même par vos qualités, et je serai votre ami.

— Mon ami, s'écria Marcel, et celui de ma femme; je lui enseignerai à vous préparer de bons verres de grog. Vous viendrez chaque jour, avec

---

1. *Armas y deneros, buenas manos quieren.*

votre pipe, passer la soirée près de nous. Vous
n'avez point de famille, point de maison ; notre
maison sera la vôtre : vous tiendrez près de moi
la place de mon pauvre père, le jour de mon mariage, et vous serez le parrain de mon premier
enfant. Puisque vous me citez toujours des sentences espagnoles, moi je vous en citerai aussi.
Souvenez-vous de celle-ci : *Mas vale buen amigo
que pariente ni primo* [1].

— C'est bien ! c'est bien ! on verra, » répondit le
capitaine en détournant la tête et en passant, à la
dérobée, une main sur ses paupières humides.

Cette première explication étant finie, Marcel
alla prendre Lax par le bras, le conduisit dans la
dunette, et lui exposa, avec une affectueuse sincé-
rité, sa situation et ses vœux.

Le vieux pilote l'écoutait, la tête penchée sur sa
poitrine, immobile et muet, dans l'attitude d'un
homme surpris tout à coup par une nouvelle
qui lui va droit au cœur et absorbe toutes ses facultés.

Le jeune lieutenant avait achevé son récit. Le
pilote se taisait encore. Enfin, il releva la tête, et
fixant sur Marcel ses petits yeux gris où brillait un
feu extraordinaire :

1. Mieux vaut un bon ami qu'un parent ou un cousin.

« Elle vous aime? dit-il d'une voix lente, mais
fortement accentuée.

— J'ose le croire, répondit Marcel intimidé à
cette brusque interpellation, et ne sachant ce qu'il
devait en augurer.

— Et vous l'aimez?

— Oui.

— Vous l'aimez comme on doit aimer une brave
et honnête fille, comme un homme de cœur doit
aimer sa femme!

— Oui, certainement.

— Vous savez qu'elle n'a, pour toute fortune,
que la petite dot qui lui a été léguée par sa bien-
faitrice?

— Je le sais.

— Et qu'elle est la fille d'un pauvre matelot qui
n'a pas même pu, après de longs services, arriver
dans la marine royale de Suède au grade de contre-
maître?

— Je sais tout.

— Et vous pensez que vous ne vous repentirez
jamais, jeune comme vous l'êtes, d'avoir lié votre
sort à celui d'une pauvre étrangère, d'une naissance obscure, sans fortune et sans protection?

— J'en suis sûr.

— Regardez-moi. »

Marcel fixa sur le pilote ses yeux limpides, où

rayonnait, dans toute sa lucidité, la pure franchise de son âme.

« Je vous crois, dit-il : si une telle physionomie peut mentir, il ne faut plus se fier à rien en ce monde. Je vous crois, et je vous confie ce que j'ai de plus cher en ce monde, mon unique bien, ma seule joie. Aimez-la ; soyez bon pour elle. Ayez pitié, si parfois vous la voyez un peu délicate et souffrante. Elle vous aimera comme elle a aimé son vieux père ; elle ne manquera à aucun de ses devoirs. »

A ces mots, Marcel se leva précipitamment et serra, avec un transport de joie, le pilote dans ses bras.

« Écoutez, dit Lax avec une émotion qui lui faisait trembler la voix : j'ai encore une grâce à vous demander, c'est que vous vouliez bien m'emmener avec vous. Je sais que, le plus souvent, les vieux parents n'apportent guère d'agrément dans un jeune ménage, et je ne me dissimule pas qu'il m'en coûtera de quitter mon pays, mes concitoyens, mes anciennes habitudes ; mais je ne puis me résoudre à me séparer de celle qui, depuis longtemps, est le seul mobile de ma vie. Je ne vous gênerai pas : un petit coin dans votre demeure me suffira ; et quand vous partirez pour un voyage, vous serez peut-être content de penser que

Carine n'est pas seule ; que son père est là, qui lui parlera de vous, qui la rassurera quand elle entendra mugir la tempête. Emmenez-moi, mon cher Marcel.

— Vous emmener ! s'écria le lieutenant attendri jusqu'aux larmes par cette tendresse et cette humilité ; mais pouvez-vous supposer que j'aie jamais eu une autre intention ? Mais Carine elle-même pourrait-elle se résoudre à vous quitter ? Et moi, ne dois-je pas vous aimer comme un père ?

— Merci, vous êtes bon et vrai, et j'ai foi en vous : attendez-moi ici un instant. »

A ces mots, Lax descendit dans l'entre-pont.

Blondeau, qui se promenait devant la dunette, impatient de savoir le résultat de cette conférence, s'avança près de Marcel dès qu'il le vit seul.

— C'est décidé, lui dit le jeune lieutenant : le père vient de me donner son consentement.

— Recevez mes félicitations, s'écria vivement le capitaine : j'espère que vous serez heureux.

— Et moi aussi, je l'espère, » répliqua Marcel avec une radieuse physionomie.

En ce moment le pilote entra, amenant avec lui Carine qui le suivait timidement, le visage rouge, les yeux baissés.

Il prit la main de sa fille et la mit dans celle de Marcel, et se découvrant la tête comme pour prier

dans une église : « Que la bénédiction du ciel.... »
dit-il ; mais son émotion ne lui permit pas d'achever sa religieuse invocation. Il tomba sur une
chaise, et fondit en larmes.

Carine aussitôt s'approcha de lui et l'embrassa,
et lui passa doucement la main sur le front.

Le vieillard leva sur elle ses yeux remplis de
pleurs, avec cet effluve de l'amour paternel qui ne
ressemble à aucun autre.

Les anciennes traditions arabes rapportent que
l'autruche couve et fait éclore ses œufs par son
regard. Cette fiction d'histoire naturelle est une
image de l'indicible puissance des meilleures affections de la vie. Qui de nous ne l'a éprouvée? Qui
de nous, hélas ! ne la regrettera à tout jamais ? Le
regard d'un ami s'associera au nôtre par une expression de sympathie ; le regard d'une femme
nous ravira par la pensée qu'il nous révèle ; mais
le regard d'un père ou d'une mère, si bon, si doux,
si indulgent, nul autre au monde ne peut le remplacer.

« Quelle sottise à moi, s'écria tout à coup Lax,
de pleurer ainsi, quand je devrais me réjouir d'un
bonheur inespéré ! Pardonnez-moi, mes enfants,
cette faiblesse.... Mais, au fait, ajouta-t-il en es-
suyant ses yeux et en riant, j'ai, ma foi, bien raison de verser quelques larmes. Je me rappelle que,

quand je me suis fiancé avec ma pauvre Berthe, nous avons, selon l'usage de Suède, célébré joyeusement cet événement : un grand banquet auquel présidait M. de Fersen ; tous mes camarades, avec leurs habits des dimanches, et des toasts et des chants, comme pour un mariage ; tandis qu'aujourd'hui, de si belles fiançailles, au milieu de ces neiges, sans musique et sans bal, ma foi ! vous avouerez que cela n'est pas gai.

— Mais, dit doucement Carine, nous les célébrerons comme vous voudrez, à Hammerfest.

— Oui, s'écria énergiquement le pilote, à Hammerfest, et le brave docteur y assistera, et M. Sparrmann, et tous les gens de la ville, et je danserai comme si je n'avais que vingt ans.

— Et, en attendant, reprit d'un ton câlin la jeune fille, vous serez content de penser que j'ai, près de moi, mon *Fästman*, et que je suis sa *Kärasta* [1].

— *Allra Kärasta min* [2], dit Marcel, qui se souvenait des leçons de suédois que lui avait données la jeune fille.

— Eh ! quoi ! s'écria Lax, il parle suédois, ce marin de Dunkerque ! mais c'est donc un trésor ? »

Blondeau, qui avait assisté en silence à cette scène, sortit à la dérobée et revint quelques mi-

1. C'est par ces deux mots qu'on désigne ordinairement, en Suède, le fiancé et la fiancée.
2. Ma plus chère de toutes.

nutes après avec Frisquet, portant d'une main deux bouteilles revêtues d'un papier argenté, et de l'autre un plateau avec des verres.

« Je ne puis, dit-il à Lax, vous offrir la joyeuse réunion que vous désirez; mais il ne sera pas dit que nous n'ayons pas, de notre mieux, salué ce jour solennel. Voici le vin des fêtes de France, le petillant vin de Champagne. Nous allons boire à la santé des fiancés.

— Bravo ! » s'écria Lax qui avait, en un instant, repris sa vive et franche animation.

Tous les verres s'emplirent, et Frisquet eut aussi le sien, et sans comprendre ce qui se passait, le bon petit mousse se réjouissait de voir la figure réjouie de ses maîtres.

« Encore un verre, dit Blondeau à Lax, puis, après, une bonne pipe, et demain la pêche.

— Et dans deux mois, peut-être, Hammerfest, ajouta le vieillard.

— Et bientôt Dunkerque, » murmura Marcel en regardant Carine.

Oh ! les bonnes gens qui se trouvaient là alors, réunis dans le désert du Spitzberg ! et quelle honnête et douce satisfaction ils avaient tous dans le cœur !

CHAPITRE XV

To heaven he throws his dying eyes
And : « Oh protect my wife and child, » he cries.
The gushing streams roll back the unfinished sound ;
He gaps ! and sinks amid the vast profound.
            FALCONER, *The Shipwrech.*

Vers le ciel il tourne ses regards mourants,
et s'écrie : « Oh ! protége ma femme et mon
enfant. » Les flots écumeux emportent cette
invocation inachevée ; il respire convulsivement
et tombe dans les profondeurs de l'abime.

Le lendemain, les matelots partaient gaiement pour la pêche. Blondeau seulement restait à bord avec Frisquet et quelques gabiers. Sur l'une des baleinières, était Tromblon ; sur une autre, Lax sur une troisième, Marcel.

De bonne heure Carine s'était levée pour assister au départ des chaloupes, et, aussi longtemps qu'elle put les voir, son regard resta attaché sur celle de son père et sur celle de son fiancé.

La journée s'annonçait d'abord sous les meilleurs auspices : une mer calme, un horizon pur, une

légère brise du sud. Par un tel temps, les morses
devaient s'entasser sur les bancs de glace, où ils
reposent dans leur indolence comme des sybarites.
Mais bientôt le ciel se couvrit de nuages ; le vent se
leva âpre et violent, puis, des vapeurs condensées
en un instant dans l'atmosphère, la neige tomba à
gros flocons.

« Mauvaise affaire, dit Lax en secouant la tête.
Les morses et les phoques sont comme les belles
dames qui ont peur de s'enrhumer, et qui ne sortent point de leur demeure par la pluie ou la neige.
La nature les a pourtant revêtus d'un fameux manteau, ces diables d'animaux, et la glace est pour
eux un moelleux tapis ; mais il ont des lubies et des
timidités de petites-maîtresses. Cependant, allons
en avant ; peut-être en trouverons-nous quelques-
uns que l'orage n'a point encore éveillés de leur
assoupissement, ou qui restent sur leur galerie en
attendant le retour du soleil. »

Les trois embarcations continuèrent leur trajet,
mais la première prévision du vieux pilote était la
plus juste. Les voluptueux amphibies désertaient
leurs terrasses aériennes pour se plonger dans la
profondeur de leurs retraites aquatiques. Tromblon ne put parvenir à en harponner un seul, et
jeta son arme au fond de la chaloupe en jurant.
Marcel reconnut aussi, non sans regret, mais avec

plus de calme, l'inutilité de ses tentatives. Lax seul réussit à atteindre un morse, qui, plus paresseux ou plus patient que les autres, se tenait mollement couché sur une glace flottante ; il lui plongea sa lance dans la poitrine d'une main si vigoureuse, qu'il le tua du premier coup ; il l'amarra ensuite à sa chaloupe, et le ramena en triomphe. C'était un morse de la plus grosse espèce, à la peau argentée, signe de sa vieillesse : car la peau de ces animaux, qui d'abord est toute noire, pâlit à mesure qu'ils avancent en âge, grisonne, puis devient toute blanche. Par le frottement des glaces et des rocs qu'il avait souvent gravis, le dessous de ses larges pattes s'était raccorni, comme cette protubérance du ventre du chameau sur laquelle le quadrupède du désert s'appuie quand il s'accroupit par terre. Une de ses dents, forte, polie, massive, fut arrachée, non sans effort, de sa rude mâchoire, et mise dans une balance : elle pesait quinze livres ; l'autre était à moitié brisée, soit par l'effet de la vieillesse, soit dans une lutte violente : car le morse emploie ses deux dents, tantôt en guise de crochets, pour chercher dans la vase ou dans le sable des coquillages dont il se nourrit, tantôt, ainsi que nous l'avons déjà dit, pour se hisser, comme avec des crampons, sur une pointe de terre, tantôt enfin pour lutter contre le poisson à épée, un de ses redoutables ennemis, tantôt pour se défendre contre la lance et le harpon des pêcheurs.

Les matelots dépecèrent le monstrueux animal, qui avait, de la tête à la queue, trente pieds de longueur, et au milieu du corps la circonférence d'un éléphant. Après avoir enlevé sa peau épaisse et l'épaisse couche de graisse qu'elle enveloppe, ils détachèrent quelques lambeaux de sa chair qu'ils firent cuire, et qui leur parut aussi appétissante qu'une bonne pièce de bœuf.

Carine détourna les yeux de cette espèce de travail d'abattoir, qui certes n'est pas agréable à voir. Marcel et Blondeau félicitaient Lax de son heureuse capture. Tromblon se tenait à l'écart, humilié dans son amour-propre, sombre et farouche.

« Pas de chance ! murmurait-il en bourrant sa pipe, avec une sorte de mouvement convulsif. Ce maudit voyage ! quand finira-t-il ? »

Le mauvais temps continuait. L'équipage de la Rosa-Marie se remit cependant en campagne, mais sans succès. Les morses étaient invisibles, et, dès qu'on en apercevait quelques-uns et qu'on tentait de s'en approcher, le premier d'entre eux qui, de ses petits yeux rouges, voyait arriver la barque ennemie, donnait un coup de dent à son voisin pour l'avertir du danger, et tous se précipitaient aussitôt dans les vagues.

Ils ne sont plus si confiants et si débonnaires
qu'ils l'étaient autrefois, ces amphibies du Nord.
Comme les baleines, ils ont appris, par leur instinct, qu'il y avait pour eux, dans leurs vastes
domaines, un ennemi plus redoutable que le narval ; et si, dans leur indolence, ils n'ont point
émigré comme les baleines, ils pressentent du
moins le péril qui les menace et tâchent de l'esquiver. Il faut dire aussi que dans cés combats
perpétuels qu'on leur livre depuis près de deux
siècles, leur nombre a considérablement diminué.
Jadis, dans les parages du Spitzberg, on les voyait
empilés les uns sur les autres par milliers, aussi
serrés et aussi inertes que des harengs dans un
tonneau. Jadis, à l'embouchure de l'Ob, sur les
rives de la mer Glaciale, les Tchoukis ramassaient
une telle masse de dents de morses, qu'après en
avoir fabriqué toutes sortes d'ornements et d'ustensiles, il leur en restait encore une quantité dont
ils faisaient une offrande à leurs dieux ou leurs
démons [1]. Maintenant, les Tchoukis enlèvent fort
irrévérencieusement à leurs idoles ces morceaux
d'ivoire pour les vendre aux marchands russes.
Maintenant, les pêcheurs de Hammerfest sont assez
satisfaits de leur labeur, lorsque, dans le cours de

---

1. Gmelin, *Reisen durch Sibirien*, tome II.

leur expédition, ils ont capturé une quarantaine de
morses.

Blondeau s'attristait des inutiles tentatives de
son équipage, non pour lui personnellement, car
il se contentait aisément de sa solde de capitaine ;
mais pour les matelots, qui devaient avoir une
part proportionnelle dans les bénéfices du voyage,
et pour son armateur, à qui il espérait rapporter
une riche cargaison.

Jusque-là pourtant, on n'avait eu à déplorer
aucun des sinistres si fréquents sous ce ciel orageux, et, dans l'infructuosité du travail des har-
ponneurs et des bateliers, c'était du moins une
consolation. Une fois seulement, près de l'île
d'Amsterdam, une chaloupe fut surprise par une
subite rafale, et faillit être jetée à la côte ; mais,
grâce à l'habileté et à la présence d'esprit de Dambelin, elle échappa à ce désastre. Une autre fois,
un jeune matelot, qui était descendu à terre, et
qui s'était vanté de gravir au sommet d'un pic
escarpé, vit tout à coup apparaître devant lui un
ours à la gueule béante, à l'œil enflammé. Le
pauvre marin se trouvait seul, sans armes, en
face de l'effroyable bête ! Par bonheur, il se sou-
vint d'un stratagème employé, en une pareille rencontre, par un Hollandais : il jeta son bonnet à la
tête de l'ours et s'enfuit. L'ours s'arrêta une se-

conde à flairer cette coiffure qui ne pouvait apaiser
sa faim, et poursuivit une proie meilleure. Le matelot lui lança successivement sa cravate, sa vareuse,
son gilet ; à chaque objet dont il se dépouillait, il
retardait la marche du féroce animal et gagnait du
terrain. Enfin, il réussit à atteindre la chaloupe ; il
y tomba, tremblant de peur et épuisé de fatigue.
L'ours, qui n'avait cessé de le suivre, et qui voyait
sa victime prête à lui échapper, se précipita vers
l'embarcation avec la rage du désespoir. Mais Frasnois, qui se trouvait là, lui asséna sur le museau
un tel coup de gaffe, qu'il lâcha la barque sur laquelle il avait déjà posé ses deux larges pattes, et
se retira en poussant un lugubre gémissement.

Un jour enfin la tempête s'apaisa, l'atmosphère
s'éclaircit. Les rameurs remirent gaiement les baleinières à la mer. Lax se frottait les mains en
riant ; Blondeau comptait sur une pêche abondante ; Tromblon lui-même, en buvant un verre
d'eau-de-vie, fredonnait une de ses vieilles chansons, signe certain de sa bonne humeur. Marcel
se réjouissait à l'idée de réaliser au plus vite une
des spéculations de M. Vanskep, pour retourner
au plus vite, avec sa chère Carine, à Dunkerque.

Ce même jour, qui donnait à tout l'équipage de
la *Rosa-Marie* une si vive animation, devait être
un jour de deuil lamentable.

Les trois embarcations sortirent à la fois de la baie Madeleine. Tromblon conduisit la sienne vers une pointe de terre entourée d'un *field*; les deux autres s'avancèrent vers l'île d'Amsterdam, et se séparèrent. Marcel entrevoyait, au côté méridional de l'île, un banc de glace sur lequel gisaient plusieurs amphibies; Dambelin et Frasnois, qui conduisaient la troisième embarcation, se dirigèrent au Nord.

Après avoir doublé un promontoire qui dérobait une des anses de l'île, tout à coup ils aperçurent un énorme troupeau de morses, jeunes et vieux, grands et petits, couchés pêle-mêle sur un vaste plateau de glace. Dans la joie que leur causait cette découverte, quelques bateliers firent retentir l'air de leurs hourras.

« Taisez-vous, fous que vous êtes, » dit d'une voix sévère Dambelin; mais il eût fallu donner plus tôt cet avertissement aux imprudents rameurs. Aux cris bruyants qu'ils venaient de proférer, toute la bande des quadrupèdes, réveillée en sursaut, s'ébranla, se souleva, et roula dans les flots comme une avalanche.

Trois d'entre eux seulement restèrent sur leur terrasse, tournant indolemment la tête à droite et à gauche, et regardant de côté et d'autre, d'un air hébété, comme s'ils ne comprenaient rien au ra-

pide mouvement de leurs compagnons. C'étaient
trois femelles, larges et robustes, avec leurs petits
qui se tenaient à moitié cachés sous leurs na-
goires, comme des agneaux sous la toison des
brebis.

Dambelin et Frasnois, craignant de voir disparaître ces trois derniers quadrupèdes, et pensant
qu'ils ne pouvaient s'en approcher assez près pour
les frapper avec leurs lances, se décidèrent à les
harponner. Mais les harpons glissèrent sur des
peaux pareilles à une cuirasse, et tombèrent sur
les nourrissons. C'était un double malheur : car,
dans les diverses races d'animaux, dans les qualités distinctes qui les caractérisent, il n'existe peut-
être rien de semblable à la tendresse du morse
pour ses petits. A voir avec quel amour il les
garde près de lui, avec quel soin il les protége, on
dirait qu'il a lui-même le sentiment de la sombre
et aride région où il les enfante et qu'il cherche à
compenser pour eux les misères de leur sol natal
par l'excès de ses sollicitudes.

Au gémissement que firent entendre les deux
jeunes blessés, l'une des mères prit le sien entre
ses pattes de devant et se jeta avec lui à la mer,
comme pour le préserver d'une nouvelle attaque,
ou le guérir par l'action salutaire de son principal
élément. On pouvait suivre de l'œil son trajet, à la

trace de sang qui teignait les flots, et de temps à
autre elle remontait à la surface de l'eau pour
faire respirer le pauvre être débile. Tout à coup
elle l'abandonne : il était mort; elle le regarde
quelques minutes tristement, comme si elle lui disait un dernier adieu; puis soudain, se retournant
en arrière, elle revient en fureur vers la chaloupe :
elle avait sa douleur de mère à venger. Les deux
autres avaient, d'un même accord, transporté leurs
petits à l'extrémité du plateau de glace, puis venaient, avec une même ardeur de vengeance, as-
saillir la baleinière.

« Alerte! alerte! s'écria Frasnois, qui d'un coup
d'œil mesura toute l'étendue du danger; un homme
au gouvernail! deux autres aux avirons! Nagez
vigoureusement, et toi, Dambelin, et vous autres,
la lance à la main! Il y va de notre vie! »

A peine achevait-il de prononcer ces mots, que
déjà le premier morse touchait à la barque; un
des matelots le frappa de sa lance à la tête. Mais
l'animal prit cette arme entre ses dents, la broya
comme une paille, et, quoique grièvement blessé
et inondé de sang, s'élança de nouveau à l'assaut.
En même temps les deux autres saisissaient, avec
leurs crochets, le bordage de l'embarcation, et la
tiraient avec une telle force, qu'on eût dit, à chaque secousse, qu'ils allaient la briser ou la faire

chavirer. Les rameurs quittèrent leur aviron; le
pilote quitta le gouvernail. Tous, armés de pieux,
de gaffes ou de harpons, frappaient à coups redou-
blés sur ces terribles assaillants, et enfin ils réussirent à les tuer. Mais à l'instant même, comme si
l'alarme avait été donnée dans les repaires de la
troupe monstrueuse, comme si une nouvelle cohorte était appelée à la défense de ses domaines,
six autres morses, plus grands, plus vigoureux
que ceux qui venaient de succomber, sortirent de
la profondeur des eaux. A cet aspect, les pauvres
bateliers de *la Rosa-Marie* se regardèrent avec un
sentiment d'effroi, puis recueillirent leurs forces
pour soutenir une nouvelle lutte.

« Allons, courage! dit Dambelin, nous en avons
heureusement fini avec les premiers ; avec la grâce
de Dieu, nous parviendrons bien aussi à vaincre
ceux-ci. Mais, attention! pas de coups sur le dos
ou sur la tête; ils ne font qu'augmenter la colère de
ces animaux; c'est la poitrine qui est la partie vul-
nérable : visez à la poitrine. »

Les deux partis étaient ainsi en présence, comme
les Horaces contre les Curiaces, comme les trente
Bretons contre les trente Anglais, dans la fameuse
arène où parut Beaumanoir « : Bois ton sang, Beaumanoir! » Mais nul spectateur pour applaudir au
triomphe des vainqueurs ; et, comme dans les duels

judiciaires du moyen âge, où, d'avance, on creusail
sur le champ de bataille la fosse du vaincu, ici la
fosse s'ouvrait, noire et profonde, dans l'abîme des
vagues.

Trois morses rôdaient autour de la chaloupe,
comme des officiers d'état-major qui cherchent à
reconnaître le côté faible d'une citadelle ; puis peu
à peu ils s'en approchèrent et, tandis que les bateliers se rangeaient en face d'eux avec leurs armes,
les trois autres formidables quadrupèdes se précipitèrent tout à coup sur l'autre côté de la frêle
embarcation, et y plantèrent leurs crochets d'ivoire
et s'y cramponnèrent, comme, dans les guerres
puniques, les primitives galères des Romains se
cramponnaient avec les *corvi* et les *ferreæ manus*
aux navires carthaginois. C'en était trop. Avec tout
leur courage naturel surexcité par le sentiment de
leur péril, les pauvres bateliers ne pouvaient résister à cette terrible manœuvre ; puis leurs bras
étaient fatigués. Ils hissèrent un pavillon pour annoncer leur danger, en même temps ils pous-
saient des cris de détresse ; mais leur signal ne fut
pas vu, et leurs cris ne furent pas entendus.

Tout à coup, un craquement sinistre résonna à
leurs oreilles. Un des bordages venait de se briser
sous les rudes tenailles des morses. Par l'ouverture qu'ils y firent, l'eau entra dans la baleinière.

Un d'eux avait péri dans cette lutte acharnée ; les autres étaient blessés ; mais leurs blessures ne faisaient qu'accroître leur rage : ils redoublèrent leurs efforts, et, à une nouvelle secousse, la barque chavira avec tout l'équipage.

Trois ou quatre de ces malheureux furent abîmés sous la quille renversée, qui les recouvrait de sa lourde charpente et leur mutilait les membres ; les autres essayèrent en vain de se sauver à la nage. Embarrassés par le fardeau de leurs vêtements d'hiver et de leurs longues bottes, poursuivis par les morses impitoyables, ils ne purent parvenir à gagner la côte. Dambelin seul, ayant réussi à s'emparer d'un aviron, s'en servit comme d'une ceinture de sauvetage, et, se dirigeant vers la pointe méridionale de l'île, arriva en vue de l'embarcation commandée par Marcel. Là, ses forces étaient épuisées ; il exhala un cri de désespoir, et, par bonheur cette fois, sa douloureuse clameur fut entendue. Le jeune lieutenant accourut près de lui, le recueillit à moitié mourant, et, après avoir appris l'affreux événement qui venait de se passer, se mit à chercher les victimes de cette catastrophe ; mais, pendant plusieurs heures, il erra en vain de côté et d'autre. Des dix hommes qui, le matin, étaient partis si gaiement sur la baleinière, il ne retira que trois cadavres ; les autres étaient perdus sous les glaces, ou emportés au loin par les flots.

Le soir, enfin, il se décida à retourner à bord du navire, avec son funèbre chargement. Tromblon était déjà revenu, sans accident, mais sans autre capture que celle de deux jeunes phoques qu'il jeta sur le pont, avec une expression de colère. On était inquiet de la longue absence du lieutenant, et Carine courait de bâbord à tribord, montait sur la dunette, regardait de tous côtés, et serrait ses mains sur son cœur, pour en comprimer les battements.

Quelle tristesse, lorsqu'enfin il apparut, après ses lamentables perquisitions! Quelle consternation parmi les matelots de *la Rosa-Marie*, qui voyaient devant eux la figure livide de leurs compagnons, et qui apprenaient qu'ils ne reverraient jamais les autres!

La jeune fille s'enfuit, épouvantée. Blondeau tomba sur le banc du quart, mit la tête entre ses mains, et de ses yeux s'échappèrent ces larmes de l'amère douleur de l'homme, ces larmes décrites en termes si saisissants dans la Saga islandaise de Gunhild, ces larmes dures et serrées comme la grêle.

Le lendemain, on creusa une tombe sur le terrain de la presqu'île, près de l'endroit où, quelques jours auparavant, Carine avait été si péniblement émue à l'aspect d'un cercueil saccagé.

Dans des parages à peu près semblables à ceux du Spitzberg, sur les côtes du Groënland, les Esquimaux qui assistent à ces actes de sépulture ne comprennent pas que les pêcheurs européens prennent à tâche d'ensevelir leurs morts avec tant de soin, et de les recouvrir d'un amas de terre. L'un d'eux, témoin d'un pareil labeur, disait au capitaine anglais Lyons : « Prenez donc garde ! vous écrasez votre homme sous ce monticule de pierres ; il ne pourra plus bouger. » La semaine suivante, un de ses enfants étant mort le capitaine lui offrit de le faire enterrer. « Non, non, s'écria-t-il, jamais le pauvre petit ne pourrait supporter un tel fardeau. »

Mais, par une pensée pieuse, Marcel et Blondeau voulaient préserver le corps de leurs compagnons de la griffe des bêtes fauves, et la fosse fut faite à une grande profondeur ; et, au moment où on l'achevait, deux autres cadavres, portés par les courants, apparurent au bord de la plage, comme s'ils venaient demander à la pitié des vivants un dernier asile.

Les matelots les prirent dans leurs bras et les déposèrent près de ceux qu'ils venaient d'ensevelir ; puis la tombe fut refermée, et recouverte d'une masse de terre. Le charpentier y planta une croix, Marcel et Blondeau s'agenouillèrent sur le tertre funèbre; leurs compagnons étaient rangés autour d'eux, la tête découverte dans un profond recueillement. Parmi ces hommes, habitués à de rudes épreuves, plus d'un comprimait avec peine son émotion de cœur, et plus d'un murmurait intérieurement une des prières qu'il avait apprises dans son enfance.

« *Amen!* balbutia d'une voix tremblante Marcel, en se relevant et en faisant le signe de la croix.

— *Amen!* » répétèrent instinctivement ceux qui l'entouraient; puis l'équipage regagna, dans un morne silence, le navire; et ce jour-là, à l'heure des repas on n'entendit pas un cri, pas une rumeur, et plusieurs des marins ne s'approchèrent même pas de la terrine fumante pour y prendre leur ration habituelle.

A l'arrière du bâtiment, Lax et Blondeau fumaient tristement leur pipe. Carine avait les yeux rougis par ses larmes, et Marcel essayait de surmonter ses propres émotions, pour apaiser la douloureuse agitation de sa fiancée.

« Quel malheur! murmura Blondeau.

— Un malheur comme je n'en ai jamais vu, » dit le vieux pilote.

Et tous deux se turent; et dans la chambre où ils étaient assis, on n'entendait que le tintement monotone qui annonçait la fuite des heures, et le clapotement des vagues où venaient de périr neuf braves gens.

CHAPITRE XVI

O cœcas hominum mentes! o pectora cœca.
> Oh! aveugles esprits des hommes! oh! aveugles cœurs!

Avec la flexible résignation et la facile insouciance qui, en général, caractérisent le marin, il est probable qu'en d'autres lieux et en d'autres circonstances, les matelots de *la Rosa-Marie* auraient aisément oublié l'impression produite sur leur esprit par le désastre de la baleinière; mais dans leur isolement, sur cette sombre mer du pôle, nul incident récréatif ne pouvait les détourner de leurs pénibles réflexions. Quelques-uns d'entre eux étaient liés, depuis longtemps, avec ceux qui venaient de périr, et racontaient avec tristesse les divers voyages qu'ils avaient faits ensemble, et les regrettaient sincèrement. D'autres, plus jeunes, n'ayant jamais navigué dans les ré-

gions du Nord, se sentaient douloureusement
affectés par l'aspect continu de ces glaces, de ces
neiges, par cette froide température et ces orages
perpétuels. Tous se trouvaient, en outre, plus ou
moins découragés par l'inutilité de leurs efforts
pour faire, dans ces parages, la moisson mercan-
tile qu'ils avaient espérée. Puis Tromblon était là,
Tromblon qui se souciait peu de la mort de ses
compagnons, mais qui gardait dans le cœur, dès
le commencement de cette expédition, un sentiment de révolte, et n'aspirait qu'à le propager.

Le malheur qui venait d'éclater lui donnait une
occasion de répandre autour de lui le fiel de sa
mauvaise nature, et il saisit cette occasion avec
l'habilité et la promptitude de la méchanceté. Jusque-là il s'était tenu, la plupart du temps, à l'écart,
sombre et concentré en lui-même, comme un être
incompris. Après l'enterrement, il se rapprocha
de ses camarades ; il écouta, d'un air de commisération, leurs mélancoliques réflexions ; il se la-
menta avec eux sur le sort déplorable de ses braves
camarades ; puis bientôt il en vint à son but. Il
retraça toutes les déceptions que l'équipage avait
éprouvées depuis le départ de Hammerfest, et les
orages et les fatigues qu'il avait subis ; il dit ensuite que la saison pour la pêche était à peu près
passée ; que, dans quelques semaines, on arrive-

rait à l'hiver du Spitzberg, et alors il faisait un sinistre tableau des tempêtes, des désastres auxquels on était exposé.

Malheureusement elle n'est que trop étendue, la fatale chronique des mers boréales. Tromblon n'en connaissait pas même les pages les plus dramatiques; il ne savait pas l'histoire de Raven, qui, au XVIIᵉ siècle, emmenait au Spitzberg un navire monté par quatre-vingt six hommes, et qui, dans un seul ouragan, en perdit cinquante-sept, ni celle du capitaine danois Munk, qui vit périr de faim et de froid cinquante-deux de ses compagnons; ni celle du capitaine Rille, qui, après un horrible naufrage, erra pendant quatorze jours sur une frêle chaloupe, à la merci d'une mer effroyable; ni d'autres scènes de ce martyrologe de tant d'hommes qui, par un noble désir d'exploration scientifique, ou par une idée de spéculation, se sont aventurés dans les impitoyables régions du Nord. Mais il en savait assez pour fixer l'attention de ceux à qui il s'adressait, et déposer peu à peu un levain dangereux dans des esprits déjà ébranlés et faciles à tromper.

Sur un navire dont le nom est devenu célèbre dans les annales maritimes de l'Angleterre, sur le navire le *Bounty,* une vingtaine d'hommes, enchantés par les attractions de Tahiti, et ne pouvant se résoudre à y renoncer, s'emparent, un matin, de leur capitaine, le font descendre dans un canot, avec les hommes qui, dans cette rébellion lui restaient fidèles, puis l'abandonnent en pleine mer, et retournent avec le bâtiment vers leur île de Sirènes.

Tromblon n'en était pas encore venu à former un projet semblable; mais il était irrité de ce voyage, et il voulait obliger le capitaine à retourner à Dunkerque. Pour en arriver là, il prenait à tâche de surexciter les regrets de ses camarades, ou d'accroître leurs appréhensions. A tout instant il reprenait le même sujet d'entretien, tantôt isolément, avec un ou deux des plus jeunes et des plus crédules, tantôt dans les groupes qui se formaient, à certains moments de la journée, sur le gaillard d'avant. Parfois aussi, dans ses récits perfides, son animadversion à l'égard du lieutenant éclatait en sarcasmes :

« Ce beau monsieur! disait-il d'un ton acerbe, il s'inquiète peu de ce que nous avons à souffrir; il ne se fatigue pas les bras à haler les cordages ou à manier les avirons. Il a sa paye d'officier qui vaut mieux que la nôtre, et il a sa princesse qu'il ne désire pas quitter. »

Mais dès qu'il apercevait Lax ou Dambelin, il interrompait ses méchants propos : « Deux chiens

couchants, murmurait-il, deux traîtres ; il n'y a
rien à faire avec eux. » Et déjà quelques-uns de
ses compagnons étaient avec lui dans une sorte de
complicité, par la défiance qu'ils éprouvaient envers le vieux pilote et le fidèle timonier.

Cependant Dambelin avait, sans le vouloir, surpris quelques mystérieuses conversations et entendu quelques mots qui l'inquiétaient. Il crut
devoir en référer au capitaine, et l'honnête Blondeau, tout en le remerciant de ses bonnes intentions, ne crut pas devoir s'occuper de cette révélation :

« Les pauvres gens! ils ont souffert, dit-il, et
ils sont affligés de la mort de leurs camarades!
Qu'ils se plaignent un peu, c'est assez naturel,
mais ils sont incapables de projeter une mauvaise
action. »

Ce qui n'était d'abord qu'une émotion en réalité assez naturelle, comme le disait Blondeau,
prenait pourtant un caractère plus grave. La funeste influence de Tromblon se fortifiait; l'idée
d'insubordination, si ce n'est de révolte, germait
parmi les matelots. Quand une fois cette idée s'est
infiltrée dans des esprits ignorants et grossiers,
elle y couve comme un tison embrasé sous une
cendre chaude, et souvent il ne faut qu'un incident inattendu pour la faire éclater; sur un navire,

elle suffit pour pousser aux derniers excès une
réunion d'hommes, naguère paisibles et parfaitement disciplinés ; dans un royaume, elle enfante
l'émeute sanglante, hélas! et quelquefois les révolutions.

Tromblon continuait son œuvre, et nulle parole
salutaire n'en entravait le progrès. Il n'attendait
qu'une occasion favorable pour parler impérieuse-
ment à ses chefs. L'orage du Nord la lui donna.

Un matin, la brume des régions polaires, cette
brume plus lourde, plus intense que les plus épais
brouillards de Londres, se répandit dans l'espace.
Ciel et mer, contours de la baie et sommets des
montagnes tout était enveloppé dans une obscurité profonde. Blondeau fit allumer des falots, et
la lueur de ces lanternes suspendues au mât de
misaine et au grand mât ressemblait à celle des
lampes funéraires, dans la nuit d'une voûte sépul-
crale.

Tout l'équipage était réuni sur l'avant du navire, vivement impressionné par la subite extension de ces noires vapeurs. Pour les plantes
comme pour l'homme, la lumière est un élément
de vie : les fleurs dépérissent, si on les soustrait
à la clarté du jour, et le cœur de l'homme se trouble dans les ténèbres.

Le calme régnait encore sur les flots, mais c'était un de ces calmes sinistres qui ne trompent point le marin expérimenté, un de ces moments de silence solennel, où il semble que l'ouragan rassemble ses forces, comme un athlète, pour s'élancer dans son arène.

« Gare à nous ! dit Lax qui se tenait près de la dunette avec Marcel et le capitaine. La chaîne de l'ancre est solide, j'espère ?

— Une chaîne toute neuve, répliqua le capitaine.

— Les mâts bien plantés?

— Les meilleurs mâts de Dunkerque.

— Eh bien! j'ai idée que vous allez les voir se plier comme des branches de bouleau. S'il résistent à cette secousse, vous pouvez vous vanter d'avoir de fameux constructeurs. »

A peine achevait-il de parler, qu'un vent de nord-ouest se leva avec une telle force et une telle violence, qu'on eût dit tous les vents déchaînés dans les antres d'Éole; à son souffle impétueux, un iceberg, dont la base était minée par les flots, s'écroula dans la mer, avec un bruit pareil à celui d'une décharge de plusieurs batteries de canon. Les débris du gigantesque édifice et d'autres glaces flottantes furent poussés vers le navire. A la clarté vacillante des falots, on ne pouvait distinguer ni leur forme ni leur grosseur: on les voyait seulement scintiller dans l'ombre comme des lames d'acier.

« *God beware !* murmura Lax, en se passant la
main sur le front; la crise peut être plus grave que
je ne l'avais pensé. »

A ces mots, il prit une lanterne, et monta sur le
bastingage pour essayer de reconnaître le péril
qu'il appréhendait.

La Rosa-Marie était rangée par le travers,
ayant à tribord l'extrémité de la rade, et à bâbord
la pleine mer. Les glaces arrivaient par le flanc
droit et par l'arrière. Dans cette situation, il n'y
avait plus qu'un moyen de salut : c'était de déra-
per à l'instant et de fuir devant ces masses écra-
santes. Lax se hâta de faire part de ses observations à Blondeau et à Marcel, qui en reconnurent
la justesse.

Comme on n'avait pas le temps de lever l'ancre,
l'ordre fut donné de couper la chaîne et de préparer l'appareillage. Mais déjà les matelots obéissaient mal, et, avant que la manœuvre nécessaire
pour mettre le navire en mouvement pût être accomplie, il était cerné, bloqué, captif. Deux énormes bancs de glaces se collaient sur ses flancs; un
autre se jeta si violemment sous sa poupe qu'il la
souleva de plusieurs pieds; d'autres enfin serraient sa quille et son étrave comme dans un étau.

Au choc terrible qu'elle venait de ressentir, Carine monta tout effarée sur le pont.

« Descendez dans votre chambre, au nom du ciel ! lui dit Marcel : calmez-vous ; ce n'est rien qu'un accident passager ; mais, je vous en prie, ne restez pas ici. »

La jeune fille promena autour d'elle un regard désolé, puis leva les mains au ciel et s'éloigna.

En ce moment, d'autres blocs de glaces, roulant confusément de côté et d'autre, se rejoignant, se heurtant, venaient s'amonceler sur les premiers. On eût dit qu'une puissance infernale les lançait de toutes parts contre le téméraire bâtiment qui avait osé pénétrer dans ces parages, et que des titans invisibles les entassaient l'un sur l'autre comme des rochers. Et le ciel était toujours couvert d'un voile impénétrable, et le fracas de ces énormes masses, qui se précipitaient l'une contre l'autre, se mêlait au mugissement des flots et aux lugubres sifflements de la rafale.

Le côté gauche de *la Rosa-Marie* restait seul dégagé d'entraves ; par là, on pouvait encore s'échapper avec des chaloupes ; mais le navire résistait bravement à la violence de la tempête, et dans l'opinion de Lax, de Blondeau et de Marcel, il n'y avait nulle raison de l'abandonner.

Tout à coup, une voix vibrante se fit entendre.

« Sauve qui peut ! disait-elle. A la mer les chaloupes ! En haut les provisions !

— Qui se permet de donner de tels ordres? s'é-
cria Blondeau.

— C'est moi! répliqua fièrement Tromblon, en
s'avançant sur le gaillard d'arrière, avec son harpon à la main, suivi de six matelots armés de leurs
lances de pêcheurs.

— Eh quoi! dit le capitaine d'un ton ferme, une
révolte à main armée! Y songez-vous? Ne savez-
vous pas quel châtiment la loi inflige à un tel
crime?

— Il ne s'agit ni de crime ni de révolte, répliqua
Tromblon. Le fait est que nous en avons assez de
ce misérable pays où vous nous avez amenés. Nous
ne nous soucions point de devenir la pâture des
ours blancs, ou d'être écrasés dans ces montagnes
de glace. Nous voulons partir, et c'est moi qui
viens de donner l'ordre d'armer les chaloupes et
de tirer les provisions de la cambuse.

Misérable! » s'écria Marcel en s'élançant vers le
baleinier pour le saisir au collet.

Mais il fut retenu à la fois par le bras de Lax et
par celui de Blondeau, qui comprenaient très-sen-
sément la nécessité d'éviter une collision.

« Ne chantons pas si haut, mon jeune coq, dit
d'un ton farouche Tromblon en brandissant sa
lame acérée; je n'ai point oublié que nous avons
un compte à régler. On ne m'outrage point impu-

nément, et je sens encore brûler sur ma joue le
soufflet que vous m'avez donné. Ce soufflet, j'avais
juré que vous le payeriez de votre sang ; mais, toute
réflexion faite, je me vengerai mieux en vous laissant ici, sur ce navire, où vous souffrirez toutes les
tortures du froid et de la faim, avant de périr dans
votre naufrage. Quant à vous, capitaine, comme
vous êtes après tout un bon homme, si vous voulez
nous suivre, je veux bien vous emmener.

— Jamais ! s'écria Blondeau.

— Mes amis, dit Marcel en s'adressant aux matelots groupés autour de Tromblon, cet homme
vous trompe, vous égare ! Jusqu'à présent, vous
vous êtes conduits comme de braves gens : songez
à la faute que vous allez commettre ; il en est temps
encore.

— Nous voulons partir, répondirent d'une voix
sourde les matelots.

— Mais, malheureux que vous êtes ! reprit Lax,
pour échapper à un péril d'un instant, vous allez
au-devant d'une mort certaine. Ce navire est solide ;
vous le voyez, il n'a point été démâté par l'ouragan ni brisé par les glaces, et vous voulez...

— Tais-toi, vieil amphibie, s'écria vivement le
baleinier, qui redoutait l'effet de ces représentations ; tu nous as conté assez de sottes histoires ; tu
nous as assez leurrés par d'absurdes promesses ;

nous ne pouvons plus nous laisser tromper. Reste ici avec ton muscadin de lieutenant et ton oison de fille, et que le diable vous emporte! Maintenant, camarades, à l'œuvre, et vivement! »

A ces mots il s'éloigna d'un air superbe, en lançant à Marcel un regard de défi. Mais Marcel, avec sa vaillante nature, avait assez de raison pour comprendre qu'il y a des circonstances où l'homme vraiment énergique accomplit le plus grand acte de fermeté en réprimant sa propre ardeur; et certes, en ce moment de crise, une lutte avec Tromblon pouvait entraîner tout l'équipage dans un combat sanglant.

« Que faire? dit Blondeau avec une amère douleur.

— Il n'y a rien à faire, répliqua Dambelin, qui venait de se placer près de lui. Tous les hommes sont décidés à partir : les voilà qui préparent les embarcations et y jettent des provisions. J'ai vainement essayé de leur représenter leur folie. Tromblon, depuis huit jours, les a tellement subjugués, qu'ils n'écoutent que lui et n'obéissent qu'à lui.

— Et vous, dit Blondeau, vous nous restez?

— Certainement.

— Vous êtes un brave homme, repartit mélancoliquement le capitaine en lui serrant la main. Ce malheureux Tromblon! j'avais bien raison de le redouter. Mais je veux tenter encore un effort. Restez là, Marcel, je vous en prie instamment ; restez avec Lax, et vous, Dambelin, venez avec moi. »

En parlant ainsi, il s'avança sur le gaillard d'avant, et s'arrêta stupéfait à la vue du désordre qui y régnait : tous les matelots courant confusément de côté et d'autre, les uns détachant les cordages des chaloupes, les autres tirant de la cale les caisses de biscuit ou de salaison, et les brisant dans leur précipitation ; partout des coffres à moitié rompus, des vêtements épars, des lances et des harpons pêle-mêle avec des tonneaux défoncés : car, en s'affranchissant des liens de la discipline, les révoltés avaient commencé par se jeter sur les barils de bière ou d'eau-de-vie, et l'effervescence produite par leurs libations achevait d'aveugler leur jugement.

Blondeau prit un de ces hommes par le bras, et lui parla avec douceur.

« Assez causé comme cela, lui répondit cet homme à moitié ivre. En avant la clarinette et la polonaise ! »

Il s'adressa à un autre qui le repoussa brusquement pour lancer dans une des embarcations un rouleau de cordages.

Un troisième le regarda d'un œil hagard, et

menaça de l'assommer s'il voulait l'empêcher de
partir.

Tous enfin étaient dans un tel état de surexcita-
tion et de vertige qu'après plusieurs efforts réité-
rés, Blondeau reconnut l'impossibilité de les ramener à la raison.

Le baleinier qui, seul, au milieu de cette cohue
désordonnée, avait conservé son sang-froid, s'approcha du capitaine et lui dit d'un ton ironique :
« Vous le voyez, toutes vos belles paroles sont
inutiles ; nul de ces hommes ne vous écoutera et
ne vous obéira : c'est moi qu'ils ont choisi pour
leur chef. Eh bien ! je suis bon prince, et, si vous
voulez venir avec nous, à la condition de suivre
aussi mes volontés, je vous emmènerai.

— Allez ! je vous plains, répliqua Blondeau en
s'éloignant tristement, et Dieu vous punira comme
vous le méritez.

— Vieille bête ! murmura Tromblon. Il y a longtemps que ton bon Dieu ne s'occupe plus de moi,
si jamais il s'en est occupé.

— Rien à faire, rien ! dit le pauvre capitaine en
rejoignant Lax et Marcel, et ses mains serraient
convulsivement celles de ses compagnons, et deux
grosses larmes roulaient dans ses yeux.

— Allons ! dit Marcel, du courage, mon cher
Blondeau ; c'est un malheur, un affreux malheur !

mais, avec l'aide de la Providence, nous surmonterons tous nos périls.

— Oui, dit Lax; un coup de vent suffit pour nous délivrer de cette ceinture de glace, pour remettre le navire à flot, et nous sommes assez forts pour le ramener à Hammerfest.

— Assurément, s'écria Dambelin; j'ai vu arriver à la Havane un bâtiment qui venait de la Vera-Cruz. Tout l'équipage avait succombé en route à la fièvre jaune. Le capitaine était dans son lit, malade; sa femme, intrépide et infatigable, se mit au gouvernail et eut la gloire d'accomplir cette terrible traversée. Ce qu'une femme a fait, trois hommes vigoureux sont bien en état de le faire. Et toi aussi tu nous aideras, mon petit Frisquet? ajouta-t-il en se tournant vers le jeune mousse, qui depuis le commencement de cette scène sinistre, s'était tenu immobile et silencieux près du lieutenant, comme un épagneul près de son maître.

— Oui, oui, répliqua vivement Frisquet; je ferai tout ce qu'on voudra; je vous servirai, je monterai dans les hunes, je larguerai les voiles. Je suis fort et alerte! vous verrez.

— Pauvre enfant! » murmura Marcel en lui passant amicalement la main sur la tête.

En ce moment retentit de nouveau la voix de

Tromblon : « Tout est paré! cria-t-il ; au large! nage partout! »

Une clameur bruyante résonna dans les airs. Trois chaloupes filèrent à la suite l'une de l'autre à bâbord; un instant encore on les vit, à la lueur des falots, sillonner la rade, puis elles disparurent.

Elles disparurent à jamais. Ce qu'elles devinrent personne ne l'a su ; probablement elles furent écrasées et englouties dans un amas de glace, car nulle part on n'en a rien revu.

Au bruit incompréhensible qu'elle venait d'entendre, Carine, qui souffrait une mortelle anxiété, sortit de nouveau de sa chambre : elle vit le pont désert et les chaloupes fuyantes ; elle comprit ce qui s'était passé, et se jeta dans les bras de son père.

L'ouragan continuait à mugir, et les six pauvres êtres abandonnés restaient seuls.

CHAPITRE XVII

*Do not fear. Heaven is as near
By water as by land.*
LONGFELLOW.
Ne crains pas. Le ciel est aussi
près par mer que par terre.

Seuls! à la dernière extrémité dn globe! sous
un ciel plus rigoureux que celui des Cimmériens,
dont les anciens poëtes de l'antiquité dépeignaient
les nuages éternels avec une sorte d'effroi! Seuls,
sur une mer implacable, sur un frêle bâtiment qui,
d'un instant à l'autre, pouvait se briser dans la
pression des glaces!

Les pauvres délaissés restèrent l'un près de
l'autre, subjugués et atterrés par le sentiment de
leur situation.

Carine fut la première qui, dans ce moment
d'angoisse, prit la parole. Après sa subite émotion,
elle releva la tête, et, promenant autour d'elle un

doux regard : « Dieu, dit-elle, qui prend soin du passereau, Dieu qui veille si bien sur ses créatures, que, sans sa permission, pas un cheveu ne tombe de la tête de l'homme, Dieu ne nous abandonnera pas, si nous ne nous abandonnons pas nous-mêmes, si nous invoquons son secours, si nous avons foi en lui ! »

En parlant ainsi, la jeune fille avait cet accent d'enthousiasme qui pénètre dans les cœurs, et sur sa physionomie rayonnait une indicible expression de religieuse croyance. Aux yeux de ses compagnons, elle apparaissait, dans sa suave et placide beauté, comme un ange de consolation.

Les paroles qu'elle venait de prononcer n'étaient point le langage trompeur d'une émotion factice ; elle avait réellement l'âme calme et confiante. « L'âme, a dit un écrivain latin, est plus là où elle aime, que là où elle respire [1], » et la chaste Carine avait en ce moment, près d'elle, tout ce qu'elle aimait : son père et son fiancé.

« La petite a raison, dit Lax; il ne s'agit pas de rester ici à nous apitoyer sur notre sort, mais de prendre nos précautions pour surmonter les dangers qui nous menacent. Allons voir, d'abord, si le navire n'a point été endommagé par les glaces.

1. *Anima magis est ubi amat, quam ubi animat.*
                                                    (Aust.)

— Aide-toi, le ciel t'aidera, » ajouta Blondeau, qui, à défaut d'un de ses proverbes espagnols, trouvait une sentence de La Fontaine; et il se dirigea avec Lax vers l'entrée de la cale.

Dambelin les suivit avec une lanterne, puis Marcel, qui, à vrai dire, s'éloignait à regret de Carine.

Le vieux pilote craignait que le choc impétueux des glaces n'eût entr'ouvert les flancs du navire : mais il n'en était rien. Si, à l'extérieur, la charpente de *la Rosa-Marie* était entamée, à l'intérieur on ne découvrait aucune fissure, aucune voie d'eau.

« Brave bâtiment ! dit Lax en frappant de côté et d'autre avec une gaffe, pour en sonder l'épaisseur; ferme dans la tempête, bon voilier! Avec de pareilles solives, on peut aller loin, et, ma foi! je serai content de voir les chantiers où on les taille.

— Oui, oui, répliqua Blondeau avec une naïve satisfaction; ce navire fait honneur à l'habileté de nos ouvriers et aux soins de M. Vanskep. Hélas! pourvu qu'au moins je puisse le lui ramener! Mais, à présent, regardons où nous en sommes de nos provisions. Ces malheureux, dont je n'ai pu réprimer la folie ni retarder le départ, ont peut-être tout saccagé. »

La soute aux vivres était, en effet, dans un effroyable état de délabrement. Les déserteurs, craignant à toute minute de voir se fermer le dernier passage ouvert à leur fuite, avaient, dans leur précipitation, bouleversé l'arrimage et dévalisé la cale. Cependant ils n'avaient pu tout enlever; ils avaient même, dans le désordre de leurs mouvements, oublié ou négligé de prendre ce qui devait exciter le plus leur convoitise, une tonne de vin, un baril de genièvre et une futaille de bière. En fouillant dans cet amas de coffres violemment décloués, de planches éparses, Blondeau trouva une caisse de biscuit encore intacte, une autre remplie de viande salée, et Marcel, à sa grande joie, en découvrit une troisième qu'il avait lui-même fait préparer à Dunkerque, et sur laquelle était écrit en grosses lettres : *Pamican.* Probablement elle avait échappé à la rapacité des matelots, par la vertu de cette inscription dont ils ne comprenaient pas la signification. Pour ceux à qui ce mot, d'origine américaine, serait également étranger, nous devons dire que le *pamican* est de la chair de bœuf de première qualité, desséchée au soleil ou à un feu modéré, de façon à ce qu'elle se détache de toutes ses parties aqueuses, puis réduite en poudre, passée au tamis, mélangée ensuite avec de la graisse et pressée fortement.

Dans le plus petit volume, cette préparation renferme la substance la plus nutritive. Quelques feuilles de cet arbuste du Pérou qu'on appelle le *coca*, suffisent à l'Indien pour soutenir ses forces dans une longue marche; un morceau de *pamican* suffit, au besoin, pour alimenter le matelot dans les stériles régions du Nord.

Les Anglais, ces hommes pratiques par excellence, n'ont pas tardé à reconnaître l'utilité de cette composition culinaire qui occupe si peu de place. Les capitaines qui, il y a quelques années, furent envoyés à la recherche de Franklin, emportaient une provision de *pamican* pour leur propre usage, et une autre qu'ils enfouissaient sur la plage, à un endroit déterminé, pour les bâtiments qui devaient les suivre [1].

« Nous sommes sauvés ! s'écria Marcel en retournant sa caisse pour s'assurer qu'elle était parfaitement intacte : avec cette excellente denrée, que M. Vanskep a bien voulu accorder à ma requête, et dont j'ai surveillé avec soin la confection, nous ne courons pas risque de mourir de faim, dussions-nous rester ici plusieurs mois. »

[1]. Un de ces capitaines, M. Richardson, en avait à bord de son navire 17 400 livres pour lesquelles on avait employé 35 650 livres de bœuf et 7500 livres de lard. Pour donner plus de saveur à cet aliment, il y avait mélangé 280 livres de sucre. Ce *pamican* revenait à 3 f. 20 cent. le kilogramme.

Plusieurs mois ! En prononçant ces mots, le jeune lieutenant croyait faire une aventureuse hyperbole, et il restait au-dessous d'une fatale réalité.

L'ouragan s'était apaisé. Le vent avait tourné tout à coup du nord au sud ; mais cette variation de l'atmosphère ne changeait rien à la critique situation de la *Rosa-Marie*. La température n'était pas assez chaude pour dissoudre les glaces entassées autour du navire, et la brise n'était point assez forte pour les disjoindre ; elles l'étreignaient comme un mur de circonvallation ; elles semblaient liées l'une à l'autre par un ciment indissoluble. Quelques blocs flottants, qui peu à peu s'étaient rejoints, avaient même fini par obstruer le côté de bâbord, par où Tromblon s'était enfui. Il ne restait plus une seule issue pour échapper à cette incarcération, pas même avec un léger canot.

Blondeau et Marcel espéraient encore qu'un heureux coup de vent entr'ouvrirait ces infranchissables remparts. Lax, plus expérimenté, se promenait pensif du gaillard d'avant au gaillard d'arrière, regardait de côté et d'autre l'horizon, et secouait tristement la tête.

Les oiseaux, qui ont leur calendrier, annonçaient, par leurs mouvements, l'approche de la

rigoureuse saison. Les eiders s'appelaient deçà et
delà, et se réunissaient sur la plage pour se former
en phalange, et briser, par leur bande triangulaire,
les courants d'air ; les oies s'envolaient en groupes
serrés comme des flocons de neige ; les sterco-
raires eux-mêmes, ces brigands aériens, abandon-
naient les lieux où bientôt ils ne pourraient plus
se livrer fructueusement à leurs habitudes de dé-
prédation. L'une après l'autre, ces légions de
transfuges s'élevaient sur la côte, tourbillonnaient
autour du navire : les uns, par leurs gloussements
plaintifs, semblaient lui adresser un dernier adieu ;
les autres, par leurs cris rauques et stridents, semblaient se railler de son immobilité.

« Ils s'en vont, les coquins d'oiseaux, disait
Dambelin en riant, et ils seront dans notre pays
avant nous. Si du moins ils voulaient bien se charger de nos commissions ! En voilà un qui plane
au-dessus des autres, comme s'il était le chef de la
caravane : je lui mettrais volontiers au col une
lettre pour ma femme ; il n'aurait qu'à la laisser
tomber sur la côte de Dunkerque ; un facteur ru-
ral peut-être la ramasserait et l'enverrait à son
adresse. »

Mais Lax ne riait pas, et Carine, à qui cette
migration rappelait une des scènes périodiques
qu'elle se plaisait autrefois à observer, en Suède,

avait été prendre dans son armoire un volume
de poésie dont elle cadençait les strophes à voix
basse.

« Que murmurez-vous donc ainsi? lui dit Marcel. A vous voir drapée dans votre manteau noir,
la tête penchée sur votre livre, l'œil animé et les
lèvres mouvantes, on vous prendrait pour une si-
bylle qui se prépare à formuler un oracle.

— Un oracle de la nature et de la vie humaine,
répondit Carine; un chant mélancolique de mon
cher poëte Stagnelius, que j'ai souvent lu dans ma
première jeunesse, et que je ne relis jamais sans
une indéfinissable émotion : voulez-vous que je
vous le traduise?

— J'en serai charmé, et, puisqu'il vous plaît,
j'apprendrai aussi à le traduire.

— Il a pour titre, reprit Carine, *Flytfaglarne*,
les oiseaux de passage. Asseyez-vous là; je vais
vous le dire :

« Voyez les oiseaux qui s'envolent; ils quittent
en soupirant les contrées du Nord; ils s'en vont
vers les rives étrangères, et leur chant plaintif se
mêle au murmure du vent : où nous envoies-tu,
ô Dieu? s'écrient-ils; sur quels bords nous appelle
ton message?

« Nous quittons avec inquiétude la terre scandinave. Là, nous avions grandi; là, nous étions

heureux; sur les tilleuls en fleur nous avions construit notre nid; le vent nous berçait sur les rameaux parfumés. A présent, il faut que nous nous
élancions dans les lieux inconnus.

« Dans les forêts, la nuit était si belle avec sa
couronne de rose, avec ses cheveux d'or! Nous ne
pouvions dormir tant elle était belle! nous nous
assoupissions seulement dans notre joie, jusqu'à
ce que le matin vînt nous réveiller du haut de son
char étincelant.

« L'arbre vert étendait au large ses rameaux,
versant sur le frais gazon, sur la rose tremblante,
les gouttes de rosée qui brillaient comme les perles. Maintenant, le chêne est dépouillé de son
feuillage, la rose est flétrie. Le bruit de la tempête
a remplacé le souffle léger du vent, et la riante
parure de mai est cachée sous la neige.

« Que ferions-nous plus longtemps dans le
Nord? Chaque jour son horizon devient plus étroit
et son soleil plus pâle! A quoi nous servirait de
chanter? Toute cette terre est comme un tombeau.
Dieu nous a donné des ailes pour fuir dans l'espace. Salut à vous, salut, vagues orageuses de la
mer!

« Ainsi les oiseaux chantent en s'éloignant.
Bientôt ils atteignent une contrée plus belle. Là,
les pampres se balancent à la cime des ormeaux:

22

les ruisseaux gazouillent sous les branches de myrte, et les forêts résonnent d'un chant de joie et d'espérance.

« Quand ton bonheur terrestre se change en regret; quand le vent d'automne commence à gémir, ne pleure pas, pauvre âme ! Au delà des mers, une autre contrée sourit à l'oiseau fugitif. Au delà du tombeau, il est une autre demeure dorée par les rayons d'un matin éternel. »

Carine prononça ces derniers vers avec une expression de tristesse qui résonnait comme un soupir dans le cœur de Marcel. Pour faire diversion à la mélancolique impression de sa fiancée, il s'écria :

« Nous répéterons, ma chère Carine, cette strophe finale quand nous serons vieux; à présent nous pouvons dire : Au delà de ce désert du pôle, il est une autre contrée éclairée par un doux soleil, épanouie entre deux mers comme un riant jardin entre deux lacs, défendue d'un côté par de hautes montagnes, comme une antique seigneurie par ses tours crénelées, et de l'autre se déroulant en une immense plaine, comme une pensée dont rien ne limite le développement; terre féconde et magnifique, qui, sous son ciel tempéré, réunit dans ses différentes zones les richesses de différents climats : les produits agricoles des régions du Nord et les plantes embaumées du Midi, les sites les plus agrestes, les scènes de la nature les plus grandioses et les images les plus riantes ; cher et charmant pays habité par un peuple dont le temps ni les révolutions ne peuvent amortir la puissante vitalité, dont la fibre mobile palpite à une pacifique idée d'art ou de science, comme au son belliqueux du clairon! peuple avide de tout essai nouveau, et tourmenté d'un perpétuel besoin d'action! peuple toujours jeune, souvent emporté par son ardeur hors des bornes de la raison, souvent, hélas! aveuglé par son effervescence, et renversant, en ses heures de vertige, l'édifice qu'il avait lui-même sagement construit en ses jours de calme! peuple unique dans le monde et parfois incompréhensible, mais si brave, si généreux, qu'il attire à lui la sympathie de tous les autres peuples, qu'il les entraîne dans son élan, qu'il les éblouit par son courage, et qu'il se fait pardonner ses erreurs par ses propres sacrifices, par la grandeur de son désintéressement! Ce peuple, c'est celui auquel je suis fier d'appartenir; ce pays, c'est la France où je veux vous emmener. *Dahin! Dahin!* Si je savais chanter, je vous chanterais, en pensant à la France, cette mélodieuse prière de la Mignon de Goëthe.

— La France! la France! » murmura la jeune

fille; et dans sa voix il y avait un accent plaintif, et dans son regard une sorte de vague inquiétude.

Parfois, dans la pure sérénité d'un jour d'été, une ombre flottante se projette sur un lac azuré, et en voile un instant la surface limpide. Parfois il suffit d'un nuage qui passe sur le disque du so- leil pour contracter les folioles des mimosas. Par- fois, à l'heure la plus placide, l'âme humaine est comme l'eau de ce lac, comme cette feuille délicate du mimosa. Une ombre subite la traverse, un nuage la fait frissonner. Est-ce un rêve, un pres- sentiment, une indéfinissable intuition? Que les physiologistes discutent et analysent de différentes manières ces phénomènes mystérieux, ils ne peu- vent du moins les nier.

Mais cette impression de tristesse, dont Carine ne pouvait elle-même se rendre compte, ne fut pas de longue durée. Elle avait trop de générosité dans le cœur pour s'abandonner indolemment à une émotion toute personnelle, et trop de fermeté na- turelle pour ne pas pouvoir la réprimer. Un ins- tant après elle relevait la tête; elle regardait Mar- cel en souriant, et, lorsque son père reconnut qu'il n'y avait plus d'espérance de voir les glaces se rompre, et lorsqu'il fut obligé de lui avouer qu'il fallait se résoudre à rester dans cette barrière im- muable tout l'hiver, elle écouta cette douloureuse révélation avec une calme fermeté. Elle avait cette rare énergie qui s'applique à supporter patiemment le malheur contre lequel on essayerait en vain de lutter, et cette religieuse résignation qui, dans un désastre imprévu, s'incline sous la volonté de Dieu.

Par sa douceur, par sa modestie et sa tranquillité, elle était comme une image vivante de cette gracieuse figure dépeinte par Dante :

Benignamente d'umiltà vetvsta.

« Bénignement vêtue d'humilité. »

CHAPITRE XVIII

Winter armed with terrors here unknown
Sits absolute on his unshaken throne,
Proclaims the soil a conquest he has won,
And scorns to share it with the distant sun.
W. COWPER, *The greenland missionaries.*

L'hiver, avec des terreurs inconnnes parmi nous, trône en maître absolu sur son siége inébranlé, proclame sa conquête sur le sol dont il s'est emparé, et refuse dédaigneusement de la partager avec le soleil lointain.

Les dernières observations du vieux pilote n'étaient que trop justes. Lorsque, à la fin de l'été, c'est-à-dire de ces deux ou trois mois de température attiédie qu'on appelle l'été du Spitzberg, un bâtiment se trouve cerné comme l'était *la Rosa-Marie*, il doit rester immobile et captif tout l'hiver, et ce qui peut lui arriver de plus heureux, c'est que les glaces se condensent graduellement autour de lui sans l'écraser.

Déjà le froid se faisait rigoureusement sentir. La neige, en tombant sur les remparts du navire,

s'y durcissait un instant après, et y formait une
nouvelle croûte compacte. La mer aussi commençait à se congeler, et, lorsqu'une fois elle subit
cette influence de la température, elle en vient
bientôt à se solidifier. Près de l'île Melville, à
74° 45' de latitude, le capitaine Parry a vu, dans
l'espace de vingt-quatre heures, l'eau de la mer se
transformer en une masse de glace de cinq pouces
de profondeur. *La Rosa-Marie* stationnait au 80°
degré, à dix degrés du pôle.

La durée du jour diminuait rapidement. Ce soleil pâle, mais opiniâtre, qu'on voyait, il y a quelques semaines, tournoyer perpétuellement dans
le ciel, ne se levait plus que très-tard, comme un
voyageur fatigué d'une marche pénible, et s'éloignait après une courte apparition. Mais il semblait
s'éloigner à regret, et parfois, après qu'il avait
quitté l'horizon, ses dernières clartés se prolon-
geaient par la réverbération des fields et des
icebergs, imprégnés de ses flots de lumière; parfois aussi, à son lever et à son coucher, il avait
des rayonnements superbes. Par la réfraction des
molécules de glace disséminées dans l'atmosphère,
il éclatait en *halos*, en *couronnes*, en *parhélies*. Un
matin, Carine et Marcel, qui ne perdaient pas
une occasion d'observer ces phénomènes du Nord,
le regardaient avec une muette admiration dans

une de ses magiques apparitions. Son disque rouge était entouré de cinq grands cercles où brillaient toutes les couleurs prismatiques de l'arc-en-ciel. On eût dit la fabuleuse escarboucle des contes de fées, suspendue dans les airs, au milieu de cinq colliers de pierres précieuses. Une autre fois, par ce même effet de réfraction, il se dédoublait et se triplait. Marcel, en contemplant cet imposant spectacle, se rappelait que dans son enfance on lui disait que, s'il était sage et se levait de bonne heure, il pourrait voir trois soleils le jour de la Trinité. Cette promesse, dont il avait fini par rire, il la voyait réalisée. Il voyait en effet luire à la fois devant lui trois soleils, réunis l'un à l'autre par une bande blanche, comme trois rubis par une lame d'argent.

Mais c'étaient là comme les derniers regards et les derniers adieux de l'astre fugitif qui allait éclairer un autre hémisphère. Bientôt on ne devait plus distinguer un seul de ses rayons ; bientôt la terre du Spitzberg devait être, sous son linceul, ensevelie dans une nuit profonde, comme un ca- davre dans les ténèbres de tombeau !

Il fallait se résigner à ce cruel hivernage, et prendre toutes les précautions nécessaires pour se garantir autant que possible de ses rigueurs. Dambelin et Frisquet ne pouvaient plus rester dans l'entre-pont, ni Blondeau et Marcel dans la dunette. Il installèrent, ainsi que Lax, leurs hamacs dans la chambre du capitaine. Cette chambre, heureusement assez vaste, et garnie d'un bon poêle, devait être leur salle à manger, leur demeure à tous, leur dortoir et aussi leur cuisine. Carine conservait sa cabine pour s'y retirer le soir. Étoupes et goudron, tout fut mis en œuvre pour calfater les cloisons et les jointures de ces deux pièces, car on avait à se défendre contre un ennemi redoutable, contre le froid. De grosses toiles à voiles, rejointes l'une à l'autre par une forte couture, furent déroulées entre les mâts, étendues à huit pieds de hauteur comme une tente, et liées de chaque côté aux bastingages. Elles formaient ainsi sur le pont une sorte de toiture assez ferme pour supporter le poids de la neige, et disposée de façon à ce qu'on pût la relever de côté et d'autre par un beau temps. Deux semaines furent employées à ces œuvres essentielles. Puis les caisses de provisions et les tonnes de liquides furent descendues en partie dans la salle habitée par la petite colonie, et en partie rangées dans les cabines voisines. Marcel, qui par ses lectures avait acquis des connaissances spéciales sur les contrées boréales, dirigeait ces divers préparatifs, stimulait lui-même le zèle de ses compagnons par son propre labeur. Il savait qu'une des lois d'hygiène les plus essentielles, dans un de ces périlleux hivernages, c'est l'activité. Dès que les premiers travaux qu'il avait prescrits, et auxquels chacun avait pris part, même Carine, furent accomplis, il rédigea un plan de vie journalière qu'il soumit à Blondeau, et qui fut admis par toute la communauté.

Dans ce programme, il indiquait le régime d'alimentation qu'on devait suivre; il avait fait le compte des provisions qui restaient à bord, et en avait réglé la distribution. Il demandait instamment qu'on se lavât régulièrement les mains et le visage avec de la neige, et il exigeait que chaque jour, à moins d'une impossibilité absolue, on fît une longue promenade sur le pont, et qu'on essayât même de descendre à terre. Il aurait bien voulu trouver, comme Ross et Parry, quelques autres récréations. Mais il ne pouvait, comme ces commandants d'un nombreux équipage, organiser un théâtre ni fonder un journal. Le hasard lui suggéra une autre idée : il remarqua, un soir, que Dambelin, dans une heure de loisir, taillait assez habilement, avec son couteau, une figure de fantaisie dans un morceau de bois; il l'engagea à façonner des dés et des dominos. L'industrieux Dambelin, encouragé dans ce nouveau métier par les éloges qu'on lui donnait, en vint même à découper, avec des planchettes, un jeu de cartes sur lesquelles Marcel dessina, avec de la craie rouge et avec de l'encre, des rois et des dames, des valets et des as, et tous les points rouges ou noirs que pouvait réclamer un joueur de whist ou de piquet. C'étaient des cartes plus primitives que celles qui, au dire du savant Tiraboschi, existaient en Italie dès le XIIIe siècle, et auxquelles se rattache l'invention de la gravure sur bois ; plus primitives aussi que celles qui, en France, furent mises en usage sous le règne de Charles VI ; mais elles n'en devaient pas moins avoir leur utilité. Un ingénieux courtisan avait employé les cartes pour distraire un roi dans sa démence ; les pauvres solitaires de la *Rosa-Marie* préparaient un même moyen de distraction pour leurs longues et ténébreuses veillées.

Un des plus grands dangers d'un hivernage dans les mers du Nord, c'est le scorbut, cette maladie hideuse qui décompose le sang, gangrène les gencives et lacère la peau. Marcel connaissait, par les relations des différents navigateurs, les terribles effets du scorbut, et les mesures auxquelles on doit avoir recours pour le combattre ou le prévenir. Il y songeait en rédigeant le judicieux programme qu'il avait présenté à Blondeau,

en fixant pour chaque repas une ration très-mo-
dérée de vin ou de bière, en prescrivant un exercice régulier et des soins de propreté minutieux.
De plus, il avait employé tous les moyens qui
étaient en son pouvoir pour entretenir, dans la
demeure de la petite communauté, une assez
bonne température. Il ne lui était pas possible
d'imiter les divers procédés de chauffage, de dessiccation et de ventilation pratiqués par Ross et
Parry en une position semblable. Il ne possédait
point les ressources d'un grand bâtiment anglais,
et il n'avait que cinq auxiliaires, en y comprenant
Frisquet et Carine. Tous du moins l'aidaient de
leur mieux et se montraient très-dociles à ses
volontés.

Il est des circonstances critiques où l'homme
qui, jusque-là, n'occupait qu'un poste subalterne,
s'élève tout à coup au premier rang et, par ses
qualités particulières, par sa force morale, devient
le maître de la situation, un maire du palais rem-
plaçant un roi, un colonel prenant la direction
d'un siége : c'est ce qui arrivait à Marcel. Sans y
penser, sans prendre un air d'autorité, mais en
consultant au contraire, à chaque instant, Blondeau avec un sincère sentiment d'affection et de
déférence, il devenait en réalité le vrai capitaine
de la Rosa-Marie.

Le vieux pilote s'enorgueillissait de cette prédominance de celui à qui il avait donné sa bénédiction paternelle, de celui qui devait être son gendre. Carine l'observait dans sa vive, intelligente action, avec un sentiment d'amour, et Blondeau, le bon et modeste Blondeau, lui disait avec une cordiale confiance : *Va donde vas, como vieres, asi hace* [1].

Et Marcel allait et agissait perpétuellement, comme la prudente fourmi qui, après un désastre, travaille à réparer les brèches de son édifice, ou qui amasse ses provisions pour la mauvaise saison.

Il n'est pas beaucoup d'hommes dont la vocation soit aussi simple que celle des habitants des îles de l'Océanie, qui ont assez fait, dit-on, pour eux et pour leur postérité, s'ils ont seulement planté dix arbres à pain. Dans les phases les plus heureuses de notre monde européen, dans les jouissances les plus complètes de la fortune, chacun a, selon son état spécial, de plus sérieux devoirs à remplir. Dans les heures néfastes, ces devoirs s'aggravent et se multiplient, selon la nature et la durée de la crise qui les impose.

Marcel se trouvait dans une de ces périlleuses occurrences où l'homme de cœur, vers lequel se

1. Va où tu vas, et selon ce que tu verras, agis.

tournent des regards inquiets , ne doit pas seulement s'occuper de lui, mais de ceux qui l'entourent; et à vrai dire, il pensait moins à son propre
salut qu'à celui de ses compagnons, surtout à
celui de la jeune fille aimée, dont le ciel semblait,
en ces jours sinistres, lui avoir confié la destinée.

Après avoir coordonné ses arrangements dans
l'intérieur du navire, il lui restait encore une précaution à prendre contre le danger du scorbut. Il
se rappela que, dans une de ses excursions à
terre, il avait remarqué un endroit tapissé de cochléaria, cette plante que la nature, dans une de ses
lois de compensation, fait germer aux lieux où
l'homme peut en avoir le plus grand besoin ,
comme elle place en tant d'autres lieux l'antidote à
côté du poison : il résolut d'en faire une provision.
Seulement, il n'était pas facile d'atteindre la plage,
à travers la large barrière qui entourait le navire ;
mais le travail qu'il fallait accomplir pour vaincre
cette difficulté lui plaisait comme un salutaire
exercice.

Un matin, il descendit dans la cale avec Dambelin, en tira des marteaux, des pioches, et dit à ses
compagnons : « Nous ne devons pas rester ici enfermés comme des prisonniers dans une forte-
resse. Ces murailles de glace ne permettent pas à
notre brave *Rosa-Marie* la moindre évolution ;

mais nous pouvons du moins nous ouvrir une brè-
che dans ces énormes blocs qui se sont si bien
soudés l'un à l'autre, fallût-il les creuser comme
des mines, et les faire sauter avec de la poudre.
Qu'en dites-vous, capitaine?

— Sur ma foi! répondit Blondeau, je ne serais
pas fâché de faire une petite promenade à terre.
Les jambes ici s'engourdissent, et j'ai besoin de
respirer le grand air, quoiqu'il vous sabre les mains
et le visage comme une lame d'acier.

—Enveloppez-vous avec soin de votre burnous;
couvrez-vous la tête avec votre capuchon; chaussez
vos grandes bottes; surveillons-nous l'un l'autre ré-
ciproquement, et, si nous remarquons que le nez
de l'un de nous commence à blanchir, hâtons-nous
de l'en avertir et de le frotter, bon gré mal gré,
avec une poignée de neige. C'est le service charitable que les Lapons, les Samoyèdes, les Russes,
se rendent en hiver, et nous sommes dans un pays
plus féroce que celui des Russes. »

Les quatre hommes se mirent à l'ouvrage avec
Frisquet, qui les égayait par sa vivacité; Carine
voulait aussi les aider, et se vantait de manier
d'une main ferme la pique et le hoyau. Mais Lax lui
dit qu'elle n'était qu'une vaniteuse petite fille; Marcel se moqua impertinemment de sa présomption;
elle écouta en riant ses injures, et resta appuyée

sur le bastingage comme une de ces princesses
des contes féeriques, captive dans un château enchanté, et encourageant du regard les preux che-
valiers qui tentent de la délivrer.

Au premier coup que Lambelin frappa, d'un
bras vigoureux, sa hache rebondit sur la glace
comme sur un bloc de marbre. Il fallut prendre
d'autres ustensiles, et l'on eut recours au ciseau
et au marteau du tailleur de pierre. A l'aide de ces
instruments, on enlevait des éclats de glace comme
des copeaux dans le tronc d'un chêne ; on creusait des entailles. Marcel voulait parvenir à former
une sorte de gradins par lesquels Carine pourrait
elle-même descendre dans la rade. Toute la journée fut employée à ce rude labeur. Le soir, après
avoir pris son verre de grog, en fumant sa pipe,
Blondeau s'endormit près du poêle, épuisé de fatigue.

Le lendemain, un temps calme favorisait les pa-
tients travailleurs ; ils continuèrent leur tâche, et
quelques jours après, enfin, ils avaient réussi à se
frayer un passage et à découper une espèce d'escalier inégal, raboteux, mais pourtant assez commode.

Marcel alla chercher Carine, et la prenant par
la main, et la soutenant dans sa marche, avec la
précaution d'une mère qui guide les premiers pas

d'un enfant, la conduisit sur la couche de glace
du golfe, puis de là dans le ravin où il voulait
récolter le cochléaria. Là il fallut faire, avec des
bêches et des pelles, un nouveau travail, fouiller
dans la neige; mais cette tâche était plus facile
que la première, et bientôt on découvrit sous son
linceul la verte plante, image d'un éternel principe de vie, sous le simulacre de la mort.

« Cueillons ensemble cette herbe, dit Marcel à
Carine, et gardez-la vous-même pour nous en dis-
tribuer de temps à autre une salutaire potion.
Soyez notre prudente pharmacienne, notre sœur
de charité, notre petite sœur des pauvres. C'est
le nom que l'on donne en France à une nouvelle
communauté religieuse qui fait des miracles de
bonnes œuvres.

La jeune fille remplit une sacoche des plus belles
touffes de cochléaria, et remonta sur le navire,
toute joyeuse de la nouvelle mission qui lui était
confiée.

Il était temps que la courageuse entreprise de
Marcel fut achevée, car tout à coup le froid devint
si violent, que ni lui ni ses compagnons n'auraient
pu la continuer. Un jour, les cercles des tonnes
de bière rangées dans une cabine éclatèrent; le
liquide qu'elles contenaient s'était transformé en
une masse compacte. En la faisant fondre, on

n'en obtenait plus qu'une boisson sans saveur.
Un autre jour, les barils de vin furent gelés à
moitié, et bientôt on remarqua que le mercure
même du thermomètre avait déjà perdu une partie de son élasticité ; encore quelques degrés de
plus, et il se condensait en un globule inerte.

Marcel exigeait cependant, d'une façon absolue,
la promenade sur le pont, et lui-même y entraî-
nait Carine, et Blondeau le suivait tout en grom-
melant parfois, et tous marchaient précipitamment pour se réchauffer, et quelquefois sautaient
comme des écoliers ; mais, dès qu'ils étaient re-
descendus dans leur retraite, ils se serraient l'un
contre l'autre autour du poêle. Malgré la chaleur
de ce poêle, alimenté par du charbon de terre,
malgré les bourrelets dont toutes les portes étaient
garnies, le froid y pénétrait encore de telle sorte
que la vapeur du foyer se gelait à l'autre côté de
la chambre, et formait une couche de givre sur les
parois. On ne pouvait, sans une vive souffrance,
toucher à un ustensile en fer ou en cuivre. Une
fois Dambelin, occupé à réparer une cloison, mit,
sans y prendre garde, un clou dans sa bouche,
comme font souvent les menuisiers, et lorsqu'il
voulut l'en retirer, le clou adhérant par l'action du
froid à ses lèvres, en enleva la peau.

Grâce aux conseils et aux encouragements de

Marcel, toute la petite communauté pourtant cherchait à s'occuper. Dambelin fabriquait, sous la
direction de Lax, des piéges pour les renards et
les ours, qui ne pouvaient manquer, disait le vieux
pilote, de faire plusieurs visites au navire; Blondeau, qui comprenait la nécessité de ne pas s'a-
bandonner à une morbide indolence, s'associait
aussi de son mieux à ce travail de charpenterie. Le
jeune lieutenant continuait tour à tour ses études
de mathématiques et de langue suédoise. Carine
tricotait ou cousait. Frisquet, dont l'éducation
première avait été si négligée, apprenait à lire et
à écrire. Puis, quelquefois, Blondeau et Lax faisaient ensemble une partie de piquet, et quelquefois on étalait sur la table les dominos façonnés
par l'industrieux Dambelin. Alors les six captifs
jouaient ensemble. Le capitaine avait retrouvé
dans son armoire un petit sac de noix qu'il répartit
également entre tous. Ces noix remplaçaient la
monnaie métallique, comme les coquillages, les
cowries, parmi certaines peuplades de l'Inde
orientale.

Et l'on se passionnait pour ce rustique enjeu,
comme les joueurs de Hombourg ou de Bade pour
les piles de ducats ou de billets de banque, et dans
la sombre cellule de *la Rosa-Marie* résonnaient
parfois des clameurs bruyantes comme dans une

réunion d'étudiants, sous les larges plafonds d'un des cafés du quartier latin.

Marcel criait plus haut que tous les autres, pour animer ces parties. Car, parfois, il relisait les relations les plus dramatiques des hivernages dans le Nord, et par ces lectures il voyait qu'il devait sans cesse prendre à tâche d'écarter de ses compagnons les dangers de la torpeur et de l'ennui. Carine, comme si elle eût deviné ses intentions, affectait de prendre un vif intérêt à ces parties, et quelquefois, pour les égayer, taquinait ses adversaires :

« Vous comptez mal, » disait-elle à son père; « vous trichez, » disait-elle à Blondeau; et le vieux pilote lui reprochait en riant son impertinence; et l'honnête Blondeau, qui, de sa vie, n'avait eu l'idée de la moindre tricherie, se hâtait de démontrer sa parfaite loyauté.

« C'est bon! c'est bon! s'écria-t-elle alors; vous êtes bien fier, aujourd'hui, parce que vous m'avez gagné la moitié de mon capital; mais attendez à demain, j'aurai ma revanche! »

Un ajournement au lendemain, c'est un lien dans le temps, c'est un espoir ou une consolation. Ceux-là seuls sont vraiment malheureux qui, en s'apitoyant le soir sur leur situation, n'osent se dire : A demain!

Vers la fin d'octobre, le soleil se levait au sud-sud-est, se dessinait comme une ligne arrondie, terne et sans chaleur, un peu au-dessus de l'horizon, puis bientôt s'effaçait au sud-sud-ouest. Au commencement de novembre, il disparut complètement. Pendant un long espace de trois mois, on ne devait plus le revoir, et comme l'a dit, dans son naïf langage, un vieux marinier de Hollande qui séjourna tout un hiver dans les régions arctiques : « C'était chose bien fâcheuse d'estre sans la clarté du soleil, et qu'il falloit estre privé de la plus excellente créature de Dieu, laquelle faict resjouir tout l'univers. »

Mais jusqu'aux dernières limites du globe, l'homme doit voir la lumière céleste qui pénètre dans les profondeurs du chaos, la lumière, ce vêtement de Dieu !

Pendant tout l'été, le soleil avait, comme un maître jaloux, éclipsé le cours de la lune. A son tour, la lune reparaissait, comme une image d'une chaste et timide vertu, longtemps cachée à tous les regards. Elle se levait sur les cimes de neige, blanche elle-même comme cette neige virginale ; par sa déclinaison au nord, elle restait, sans interruption, dix jours de suite à l'horizon ; par son pâle reflet, elle se montrait comme une lampe d'albâtre suspendue à la voûte du ciel ; par sa

longue immobilité, dans le morne et silencieux
espace, elle apparaissait, selon la poétique expression d'un savant Anglais, comme le trône de
l'hiver [1].

Puis, les étoiles scintillaient aussi autour d'elle,
et lorsque, par un temps calme, Carine montait
avec Marcel sur la dunette, pour contempler ce
spectacle d'une des nuits boréales, elle se plaisait
surtout à observer l'étoile fidèle, si chère aux navigateurs, l'étoile polaire. Elle lui adressait, avec
une douce pensée de foi et de mélancolie, l'invocation d'un de ses poëtes favoris [2] :

« Claire et pure lumière, ma mère t'aimait; elle
m'a dit que les étoiles étaient des anges, et que
c'est toi à qui Dieu a confié l'empire du Nord.
Peut-être que ma mère est dans ta sphère; peut-
être que son regard plane sur ces montagnes de
neige et s'abaisse sur moi. »

Ce qui surprenait bien plus encore les deux
jeunes fiancés; ce qui ravissait leur poétique imagination, et l'esprit plus prosaïque de leurs compagnons, c'étaient les vives et fréquentes apparitions de l'aurore boréale, l'un des plus curieux
phénomènes de la nature. Souvent dans un grand
silence, tout à coup on entendait une sorte de pé-

1. Fullom. *Marvels of science.*
2. Atterbom. *Lycksalighetens ö.*

tillement pareil à celui des rameaux de sapin qui s'allument dans l'âtre, ou à celui d'un feu d'artifice lointain. C'était l'aurore boréale qui s'annonçait par cette espèce d'explosion. Une minute après elle rayonnait dans tout l'éclat de son étrange beauté.

Il y a deux sortes d'aurores boréales, l'une fixe, l'autre mobile.

La première apparaît quelquefois comme un sillon de pourpre dans les champs célestes, quelquefois comme une flèche avec sa pointe triangulaire, quelquefois comme un casque avec son cimier, et d'autres fois encore comme une grotte d'opale qui se creuse dans le ciel nébuleux. Mais sa lumière est douce et calme comme celle du crépuscule, et elle garde longtemps la même forme.

La seconde est plus brillante, plus variée, et en quelques instants elle présente toutes les nuances, toutes les images fantastiques d'un kaléidoscope. C'était celle-là surtout qui étonnait Carine et Marcel, éblouissait leurs regards, captivait leur admiration.

Cette aurore boréale ne naît pas tout d'un coup, et n'éblouit pas le spectateur par un subit élancement. On dirait qu'elle monte lentement des profondeurs de l'horizon, comme l'aube du matin, et se développe derrière un nuage comme une splen-

dide décoration derrière le rideau d'un théâtre.
Peu à peu le nuage qui la revêt se détache sur un
fond azuré, se couronne d'un cercle lumineux,
comme un arc de triomphe, d'une guirlande de
flammes du Bengale, puis soudain, de la sommité
de cette aurore jaillissent des gerbes de feu qui
éclatent comme des fusées et se dispersent dans
les airs comme l'écume irradiée d'une cascade;
puis le nuage crève et s'entr'ouvre comme un cra-
tère. Sur ses contours se dessine une auréole
jaune. Du milieu de son foyer, tantôt on voit ruis-
seler des flots de lumière pareils à la lave ardente
qui s'échappe des entrailles d'un volcan ou au métal liquéfié qui coule de la fournaise d'une forge.
Tantôt on voit surgir des colonnes de feu, comme
celles qui éclairaient les Israélites dans leurs mar-
cl_es nocturnes à travers le désert. Ces colonnes
s'écartent l'une de l'autre comme si une main invisible les rangeait dans l'espace pour construire un
magique propylée. Elles s'élancent sur la voûte
éthérée, puis se rejoignent par un chapiteau flam-
boyant, et, tour à tour, elles s'imprègnent de différentes couleurs, tour à tour elles ont la teinte éclatante de la pourpre de Tyr, et la teinte plus douce
du malachite ou du lapis-lazuli; puis elles s'in-
clinent vers le Sud, et puis après disparaissent
comme une apparition fantasmagorique.

Parfois ces merveilleux édifices de l'aurore boréale sont si transparents, qu'à travers leurs pilastres et leurs murs, on distingue encore, ainsi qu'à travers un pur cristal, le scintillement des étoiles. Mais parfois leur lumière se répand à la surface du ciel avec une telle puissance et une telle intensité, qu'elle efface la clarté des planètes et même celle du soleil. Parfois, enfin, elle se répand au Nord comme un fleuve d'argent ou comme une nouvelle voie lactée; puis on la voit pétiller comme un brasier, s'éteindre d'un côté, se rallumer un peu plus loin, et enfin se resserrer et s'arrondir comme une teinte d'or et de rubis.

Sa durée n'est pas moins variable que le changement de ses différentes formes. Il est des aurores boréales qui luisent comme des météores, voltigent comme des feux follets, et s'évanouissent quelques minutes après comme des étoiles filantes. Il en est qui se prolongent pendant toute une nuit, et quelquefois pendant plusieurs jours de suite.

Les physiciens ont cherché par diverses théories à expliquer ce phénomène; les uns l'attribuent à l'incandescence des vapeurs sulfureuses qui sortent des entrailles de la terre; d'autres, à la circulation de l'effluve magnétique du globe d'un pôle à l'autre; d'autres à la combustion de l'air enflammé par l'électricité; d'autres enfin, à l'effet produit sur l'atmosphère de la terre par l'impression de cette lumière particulière qu'on distingue en certain temps au lever du soleil, et qu'on appelle la lumière zodiacale.

Les Indiens de l'Amérique ne se sont pas donné tant de peine. Ils disent tout simplement que les lueurs de l'aurore boréale sont les esprits de leurs aïeux qui dansent joyeusement dans les airs. Quels lumineux esprits !

Après les scènes éphémères de la voûte céleste, les pauvres habitants de cette Thébaïde des glaces retombaient dans la tristesse et l'obscurité de leur réclusion. La nuit le matin, la nuit à midi, la nuit le soir, la nuit toujours, et les gémissements lugubres de la rafale, et le froid, cet ouvrier de la mort! Les hommes les plus fermes résistent difficilement à une telle épreuve quand elle se prolonge.

Quelquefois Marcel croyait remarquer que la physionomie de ses compagnons s'assombrissait. Alors il cherchait bien vite un moyen de les détourner de leurs mauvaises réflexions, car il savait quelle influence le moral exerce sur le physique, quelle que soit à cet égard l'opinion des matérialistes.

Un jour le mouvement de la pendule s'arrêta; le froid avait congelé l'huile de ses ressorts; ce fut pour les pauvres gens une pénible surprise.

Dans les ténèbres de leurs cellules, ils se plaisaient à entendre les vibrations de cette horloge. C'était pour eux comme un signe de vie dans leur morbidescence; c'était comme une voix qui les encourageait dans leur attente, en leur annonçant la fuite des heures de leur sombre hiver. Quand cette voix cessa de résonner à leurs oreilles, il leur sembla que tout mourait autour d'eux, que le temps même, dont ils ne pouvaient plus mesurer si aisément le cours, s'arrêtait dans sa marche.

Marcel remarqua cette impression, et voulut en détourner l'esprit de ses compagnons.

« Quel chétif instrument! s'écria-t-il en prenant la pendule et en la regardant avec une expression affectée de dédain. Quelle faiblesse dans les œuvres les plus ingénieuses de l'industrie humaine! Quand nous serons en France, ajouta-t-il en se tournant vers Carine, nous nous ferons une horloge plus riante et plus sûre, une horloge de Flore.

— Qu'est-ce donc qu'une horloge de Flore? demanda avec un accent de curiosité la jeune fille.

— Ne le savez-vous pas, vous qui êtes née dans le pays de celui qui l'a découverte, dans le pays du savant, de l'immortel Linnée?

— Non, j'avoue que jusqu'à présent je n'ai jamais entendu parler de cette invention de mon illustre compatriote.

– Eh bien, je serai charmé de lui donner un titre de plus à votre admiration, et je vais essayer, autant que mes faibles connaissances me le permettent, de vous expliquer un de ses attrayants systèmes. Linnée avait remarqué que certaines plantes s'ouvrent et se ferment à des heures fixes. En poursuivant cette étude, il en vint peu à peu à composer, dans cet ordre d'idées, une nouvelle classification, à ranger en diverses catégories, selon leur mouvement journalier, les végétaux qu'il observait si attentivement, à former enfin une sorte de cadran solaire, ou, pour mieux dire, une horloge de fleurs, qui ne sonne point, il est vrai, les heures, comme les sonnait naguère notre pauvre pendule, mais qui les indique par ses aiguilles d'or ou de pourpre sur son calice d'émail, ou sa corolle d'argent.

« Il divise d'abord les fleurs en trois classes principales : les météoriques, qui s'ouvrent plus tôt ou plus tard, en raison de l'ombre, ou de l'humidité, ou de la sécheresse de l'air ; les tropiques, qui semblent suivre le mouvement du ciel, qui avancent ou retardent leur lever, selon la longueur ou la brièveté des jours ; puis les équinoxiales, qui s'ouvrent et se ferment à un moment déterminé.

« Une fois son cadran établi, il pouvait y voir régulièrement la division du temps aussi bien qu'à l'horloge de l'université d'Upsal.

« Ainsi les lontodors s'ouvrent à cinq heures du matin, et se ferment, les unes à six heures, les autres à huit heures du soir ;

« La piloselle s'ouvre à huit heures et se ferme à deux ;

« Le souci des champs s'ouvre à neuf et se ferme à trois ;

« Le salsifis est le plus tenace. Il s'ouvre quatre heures et ne se ferme qu'à dix.

« Le nymphæa ou nénuphar blanc a une autre propriété. Vers les sept heures du matin, il commence à se mouvoir, sort peu à peu de son humide retraite, comme un enfant indolent de son lit. A midi, il s'élève à trois pouces environ au-dessus de la surface de l'eau, il aspire le grand air, il se dilate au soleil, comme un heureux oisif. Vers quatre heures, il commence à faire ses préparatifs pour la nuit ; il se retire graduellement et rentre dans sa demeure aquatique, comme un bon bourgeois des anciens temps rentrait à son foyer au son du couvre-feu.

« Bien plus, il y a des fleurs qui, par l'impression de l'atmosphère, pourraient au besoin servir de baromètres. Tel est, entre autres, le souci d'Afrique, qui s'épanouit de bonne heure, si le jour doit être pur et calme, et le laitron de Sibérie, qui, la veille des jours de pluie, reste ouvert toute la nuit, comme pour aspirer une provision d'air dans la prévision de la journée du lendemain, pendant laquelle il restera timidement fermé.

— Quelle charmante leçon d'histoire naturelle ! s'écria Carine, et vous dites qu'à Dunkerque nous pourrons avoir une horloge de fleurs ? Les gens heureux ne devraient pas en employer une autre pour marquer la mesure du temps. »

L'innocente Carine ! Si elle eût mieux connu le monde et la vie, elle se serait dit que nul de ceux qui adopteraient dans une des phases joyeuses de leur existence cette horloge poétique, ne l'observerait longtemps avec le même sentiment. Si éphémères que soient les fleurs des champs, elles le sont moins que les mobiles atomes du bonheur humain, et, chaque année, elles renaissent; et combien d'hommes peuvent dire vraiment avec un de nos poëtes :

Le cœur n'a qu'un printemps et ne refleurit plus [1].

Mais Marcel, l'amoureux Marcel, n'était pas plus que Carine disposé à faire en ce moment de telles réflexions.

1. A. de Latour.

Il se hâta de répondre à la jeune fille qu'il lui trouverait à Dunkerque un joli petit jardin où elle pourrait se livrer aux plus riantes observations. « En attendant, ajouta-t-il, puisque nous sommes obligés de nous en tenir aux plus vulgaires moyens de calcul, nous ferons bien de remonter régulièrement nos montres, et de noter avec soin chaque jour de la semaine, afin que nous n'en venions pas à nous croire à la Pentecôte quand nous n'en serions encore qu'à Pâques. Ensuite, comme notre ingrate pendule nous refuse ses services, je propose de mettre un de nos sabliers en permanence sur la table. Chacun de nous sera chargé successivement de faire le quart près de cet instrument nautique, et de le retourner. De cette façon, si nous n'entendons plus sonner les heures, nous les verrons fuir, et les heures passées ne reviennent plus [1].

— Bonne idée! murmura Blondeau.

— Bonne idée! » répéta Lax.

Dambelin se leva, alla chercher le sablier qu'on employait sur le navire quand on jetait le loch, et le présenta à Carine.

« Attention! s'écria le lieutenant, tournez! »

La jeune fille obéit au commandement, et le petit

---

[1]. Horæ cedunt, et dies, et menses, et anni nec præteritum tempus unquam revertitur.   CICÉRON.

ustensile, qu'on avait vu tant de fois sans la moindre émotion, occupait maintenant l'attention de toute la communauté. Chacun regardait avec un plaisir d'enfant les grains de sable s'écoulant par leur étroit orifice dans leur prison de verre.

Ainsi, sans cesse Marcel s'appliquait à distraire ses compagnons, et à les réconforter par quelque salutaire enseignement.

Quelquefois l'éclat de l'aurore boréale ou l'apparition d'une étoile scintillante dans les ombres de la nuit, leur donnait une occasion de parler de la grandeur et du nombre infini des sphères célestes, de ces sphères qui forment la première étude de l'homme.

« Adam et Ève, dit Milton, célébrèrent le créateur en voyant le soleil se lever au bord de l'Orient, et répandre ses rayons sur la terre virginale [1]. »

« Seth et ses descendants vécurent, dit l'historien Josèphe, dans la pratique de la vertu, et on leur doit la science de l'astrologie [2]. » Plus loin, le même écrivain ajoute que Dieu prolongea la vie des hommes antédiluviens, « tant à cause de leur vertu que pour leur donner les moyens de perfec-

[1]   The sun who scarce up-risen
       With wheeles yet hovering o' ver the ocean brim
       Shot parallel to earth the dewy ray.
[2]. *Histoire des Juifs*, liv. I, ch. II.

24

tionner les sciences de l'astronomie et de la géo-
métrie qu'ils avaient trouvées [1]. « Enfin Josèphe
rapporte aussi que le patriarche Abraham observait
attentivement le mouvement des astres, et qu'il
porta ses connaissances suprêmes de la terre de
Chaldée dans celle de Chanaan [2].

Marcel n'aurait pu expliquer, comme Herschel
ou Arago, cette science sublime qui d'âge en âge
a occupé plus que toute autre la pensée de
l'homme, et glorifié les plus hautes intelligences.
Il ne la connaissait pas même assez pour pouvoir
en faire l'histoire et en décrire les progrès. Il n'en
avait que quelques notions élémentaires et une
sorte d'intuition qui exaltaient sa nature poétique.
Dans les rêves de sa jeune et ardente imagination,
tantôt il se plaisait à songer, comme Képler, que
les planètes exécutent un concert éternel dans les
espaces infinis ; tantôt, comme le mystique Swedenborg, il peuplait les astres de plusieurs
myriades d'esprits surnaturels ; tantôt il voyait là
les différents cercles où l'âme humaine doit monter
de degré en degré par une longue suite d'épreuves
et d'épuration ; tantôt enfin il en venait à croire,
avec le docteur Dick, le savant auteur du *Ciel
sidéral*, que ces mondes matériels doivent, comme

1. *Histoire des Juifs*, liv. I, ch. III.
2. *Idem*, ch. VII.

le nôtre, appartenir à des êtres à qui Dieu a donné les organes matériels.

« Qu'est-ce donc, disait-il un jour à ses amis réunis autour de lui, qu'est-ce que la vanité de nos anciennes chronologies, quand on songe qu'il y a par là-haut des étoiles dont une des pages d'his toire est accomplie depuis quatorze mille ans, lorsque leur rayon de lumière arrive jusqu'à nous? Herschel prétend même qu'il en est dont les rayons, dans leurs constantes et rapides effluves, ne traversent l'espace qui les sépare de la terre que dans le cours de trois cent trente mille années. Qu'est-ce que notre humble planète au milieu des globes innombrables qui tournoient dans l'immensité, en face de la voie lactée qui répand sur nous les clartés de dix-huit millions de soleils? Qu'est-ce que ce pauvre petit monde, si l'on compare son étroite circonférence à celle de Saturne, de Jupiter ou à celle du soleil, qui à lui seul représente l'étendue de cent cinquante mille globes tels que celui sur lequel nous nous agitons dans notre faiblesse et notre orgueil!

« Cependant il y a des planètes près desquelles la nôtre apparaîtrait dans des proportions gigantesques; des archipels de planètes, qui, selon l'opinion de M. Olbers, le savant astronome allemand, doivent être les fragments d'un orbe

immense rompu et lacéré par une révolution
aérienne, comme les îles détachées de nos conti-
nents par les flots des mers.

« Il en est une entre autres à laquelle j'ai souvent songé, lorsque la longueur d'une de nos
distances terrestres irritait mon impatience. C'est
l'*Astræa*, découverte en 1845 par un astronome
prussien, M. Hencke. Elle n'a pas plus de cent
lieues d'étendue. Cent lieues! à peu près le trajet
de Dunkerque à Paris. J'imagine qu'elle a, comme
notre fier univers, son équateur, ses deux hémi-
sphères, et ses différentes zones de végétation. Si
ses habitants se sont aussi passionnés pour les
révolutions de la science et les œuvres de l'industrie; si un Fulton leur a fait connaître la puissance de la vapeur; si d'actifs ingénieurs leur ont
tracé un réseau de chemins de fer, quelle succes-
sion rapide d'émotions, quelle variété d'images
on peut avoir en quelques heures dans cette petite
île de l'océan sidéral! Le matin, on peut monter
dans un wagon au pôle sud, savourer à midi les
fruits du palmier sous les tropiques, et le soir
contempler au pôle nord le soleil de minuit. Les
riches peuvent avoir leur maison d'hiver au milieu
des caféiers et des bananiers comme les heureux
seigneurs de Cuba, et à quelques lieues de là leur
chalet d'été sous les frais sapins, comme les mon-

tagnards de la Franche-Comté. Les savants, emportés par un désir d'exploration, peuvent en
quelques semaines accomplir, comme des Dampier
ou des Bougainville, un voyage de circumnaviga-
tion ; et les fiancés et les époux qu'une circonstance
impérieuse entraîne au dehors du sanctuaire de
leurs affections, ne sont point séparés l'un de
l'autre par d'affreuses distances. Ils peuvent en
quelques instants communiquer ensemble, et en
quelques heures se rejoindre. Voulez-vous venir
dans l'*Astræa*, Carine ? Il me semble que c'est la
planète réservée ·à ceux qui s'aiment, et qui n'as-
pirent qu'à vivre constamment réunis dans le plus
petit espace. »

Et Carine souriait à ces digressions de son ami,
et Blondeau disait qu'il voudrait bien être dans un
globe d'une belle circonférence, pour ramener
plus vite à M. Vanskep sa *Rosa-Marie*.

Quelquefois aussi Marcel lisait à haute voix des
descriptions du Nord et des relations de voyages,
mais il avait soin d'omettre les passages qui pouvaient attrister ou inquiéter ses compagnons ; puis,
quand il avait achevé sa lecture, il cachait ses
livres, comme une mère prudente cache à son
enfant une œuvre malsaine. Un jour pourtant, en
montant sur le pont, il laissa par mégarde un de
ses vieux volumes ouvert sur la table. Carine le

prit et y lut un triste récit. C'était celui d'un Hollandais qui, en 1634, avait entrepris de passer l'hiver au Spitzberg avec six hommes résolus comme lui.

Le pauvre Hollandais racontait jour par jour les souffrances qu'il avait éprouvées dès le commencement de l'hiver, la mort de deux de ses compagnons, le dépérissement des autres. Le 26 février, il traçait d'une main défaillante ces dernières lignes : « Nous sommes encore quatre ici couchés dans notre cabane, si faibles et si malades que nous ne pouvons nous aider l'un l'autre. Nous prions le bon Dieu de venir à notre secours, et de nous enlever de ce monde de douleurs où nous n'avons plus la force de vivre. »

Ici s'arrêtait sa douloureuse chronique. L'été suivant, lorsque les pêcheurs hollandais abordèrent au Spitzberg, ceux qui les premiers pénétrèrent dans les cabanes occupées par leurs compatriotes n'y trouvèrent que sept cadavres.

Carine remit le livre sur la table, et se sentit le cœur saisi par une pénible appréhension. Lax était aussi dans une sombre disposition d'esprit, et Blondeau se plaignait de ne pouvoir se réchauffer, quoiqu'il eût les genoux presque collés au poêle.

Marcel, en redescendant, vit du premier coup

d'œil ces funestes impressions, et se hâta de prendre la parole.

« Mes amis, dit-il, ne nous plaignons pas. Dans notre malheur, la Providence nous a fait une grande grâce. Combien de braves gens se sont trouvés ici, abandonnés comme nous aux rigueurs d'un fatal climat, qui n'avaient pas comme nous des vêtements, des vivres, et une demeure assurée sur un bon bâtiment. Et voyez : déjà nous avons passé une partie de la mauvaise saison. Voici venir Noël, qui est une des grandes époques de l'année, vous le savez, Carine, vous dont les compatriotes, depuis un temps immémorial, désignent cette époque par le mot de *Julnat* (la nuit de la roue, c'est-à-dire la roue du solstice). A Noël, le soleil a atteint son dernier point d'éloignement, et peu à peu revient vers nous. Autrefois, en France, on commençait l'année par ce jour-là, et nous, nous entrerons ce jour-là dans une nouvelle phase. Noël! Noël!

— Ah! la joyeuse fête! s'écria Carine, comme on la célèbre dans mon cher pays de Suède! Depuis la demeure du riche jusqu'à celle du pauvre, partout de cordiales réunions de parents et d'amis, partout les rapides traîneaux sillonnant les chemins, et les chevaux, animés par l'air vif, agitant dans leur course leurs colliers de grelots. Puis,

sur toutes les tables, les verts sapins, avec les
bougies qui les éclairent, et les présents suspendus,
comme par une fée prodigue, à leurs rameaux, et
les enfants qui tendent avec impatience leurs
petites mains vers leurs étrennes, et les parents
qui rient de ces transports naïfs. Quelle douce et
heureuse fête ! On dit que les morts même y
prennent part. On dit qu'en souvenir de ces affec-
tueuses assemblées de famille, ils se lèvent dans
leurs cercueils, et viennent en silence assister à
l'office de minuit. Dans les campagnes, par un
usage traditionnel, sans doute en mémoire de l'âne
et du bœuf qui de leur souffle réchauffaient la
crèche, le paysan a ce jour-là des soins particuliers
pour ses animaux ; il leur donne une meilleure
ration de fourrage, et sa fille répand sur la neige
des grains d'orge et d'avoine pour les petits rouges-
gorges, afin qu'ils se réjouissent aussi de cette
solennité de Noël et la chantent dans leurs chansons.

— Sur ma foi ! dit Dambelin, je voudrais bien
aussi célébrer gaiement cette fête qui me rappelle
le temps où ma pauvre bonne femme de mère me
donnait un gilet et des souliers neufs que le petit
Jésus avait, disait-elle, déposés sous la tronche du
foyer, parce que j'avais docilement appris mon
catéchisme. Mais, comme nous n'avons autour de

nous que des animaux qui ne méritent pas une grande pitié, je voudrais pouvoir prendre, pour Noël, quelques renards et un ou deux ours. Avec la fourrure blanche de ces renards, nous ferions un manchon pour Mlle Carine; avec la peau de l'ours, nous lui ferions un chaud tapis. Puis, il paraît que la chair de ce gros quadrupède est excellente. Un bon bouillon de viande fraîche, et quelques côtelettes cuites à point par Frisquet, ne me seraient point désagréables. Qu'en dites-vous, capitaine? ajouta le timonier en regardant du coin de l'œil Blondeau.

— Je dis, répliqua le sensuel capitaine en se passant la main sur les lèvres, comme s'il s'apprêtait déjà à savourer ce festin, je dis que, si après notre long régime de légumes secs et de viande salée, vous nous donnez un quartier d'ours, j'y joindrai quelques bouteilles d'un vieux liquide que ce féroce hiver n'a pu encore dénaturer. Mettez-vous donc à l'œuvre, et puissé-je bientôt vous adresser, avec mes félicitations, le proverbe espagnol : *Mucho sabe la raposa, pero mas el che la toma* [1]. »

Dambelin et Lax, qui avaient achevé leurs préparatifs, s'en allèrent à l'extrémité du navire ten-

[1]. Le renard est très-savant, mais plus savant est celui qui le prend.

dre deux piéges, l'un pour les renards, l'autre
pour les ours. Dans le premier, ils saisirent, après
deux ou trois déceptions, un gros renard à la peau
blanche, aux longs poils soyeux, dont on pouvai
faire, en effet, un joli manchon ; quant à sa chair,
à moins d'un cas de famine, on ne pouvait y goûter : elle était trop coriace.

L'autre piége ne donna point aux deux trappeurs
le même succès. Ce n'est pas sans raison que les
Finlandais ont illustré par leurs chants populaires
les finesses de l'ours. Le rapace animal est très-
empressé de se jeter sur sa proie, et lorsqu'il est
tourmenté par la faim, ce qui lui arrive souvent
dans les arides régions du Nord, malheur à qui se
trouve exposé à sa griffe terrible! Cependant, même
en ces moments-là, sa voracité n'aveugle point son
intelligence. Avec son long museau pointu, il flaire
le danger qui le menace, et trouve, par son instinct,
le moyen d'y échapper.

Lax et Dambelin avaient cru d'abord pouvoir
opérer la capture qu'ils désiraient, en déposant
au pied du navire une pièce de lard au bout d'une
corde à laquelle ils avaient fait un nœud coulant.
Un ours, alléché de loin par l'odeur de cette pâture, arriva jusqu'à l'endroit où elle était placée,
s'arrêta une minute, écarta prudemment la corde
avec sa patte, prit le lard et s'enfuit.

« Nous sommes volés, mon pauvre Dambelin,
dit Lax.

— Vous avez disposé de la peau de l'ours avant
qu'il fût tué, s'écria Blondeau en riant.

— C'est ma faute, répliqua le vieux pilote ; j'aurais dû me rappeler que ces diables d'animaux
ont la force du lion et l'astuce du serpent. Demain
nous tendrons de nouveau notre embûche ; mais
nous cacherons notre câble sous la neige, et nous
nous tiendrons aux aguets. Que l'ours pose seulement le pied dans le nœud coulant, nous tirons
rapidement la corde à nous et le voilà pris ! »

Le lendemain, en effet, le piége fut disposé avec
de minutieuses précautions ; mais l'animal rusé
enleva la neige sous laquelle il pressentait une
traîtrise, écarta de nouveau le lacet dangereux, et
se retira impunément comme la première fois avec
sa proie.

Les deux chasseurs revinrent, fort humiliés de
leur échec, près de leurs compagnons.

« Quelle honte ! mon cher Lax, dit Marcel, de
vous laisser ainsi jouer par une lourde bête ! Je
vois bien qu'il faut que je vous vienne en aide.
Amarrez la carcasse du renard sur le bloc de glace
qui s'élève juste en face de l'escalier de bâbord ;
liez-la de telle sorte que l'ours ne puisse l'enlever
du premier coup. Je pense qu'à l'aide de mon

fusil, je réussirai mieux que vous avec vos nœuds coulants. »

Ainsi fut fait. L'ours qui s'habituait à cette provision journalière, revint d'un air de satisfaction chercher son repas, et ne voyant ni corde ni embûche, saisit entre ses deux rangées de dents aiguës la nouvelle pâture qui lui était offerte. Mais, tandis qu'il s'efforçait de l'arracher aux liens qui la retenaient, Marcel, qui avait eu le temps de le viser, lui lança deux balles dans la tête. L'animal poussa un effroyable gémissement, tournoya une minute sur lui-même, puis tomba tout de son long. Il était mort.

Lax et Dambelin, après s'être assurés qu'il ne pouvait plus faire aucun mouvement, le traînèrent sur la glace et le hissèrent en triomphe sur le navire. C'était un vieil ours aux dents pleines et dures comme l'ivoire, au poil touffu et doux comme une toison de brebis; sa peau avait huit pieds de long. Sous une épaisse couche de graisse, le couteau de Dambelin découvrit une chair blanche comme celle de l'agneau.

Le lendemain, c'était la fête de Noël. Les six captifs s'assirent autour de la table où fumait le bouillon savoureux et le rôti succulent promis par le timonier. Blondeau n'avait point manqué à sa parole; Blondeau avait déposé sur cette même table deux bouteilles de vieux vin de Bordeaux, qu'il gardait précieusement. En fouillant dans une cassette, avec Carine, il était même parvenu à composer un plat d'amandes et de raisins secs. Enfin, il tenait sournoisement en réserve un flacon de rhum, pour faire un punch le soir.

« Quel luxe! dit-il en s'asseyant; quel banquet splendide! Le pauvre M. Vanskep, qui nous croit perdus, comme il serait heureux s'il savait que nous sommes encore pleins de vie!

— Et que bientôt, ajouta Marcel, nous nous disposerons à lui ramener son navire; car nous sommes assez forts pour le conduire au moins jusqu'à Hammerfest, et là, s'il le faut, nous prendrons des auxiliaires.

— Que Dieu vous entende! Plus fort est celui à qui Dieu aide, que celui qui se lève de bon matin [1]. A la santé de M. Vanskep!

— Et de tous nos amis, reprit Marcel.

— A la santé de mademoiselle Carine! » ajouta Dambelin d'un ton respectueux.

Blondeau avait envie de prononcer aussi le nom de la fille de l'armateur; mais il craignit de contrarier Marcel, et se contenta de penser tacitement à la généreuse Rosa-Marie.

1. Mas valea quien Dios ayuda che al che mucho madruga.

Une belle aurore boréale qui éclata dans la journée acheva d'animer tous les esprits. Aux yeux de la petite communauté, elle apparaissait en cette fête religieuse de Noël comme un signe de grâce céleste, comme un heureux augure.

Et la soirée s'écoula gaiement autour du foyer. C'était un de ces moments bénis où les âmes fatiguées par une longue compression se reposent dans leur anxiété, et se dilatent à un nouveau rayon d'espoir. C'était un de ces petits bonheurs qui remplacent ce qu'on appelle dans le monde, les grands bonheurs, si rares à rencontrer, une de ces joies candides que l'homme au cœur honnête peut trouver en soi jusque dans les plus mauvais jours, qui souvent, à l'heure où on les attend le moins, sourient à la pensée comme une de ces anémones à laquelle Pline attribuait la faculté particulière de s'épanouir au souffle du vent.

CHAPITRE XIX

Nell' eta sua piu bella e piu fiorita.
PÉTRARQUE.

Le vent brise et flétrit, le soleil brûle et la
jeune fille et jeune fleur.
CHATEAUBRIAND.

Au commencement de février, un jour vers midi, Lax, posté près du mât de beaupré, vit poindre la clarté du soleil et annonça, par ses clameurs, cet événement à ses compagnons. Tous se rendirent près de lui, heureux de revoir enfin briller la lumière chérie qui depuis trois mois les avait si complétement abandonnés.

Qu'il était terne et faible, ce soleil si désiré! Son disque débile, dont on n'entrevoyait encore que le contour supérieur, pénétrait à peine à travers les ténèbres qui l'entouraient. Un instant, on le vit se dessiner à l'horizon comme une voile blanche que l'œil exercé du matelot distingue au loin dans la solitude de l'océan, puis il disparut.

Dans sa pâle et rapide apparition, il avait cependant réjoui tous les regards. C'était le premier indice de l'approche d'un meilleur temps, une lueur de l'aurore après tant de longues nuits, un signe de résurrection dans le deuil mortel de l'hiver.

Rien n'affecte plus profondément le moral de l'homme que l'isolement et l'obscurité. Les enfants, qui n'ont pas la moindre notion du mal, éprouvent un effroi instinctif dans une chambre sombre. Les mythologies de tous les peuples réprésentent les démons trônant dans les ténèbres. Les membres du wehmsgericht, ces terribles juges de la vieille Allemagne, rendaient leurs arrêts dans une sorte de caveau sépulcral ; les Tugs de l'Inde étranglent leurs victimes après le crépuscule du soir ; et de toutes les tortures inventées par le moyen âge, il n'en est peut-être pas une plus cruelle que celle du régime pénitentiaire américain, qui condamne le coupable à la séquestration absolue dans l'ombre silencieuse de sa cellule.

Dans leur captivité, sur les derniers confins du globe, au milieu de leur rempart de glace, les innocents habitants de *la Rosa-Marie* avaient la consolation de vivre ensemble, et ils se soutenaient et se réconfortaient par leur cordiale association. Mais cette nuit perpétuelle, cette nuit sinistre, tempérée seulement de loin en loin par la lueur

blafarde de la lune où les fugitifs scintillements
de l'aurore boréale, oppressait, atterrait leurs esprits; puis le froid, cet autre redoutable ennemi
de l'homme, subjuguait leur énergie et paralysait
leurs mouvements.

Pendant le mois de janvier, l'intensité du froid
s'était accrue de telle sorte qu'à peine pouvaient-
ils le supporter en se tenant enfermés dans leur
chambre, en s'enveloppant dans les burnous et
dans les couvertures de leur lit. Tandis qu'ils
étaient rangés autour du foyer, une couche de
givre se collait sur leur dos; une couche de glace
s'était formée à l'orifice même de la cheminée de
leur poêle, et la fumée du foyer, n'ayant plus
d'autre issue que par quelques étroits interstices,
retombait autour d'eux en noirs tourbillons, comme
dans une tente de Lapon. Leurs barils de vin et
d'eau-de-vie étaient gelés; ils en détachaient
des morceaux qu'ils faisaient fondre devant le feu,
et ce liquide dénaturé n'avait plus qu'une insipide
saveur. Les légumes et les viandes salées fati-
guaient leur palais. Par bonheur, ils avaient encore une ample provision de thé et de café : c'était
leur meilleure boisson; puis, de temps à autre,
Carine leur préparait une salade de cochléaria qui
ravivait leur appétit; puis enfin, Marcel réussit
encore à tuer trois ours. Leurs peaux, amollies

25

avec ae ıa sciure de bois dans des vases remplis
d'eau chaude, étaient employées à calfeutrer les
portes et les cloisons. Leur chair se maintenait
parfaitement intacte ; on la suspendait à un mât,
et longtemps après on pouvait en couper un quartier sans crainte de le trouver corrompu. La température boréale la conservait mieux qu'aucun
procédé de cuisson ou de dessiccation.

Marcel, le vigilant Marcel ne cessait de stimuler
l'énergie languissante de ses compagnons ; tantôt
il s'ingéniait à trouver pour eux un nouveau jeu
et un nouvel exercice ; tantôt il employait toute
son éloquence à leur démontrer la nécessité de
sortir, malgré le froid et malgré les ténèbres.
Parfois il les appelait pour enlever, avec lui, les
masses de neige que les rafales impétueuses lan-
çaient sur le pont ; parfois même il réussissait à
les entraîner sur la plage pour y faire une nouvelle récolte de cochléaria, et dans ses diverses
combinaisons il était fidèlement secondé par Carine. Mais souvent aussi ses généreux efforts
échouaient contre une impassible inertie, et il se
résignait avec douleur à voir Blondeau, Lax et
Dambelin, et même Frisquet, immobiles sur leurs
chaises, serrés l'un contre l'autre, et grelottant
près du foyer.

Enfin le soleil avait reparu, et peu à peu il allait

s'élever au-dessus de l'horizon, et dans quelques mois reviendrait l'été.

L'été! cette saison de Dieu, a dit M. V. Hugo; l'été! ce bienfaisant génie qui devait rompre les entraves des captifs, leur ouvrir le libre espace e les ramener dans leur patrie!

L'espérance est le songe d'un homme éveillé. Toute la petite colonie s'éveillait à la fois, dans la nuit qui l'enveloppait encore, à la perspective d'une autre existence, à l'heureux songe de son affranchissement.

Un faible et éphémère rayon de lumière agissait, en un instant, plus vivement sur elle que n'avaient pu le faire, depuis plusieurs semaines, les sages raisonnements et les vives exhortations de Marcel. Le lendemain, il n'eut pas besoin d'exciter ses amis à sortir de leur morne retraite pour respirer le grand air. A l'heure où ils pouvaient de nouveau voir surgir le soleil, ils étaient sur le pont, attendant avec une sorte d'idolâtrie, comme des Guèbres, cette clarté bénie, et la contemplant avec bonheur.

Ce jour-là, ils avaient repris leur ancienne animation, et déjà ils s'entretenaient de leur voyage comme s'ils allaient bientôt partir.

Marcel n'avait garde de les troubler dans leur gaieté par quelque grave réflexion, cependant il

ne pouvait s'empêcher de craindre pour eux une
triste réaction : car l'hiver n'était point passé.

Hélas ! non, elle n'était point passée cette fatale
saison, et de toutes les douleurs qu'elle pouvait
enfanter, la plus redoutable, la plus affreuse, Marcel ne l'avait pas pressentie !

Il avait vu la jeune Suédoise s'embarquer avec
une joyeuse confiance ; il l'avait vue, dans le cours
de la traversée, observant avec enthousiasme les
différentes scènes qui, tour à tour, se déroulaient
à ses regards, et les poétisant elle-même par sa
juvénile imagination ; il l'avait vue, sur la plage
de la baie Magdeleine, s'épanouir d'un charme suprême, d'une grâce virginale, à un aveu d'amour.
Il l'avait vue enfin accepter, avec une ferme résignation la perspective d'un long emprisonne-
ment dans l'immuable ceinture des montagnes de
glace, et supporter avec un calme étonnant les rigueurs de cette captivité. Les appréhensions qu'il
avait éprouvées pour elle à son départ de Hammerfest s'étaient dissipées en ces diverses épreuves, et plus d'une fois il s'était dit qu'elle n'avait
point une si faible organisation qu'on le supposait,
ou qu'elle s'était fortifiée par ce voyage, ainsi que
son père l'avait espéré.

Depuis le mois de janvier, elle souffrait pourtant
cruellement du froid. Elle en souffrait surtout la

nuit dans sa cabine solitaire où elle ne pouvait pas faire de feu, dans sa couchette où, malgré les minutieuses précautions prescrites par Marcel, l'humidité constante des blocs de glace pénétrait à travers les ais du navire. Souvent, la nuit, à l'aide de plusieurs couvertures, elle ne pouvait parvenir à se réchauffer.

Elle voulait pourtant cacher ses souffrances, et pendant quelque temps elle y réussit; elle se levait le matin, fatiguée par une longue insomnie, et avant de rejoindre ses compagnons, elle se passait à différentes reprises les mains sur le visage pour en atténuer la pâleur. Elle essayait de se faire une physionomie riante, et quelquefois, pour mieux dissimuler, elle adressait à Marcel ou à Blondeau quelques plaisanteries. Ses forces physiques étaient cependant déjà très-ébranlées; sa force morale ne se laissait pas si vite dompter. Comme les flots de l'immense courant américain, du *gulf-stream*, qui, après leur long circuit, conservent jusque dans la zone du Groenland un reste de leur chaleur mexicaine, l'âme de Carine conservait, dans la glaciale étreinte de l'hiver du Spitzberg, sa vivace énergie.

Mais en dépit de sa volonté et de ses résolutions, de violents accès de toux la trahirent. En vain elle essayait de les réprimer ou de les étouffer, ils éclataient malgré ses efforts, et Marcel en éprou-

vait une douloureuse émotion, comme s'ils se ré-
percutaient dans sa propre poitrine.

Obligée enfin d'avouer son état maladif, Carine
essaya encore d'en dissimuler la gravité, affirmant
que ce n'était qu'une indisposition légère qu'elle
avait déjà éprouvée plusieurs fois, qui passerait
comme les autres, et qui ne pouvait lui donner la
moindre inquiétude.

Mais Blondeau, frappant impétueusement un
coup de poing sur la table, s'écria : « Nous sommes des êtres sans cœur ou sans raison, des barbares. Nous mériterions qu'à notre arrivée à Dunkerque, toutes les femmes nous montrassent au
doigt comme des Hottentots ou des anthropophages
de la Nouvelle-Calédonie. Comment! voilà quatre
mois que nous nous dorlotons dans une belle et
bonne chambre, que nous suspendons, comme,
des sybarites, nos hamacs autour d'un excellent
poêle, et nous avons laissé cette pauvre enfant
dans son réduit glacial, et nous n'avons pas songé
à tout ce qu'elle devait souffrir, par une température qui fait fuir les oiseaux les mieux emplumés,
et fait frissonner l'ours blanc sous son épaisse toison! C'est affreux! Dès ce jour nous émigrons,
nous transportons nos lits dans une autre pièce,
dans la dunette, dans la cale, n'importe où, pourvu
que notre chère Carine, notre compagne, qui est

devenue comme notre sœur à tous, s'établisse ici et nous pardonne notre long oubli.

— Merci ! mon bon capitaine, s'écria le vieux pilote.

— Merci ! » répéta Marcel en serrant vivement la main de Blondeau.

En vain Carine protesta contre cette résolution, personne ne voulut l'écouter. Frisquet la conjurait, par un regard suppliant, de ne pas prolonger sa résistance, et Dambelin déclara que, plutôt que de l'exposer à tomber gravement malade dans sa malheureuse cellule, il irait se percher la nuit dans la hune.

Le soir, tous les hamacs furent rangés dans une pièce voisine, et Lax et Marcel installèrent la couchette de la jeune fille près du foyer.

De quelle anxiété le pauvre Marcel était saisi en voyant, comme il ne l'avait jamais vue, la débilité de sa fiancée ! Avec quelle sollicitude il étudiait l'expression de sa physionomie, et la suivait dans chacun de ses mouvements ! C'est surtout le danger de perdre ceux que nous aimons qui nous fait voir combien notre existence est liée à la leur. On ne sait pas jusqu'où s'étendent les racines de l'arbre, tant que le sol qui les recouvre n'a pas été entr'ouvert par le hoyau. On ne sait pas quelle est la profondeur d'un sentiment d'affection, tant que cœur qui le renferme n'a pas été traversé par une angoisse.

Le jeune lieutenant n'en était pas encore venu à l'idée d'un péril irrémédiable; ou, si cette idée s'était présentée à son esprit, il l'avait promptement rejetée loin de lui.

Cependant il frémissait chaque fois qu'il croyait remarquer une altération dans la voix de Carine, un indice de fatigue dans son regard, ou une tache de pourpre sur la pâleur habituelle de ses joues. Il éprouvait une émotion de frayeur, quand il la voyait assise languissamment sur sa chaise, la main tombant sur ses genoux, la tête penchée sur sa poitrine; il avait peur aussi, quand tout à coup elle se relevait par une des vives impulsions de sa volonté, et s'associait en riant aux causeries de ses compagnons; car il se rappelait ce que le docteur Walter lui avait dit des efforts qu'elle faisait, dans sa générosité d'âme, pour se montrer calme et sereine à l'heure même où elle éprouvait la plus vive souffrance.

Ce qui tourmentait surtout Marcel, c'était de songer aux longues nuits qu'elle devait encore passer sous ce ciel inflexible, sur ce froid navire, privée de tous les moyens d'adoucissement que sa situation exigeait; sans autre ressource qu'une petite provision de potions calmantes que le prudent docteur lui avait remises la veille de son départ, en lui disant qu'il fallait absolument qu'elle les emportât.

Marcel remplissait près d'elle l'office de médecin. Sans savoir au juste quelle était la nature de sa maladie, et de quelle façon il devait la traiter, il suppléait à son ignorance par la délicatesse de ses précautions; il devinait l'hygiène qu'il devait employer, par l'instinct de sa tendresse, par la science du cœur, cette science suprême qui ne s'enseigne point dans les écoles, qui éclate comme un éclair lumineux en un jour d'orage, qui, en une crise subite, révèle à une mère éperdue le prompt remède qui doit sauver son enfant malade.

Marcel préparait avec un soin minutieux les tisanes que la jeune fille devait prendre, et réglait à chaque repas son régime d'alimentation. Quelquefois il croyait devoir lui faire respirer un instant le grand air; il l'enveloppait dans des châles, dans des burnous, et l'aidait à marcher sur le pont, puis, dès qu'il l'entendait tousser, il se hâtait de la ramener près du foyer, étendait sur ses genoux une couverture, et lui mettait un oreiller sur le dos de sa chaise; et Carine le regardait avec un si bon regard, et le remerciait par un sourire qui lui allait jusqu'au fond de l'âme. Tout le jour il était ainsi occupé d'elle, et la nuit même, parfois, il se levait avec une pensée inquiète, s'avançait à tâtons vers la cloison qui le séparait de la jeune fille, appliquait son oreille à la porte, puis, lorsqu'il avait acquis la certitude qu'elle était endormie, il regagnait son hamac.

Chacun de ses compagnons s'associait cordialement à ses soucis perpétuels; car ils l'aimaient, la digne et honnête jeune fille! Elle avait, pour se faire aimer de tous ceux qui la connaissaient, non point la beauté qui fascine les regards et produit dans la pensée de l'homme une impression violente, mais souvent éphémère; non point la coquetterie qui éveille les désirs et trompe les espérances; non point l'esprit qui éblouit et ne laisse, après son rapide essor, qu'une trace légère; mais la grâce pure et modeste qu'on ne se lasse pas de contempler, l'égalité d'humeur, l'un des plus sûrs éléments de quiétude dans les relations journalières; l'oubli de soi-même et la préoccupation des autres, ces deux rares vertus qui subjuguent les égoïsmes les plus tenaces; et la douceur, qui, peu à peu, pénètre dans les cœurs les plus endurcis, comme la goutte d'eau dans les flancs du rocher.

Ainsi que l'avait dit Blondeau, elle était devenue comme une sœur pour les marins avec qui elle se trouvait captive au bout du monde; elle les avait souvent relevés dans leur torpeur par son propre courage; elle les avait égayés dans leur solitude; elle avait été, dans la sombre cellule du navire, comme l'enfant dont le frais sourire console une famille, comme la colombe de l'arche dans le désert des eaux. Tous souffraient de la voir souffrir, et s'empressaient à qui mieux mieux à la servir.

Quant à Lax, il était dans un abattement profond : l'œil morne, le visage sombre, il restait des heures entières immobile et silencieux. Quelquefois, il se levait tout à coup, s'approchait de sa fille, lui donnait un baiser sur le front sans pouvoir prononcer un mot, puis il cachait sa tête entre ses mains, comme un coupable qui n'ose plus affronter aucun regard. Il se disait que c'était lui qui avait entraîné dans ce voyage son unique enfant, et tremblait à l'idée du malheur qui pouvait en résulter.

Ce qui soutenait l'espoir de Marcel, c'était la perspective de l'été. Naguère encore, dans ses causeries, dans ses lectures, dans ses jeux avec Carine, le temps s'envolait, comme la goutte d'eau de la clepsydre, minute par minute, sans qu'il en accusât la longueur; par le magique pouvoir de son amour, près d'elle il oubliait le monde et supportait sans se plaindre les rigueurs matérielles de sa captivité. Mais maintenant qu'il la voyait si pâle et si affaiblie, il aspirait avec ardeur au temps où il pourrait l'enlever à cette fatale région; il comptait avec une impatience fébrile les jours et les heures, et il reprenait, l'une après l'autre, les relations des navigateurs, pour y voir à quelle époque les bâtiments bloqués, comme *la Rosa-Marie*, par les glaces, avaient reconquis leur liberté.

Et, chose singulière! tandis qu'il était sans cesse préoccupé de ce désir du départ, Carine ne paraissait pas y songer. Peut-être son état de langueur la rendait-elle déjà indifférente aux diverses combinaisons que l'on discutait autour d'elle; peut-être que, dans ce doute qui souvent s'empare du malade, elle n'osait plus porter sa pensée vers l'avenir, ou peut-être qu'elle était secrètement attachée à ces lieux où elle avait éprouvé les plus douces émotions de sa vie, à cette plage où Marcel lui avait dit son amour, à cette rade où son père l'avait fiancée en lui donnant sa bénédiction!

Les registres de l'état civil nous assignent, dans l'organisation sociale, une patrie; mais le cœur se fait à lui-même sa patrie là où il s'est senti naître et palpiter, là où il s'est épanoui!

CHAPITRE XX

Salut, champs que j'aimais, et vous, douce verdure,
Et vous, riant exil des bois;
Ciel, pavillon de l'homme, admirable nature,
Salut pour la dernière fois.
GILBERT.

*Thy love, thy fate, dear youth! to share
Must never be my happy lot.*
Mistress OPI.

Partager ton amour, ton sort, ô cher!
ne sera jamais mon heureuse destinée.

Cependant, le cours du soleil s'allongeait de semaine en semaine, et déjà un grand changement s'était opéré dans l'atmosphère. Déjà les coups de vent étaient moins fréquents, les brumes moins épaisses, et la température plus chaude. Vers midi, les masses de neige, pénétrées par un air tiède, glissaient sur les flancs escarpés des montagnes et s'amollissaient; la couche de glace de la rade commençait à se dissoudre et à se rompre. Les phoques et les morses reparaissaient à la surface de la mer. Les caravanes ailées revenaient de leurs lointaines émigrations, étonnées, peut-être, de revoir ce navire. qu'elles avaient quitté en automne, et qu'elles retrouvaient à la même place.

« Ah! disait Carine en observant leurs vives évolutions et en se rappelant les paroles du prophète : « La cigogne connaît ses saisons; la tourterelle, l'hirondelle, la grue, savent le temps où elles doivent venir [1]; » et nous, pauvres êtres humains, lorsque nous entreprenons un voyage, nous ne savons quand nous en reviendrons. »

Pour contempler un instant ce mouvement de régénération, elle avait besoin de recueillir tout ce qui lui restait de force, et s'appuyait sur le bras de son fiancé, comme une plante débile sur l'arbuste qui la soutient.

« Voilà l'hiver fini, voilà l'été, disait Marcel : encore un peu de courage et de patience, et bientôt vous regagnerez votre maison de Hammerfest, et la science de votre bon Walter, et les soins de vos amis, et le repos vous guériront. »

Mais Carine l'écoutait avec un sourire mélancolique, en secouant la tête et sans lui répondre; elle ne pouvait espérer comme lui, et n'osait lui révéler ses pressentiments.

Et la prompte animation de cette terre du Nord,

---

1. Jérémie. chap viii.

les cris et les mouvements précipités des oiseaux,
qui déjà poursuivaient leur proie et préparaient leur
nid, le riant azur qui éclatait à la surface du ciel et
se reflétait dans les eaux du golfe, le soleil qui dar-
dait ses rayons sur les parois étincelantes des icebergs, toutes ces réapparitions de la lumière après
ces longues nuits ténébreuses, tous ces signes de
vie après un deuil de mort, faisaient un triste contraste avec l'abattement de la jeune fille, qui ne re-
naissait point à ce souffle vivifiant du printemps, qui
au contraire, se sentait de plus en plus s'affaisser.

Si, dans ses heures de joie, dans ses rêves d'a-
mour, l'homme se plaît à associer la nature à ses
transports ; si, dans l'élan de son heureuse pensée,
il confie aux êtres inanimés qui l'entourent les
espérances qui l'enchantent ; s'il lui semble que
l'aube du matin sourit à ses songes, que les arbres
par leur murmure, les vagues du lac par leurs
soupirs, les oiseaux par leurs chants, répondent à
la musique de son cœur, quand il souffre et lan-
guit, cette même nature l'afflige par son éclat ou
l'irrite par son impassibilité.

Hélas! non : nulle ardeur, nulle douleur humaine
Ne trouble la nature en sa beauté sereine ;
Nul sanglot ne l'émeut dans son paisible accord.
L'homme seul, à la fin d'un printemps éphémère,
Porte au front le cachet de sa souffrance amère,
Et sent vibrer en lui l'aiguillon de la mort.

De jour en jour, les pauvres reclus de la *Rosa-Marie* attendaient la fin de leur captivité. Seulement, il était à craindre que les glaces, en se rompant violemment, ne heurtassent de leur choc impétueux les flancs du navire ; mais, peu à peu, on la vit s'amollir, puis se dissoudre graduellement, puis s'écarter.

Un beau matin, le passage était libre. Une clameur bruyante retentit dans les airs, et cette clameur réveilla Carine, assoupie près du foyer. Elle se suspendit au bras de Marcel pour remonter sur le pont ; elle voulait revoir encore ces lieux qu'elle allait quitter, et où elle ne devait plus jamais revenir.

Tandis que, près d'elle, tout s'apprêtait pour le départ, elle regardait cette plage où, le jour de ses fiançailles, elle avait cueilli la solitaire renoncule ; ces montagnes qu'elle avait tant de fois contemplées avec un transport d'admiration ; ces flots de la rade où elle avait été si mollement bercée dans sa chaloupe, quand elle descendait à terre avec Marcel. Du fond de son cœur elle leur adressait un dernier adieu ! Là s'était accomplie sa rapide destinée ; là, comme la Thécla de Schiller, elle pouvait dire : « *Ich habe gelebt und geliebt.* J'ai vécu, j'ai aimé. »

Pendant ce temps, ses compagnons, pesant de

toutes leurs forces sur les barres du cabestan, essayaient de le virer; mais, malgré tous leurs efforts, ils ne purent parvenir à soulever l'ancre enfoncée dans un lit de sable.

« Il faut y renoncer, dit Blondeau en se relevant le front couvert de sueur : coulez la chaîne jusqu'au bout, démaillonnez l'anneau, hissez le grand foc. »

A ces mots il se mit à la barre du gouvernail, tandis que Marcel, Dambelin, Lax et Frisquet se hâtaient de lâcher la chaîne de l'ancre et de larguer la voile.

Un instant après, l'agile navire tournait doucement sur lui-même et voguait vers l'entrée du golfe. Un instant après, il était en pleine mer. Trois autres voiles furent successivement déroulées au vent propice qui les enflait.

Quatre hommes et un enfant pour manœuvrer, sur la rude mer du Nord, un bâtiment de trois cents tonneaux! C'était trop peu. Mais la joie de se voir affranchis de leurs longues misères, le bonheur de se sentir vivre après tant de périls où ils avaient failli périr, l'espérance d'arriver prochainement au port si regretté et si désiré, leur donnaient une vigueur extraordinaire. Sans négliger sa tâche, Marcel trouvait encore le temps de descendre fréquemment près de Carine, pour la

26

réconforter, et elle ne voulait pas qu'il abandonnât
pour elle un travail obligé. Elle lui disait qu'elle
était mieux, quoique la faiblesse de sa voix et la
langueur de son regard démentissent ses paroles.
Marcel, après quelque résistance, lui obéissait à
regret, et la quittait pour revenir un instant après.

Le vieux pilote n'était pas moins que Marcel
occupé de Carine ; mais il éprouvait, en la regardant, une douleur sombre, comme s'il était torturé
par un remords. On ne pouvait le voir sans être
ému d'une telle angoisse, et du changement qu'elle
avait produit dans sa physionomie. En un mois, le
pauvre père avait vieilli de dix ans.

Pourtant, il n'abandonnait point toute pensée de
salut ; et quel est l'homme qui, dans une crise
mortelle, ne s'efforce de garder un dernier espoir.
Dum spiras, spera : c'est une des vieilles devises
de nos pères.

« Encore quelques jours de bon vent, disait-il
à Marcel, et nous pouvons arriver à Hammerfest,
et là est le repos, et là les conseils, l'assistance
d'un habile médecin, et tous les moyens de gué-
rison dont nous sommes à présent si cruellement
dépourvus. »

Mais le vent, dont on désirait si vivement la
continuité, tourna brusquement au sud-ouest.
C'était le vent debout. Il fallut virer de bord,

changer les armures, louvoyer. A l'aide d'un nombreux équipage, un tel travail s'accomplit avec rapidité. Sur *la Rosa-Marie*, dix bras seulement y étaient employés. Ces diverses manœuvres se faisaient lentement, et le navire gagnait à peine quelques lieues en une pénible journée, et Carine se mourait de consomption.

En montant sur les enfléchures comme un simple matelot, en carguant une voile, en serrant une garcette, Marcel songeait sans cesse à sa chère malade; et, par un de ces singuliers élans de la pensée, qui souvent court du tableau le plus triste à l'image la plus riante, comme si elle cherchait elle-même à aggraver, par un funeste contraste, ses douloureuses impressions, Marcel se rappelait une des scènes qui l'avaient frappé dans un de ses voyages, une scène qui, en ce moment, lui apparaissait comme un rêve.

C'était au fond d'une des baies de la Méditerranée; au bord des flots limpides, une colline ondulante, tapissée d'un frais gazon, de cytises et d'acacias en fleurs : en haut, une large terrasse, avec un balcon de marbre dentelé; un château gothique d'une structure exquise, avec un grand parc et un royal jardin; au bord de la balustrade, une jeune fille à la chevelure blonde flottant en longs bandeaux sur son cou, à l'œil vif et joyeux,

à la figure rayonnante; près d'elle, sa mère, qui,
par la même fraîcheur de jeunesse, semblait être
sa sœur; toutes deux assises sous les rameaux
d'orangers et de pins d'Italie, et lisant de temps à
autre les stances d'un poëte aimé, et de temps à
autre s'arrêtant dans leur lecture pour admirer,
dans le spectacle qui les entourait, dans le miroir
de la mer, dans la sénérité du ciel, dans le vaporeux azur des horizons lointains, la plus belle, la
plus ravissante des poésies, toutes les félicités
réunies dans cette douce retraite, toutes les joies
du printemps de la vie, de la fortune et des plus
pures affections!

« O Dieu! ô Dieu! murmurait Marcel en se re-
traçant cette image, quels mystères dans vos volontés! Pourquoi tant de grâces aux uns et d'af-
flictions aux autres? Pourquoi cette jeune fille,
que je n'ai fait qu'entrevoir, se sera-t-elle épanouie,
dans sa destinée, sans trouble, comme les roses
de son jardin par un jour sans orage? et pourquoi
celle que j'aime, celle qui, par ses vertus, a si
bien mérité d'être heureuse, a-t-elle, dès le jour
de sa naissance, subi tant de rudes épreuves, et
pourquoi mourrait-elle avant d'avoir eu sa part de
bonheur en ce monde? Est-ce votre justice, mon
Dieu, qui fait que, pour tant de pauvres êtres, la
vie soit sans cesse une tâche laborieuse et une

cruelle déception, tandis que pour d'autres elle
ressemble à une fête perpétuelle ? »

Et le jeune lieutenant s'abîmait dans ces réflexions. S'il avait osé les communiquer à sa fiancée
et si elle avait eu encore la force de lui répondre, elle
lui aurait représenté qu'il offensait, par ses pensées de doute, l'impénétrable mais infaillible bonté
de la Providence. Comme Marcel, elle avait ouvert
son âme aux plus douces émotions de l'existence
humaine ; comme lui, elle s'était délectée dans les
rêves d'un calme et riant avenir ; mais elle voyait ses
espérances s'évanouir, elle sentait la vie lui échapper, et son âme sans tache se reposait déjà dans
les promesses d'une autre vie, et en regardant son
fiancé avec sa religieuse pensée, elle pouvait dire
avec le poëte italien :

Chi t'ama con fede
Si leva a Dio e se fa dolce la morte [1].

Pendant que la petite cohorte de *la Rosa-Marie*
luttait opiniâtrément contre les vagues et les vents,
un nouveau malheur la frappa. Blondeau tomba
malade par suite de ses fatigues. C'était un vrai
désastre, dans un moment où la coopération de
tous dans un rude labeur était si nécessaire. Lax

1. Qui t'aime avec foi s'élève vers Dieu et se fait la mort
douce.

se tordait les mains avec une sorte de désespoir ;
Marcel redoublait ses efforts, mais malgré son
zèle et son énergie, il ne pouvait continuer avec
ses trois auxiliaires, des manœuvres qui auraient
suffi à occuper une douzaine d'hommes robustes.
Il fallait se résigner à naviguer avec le vent, et
au lieu de se rapprocher du port, on s'en éloignait.

Dans cette désolante occurrence, un matin que
Marcel avait de côté et d'autre étudié d'un œil inquiet un inflexible horizon, tout à coup il s'écria
avec un transport de joie : « Un navire! un navire!

— Où donc voyez-vous un navire? demanda
Dambelin en s'approchant vivement de lui, et en
portant ses regards de tous côtés.

— Ne le cherchez pas encore sur les flots, lui
répondit le lieutenant; mais là, au-dessus de vous,
dans l'atmosphère, ne voyez-vous pas cette figure
de deux mâts et d'une coque renversée? C'est
celle d'un navire qui par un effet de réfraction,
se reproduit dans les airs. C'est ainsi que Scoresby
a reconnu, à plus de dix lieues de distance, le
bâtiment commandé par son père, et je suis sûr
de ne pas m'abuser; et ce navire, poussé par le
même vent qui arrête notre marche, arrivera
promptement près de nous. C'est un secours que
la Providence nous envoie; c'est notre salut peut-
être. Que Dieu soit loué! »

Marcel, en effet, ne s'était pas trompé. Quelques heures après, on vit poindre au loin le bâtiment dont l'approche lui avait été révélée par un des phénomènes du ciel boréal. Il voguait vent arrière, toutes voiles dehors, et s'avançait rapidement du côté de la *Rosa-Marie.*

« C'est un des bateaux de pêche de M. Sparr-mann, dit Lax ; il doit être commandé par John-son, un de mes amis. Holà ! hé ! Johnson ! » s'é-cria-t-il en montant sur le bastingage et en élar-gissant ses mains de chaque côté de ses lèvres pour donner plus de portée à sa voix.

A cet appel, Johnson répondit par une cordiale acclamation, puis il se hâta de faire mettre sa cha-loupe à la mer, et monta à bord de la *Rosa-Marie.*

« Ah ! mon vieux camarade, dit-il en serrant vi-goureusement la main du pilote, on vous croyait perdu. Quel bonheur de vous retrouver ! »

Mais il s'arrêta dans son élan de joie en voyant la figure abattue, les traits décomposés de son ami, et apprit avec une vive émotion tous les désastres de cette expédition, la perte de la balei-nière, la désertion de l'équipage, les périls et les souffrances de son long hivernage, et enfin la ma-ladie de Carine.

« La pauvre chère enfant ! s'écria-t-il, je vou-drais bien la voir.

— Hélas! répondit Lax en baissant tristement
la tête, elle n'est pas en état de vous parler, et
votre visite produirait peut-être sur elle une trop
vive impression que nous devons prendre à tâche
d'éviter. Mais qu'il me tarde d'arriver à Hammerfest! Pouvez-vous nous aider?

— De quelle façon? dit Johnson. Ce qui dépen-
dra de moi, je le ferai de grand cœur. Votre bâtiment est-il avarié? Vos provisions sont-elles
épuisées?

— Non, non, répondit Lax; nous avons encore
des vivres en suffisante quantité, et ce bâtiment est
solide, il l'a bien prouvé. Mais nous ne sommes pas
assez forts pour le manœuvrer convenablement,
surtout quand nous sommes pris par le vent debout. Pourriez-vous nous donner quatre ou cinq
de vos gens, qui s'en reviendraient avec nous à
Hammerfest?

— Quatre ou cinq, murmura Johnson. Je n'ai
guère que le nombre d'hommes nécessaires à une
expédition; mais il ne sera pas dit que Johnson a
laissé un ami dans l'embarras. Je vais en causer
avec eux; s'il en est qui veuillent vous suivre, je
vous les envoie immédiatement. S'ils se regimbent,
je vire de bord, et je vous reconduirai moi-même
à Hammerfest.

— Merci! mon brave Johnson, dit avec attendrissement le vieux pilote; vous êtes notre sauveur! »

Marcel, à qui Lax traduisit ce rapide entretien, se hâta d'aller en faire part à Blondeau; et si faible qu'il fût, Blondeau quitta son lit pour venir aussi remercier le charitable Johnson.

Quelques instants après, la chaloupe amenait à bord de *la Rosa-Marie* cinq robustes Norvégiens, capables à eux seuls de faire pirouetter un navire comme une toupie; le bon Johnson leur avait remis ce qu'il apportait de meilleur de Hammerfest, deux gélinotes et un poulet : « Pour Carine, » avait-il dit.

Mais Carine ne pouvait pas user de cette offrande; elle était dans une atonie qui paralysait ses besoins physiques, et souvent même le mouvement de sa pensée. Elle ignorait la maladie de Blondeau, et la tâche difficile que ses compagnons désespérés essayaient depuis quelques jours d'accomplir, et la rencontre providentielle de Johnson.

Le lendemain, elle ne savait pas non plus que le navire, à l'aide d'un meilleur temps et des cinq Norvégiens, filait en droite ligne vers la côte de Finmark, doublait rapidement Beeren-Eiland, puis bientôt les rocs du cap Nord.

En regardant ces îles solitaires, Marcel se rappelait les émotions qu'il avait éprouvées lorsqu'il

les voyait pour la première fois. Avec quelle vive
curiosité il contemplait alors cette nature du Nord!
Avec quelle ardeur il s'élançait vers d'autres scènes, moins connues encore, et plus imposantes!
Avec quelle confiance il s'abandonnait au charme
de son amour naissant, au regard, au sourire, au
poétique entretien de Carine! Un an à peine s'é-
tait écoulé, et dans ce périple d'un an, après tant
d'heures de lutte, de douleurs, d'anxiétés, il ramenait avec lui, languissante et mourante, celle qui
avait été son idéal, celle qui était devenue l'espoir
de son avenir.

Plus vieux, il aurait reconnu peut-être que ce
voyage était, dans un court espace de temps, une
des fréquentes images du voyage de la vie : au
départ, l'enthousiasme, le joyeux essor de la jeunesse,

> Oh! Jugend Glûck
> Und Jugend Lust!

la vitale puissance qui n'a point encore été ébranlée, et la magique cohorte dont parle Schiller :
« L'amour avec sa douce récompense, la fortune
avec son diadème d'or, la gloire avec son auréole,
la vérité avec son éclat semblable à celui du soleil [1]. » Puis après, l'évanouissement des rêves, le

1. Die Lebe...

cœur morne, le ciel gris, l'horizon terne ; et après cette disparition de ces prestiges, heureux celui qui ne se laisse point aller à une vaine révolte, qui courbe humblement la tête sous la loi de sa destinée et se résigne.

Il fallait que Marcel se soumît à ce sentiment de résignation, car il n'y avait plus aucun moyen de salut pour celle à laquelle il avait lié son âme et son existence. Déjà la malade avait subi les dernières crises de l'agonie ; elle ne souffrait plus ; elle s'éteignait, comme une lueur tremblante dans un vase d'albâtre.

Les légendes scandinaves rapportent que les fées endorment du dernier sommeil celui qu'elles ont entraîné dans leur cercle nocturne ; on eût dit qu'une de ces fées endormait ainsi Carine, et d'une main invisible dénouait doucement les liens de sa vie.

Un soir pourtant, tout à coup elle parut se réveiller dans sa somnolence ; elle releva la tête sur son oreiller, et ses yeux s'ouvrirent sous leurs blanches paupières, calmes et purs comme un rayon de l'aube. Lax et Marcel étaient près d'elle. Dans ses deux mains, pâles et décharnées, elle prit la main de l'un et de l'autre, murmura leur nom avec une prière, puis retomba sur sa couche ; et ses lèvres étaient encore entr'ouvertes en un dernier sourire, et une lueur du soleil couchant, pénétrant par la claire-voie, répandait sur ses joues une teinte rosée, comme celle qu'on voit, en une belle journée d'hiver, colorer la neige.

Il semblait qu'elle venait de s'assoupir en un songe paisible.

Elle était morte!

En ce moment, le navire entrait dans le port de Hammerfest. On eût dit qu'elle n'attendait que son arrivée sur la plage scandinave pour y exhaler son dernier souffle.

Le lendemain, un long cortège conduisait au cimetière le cercueil de Carine. Toute la ville l'aimait, la douce et bonne jeune fille, et tous ceux qui l'avaient connue assistaient pieusement à ses funérailles.

Marcel s'avançait en tête du convoi, la figure défaite, le cœur navré, comprimant par un suprême effort sa mortelle douleur, pour soutenir les pas tremblants du pilote éploré.

« Venez avec moi, lui dit-il quand il l'eut reconduit à sa demeure; venez vivre avec moi. Par la vertu des liens qui nous unissent, par la mémoire de Carine, je vous aimerai comme un père. Vous avez perdu votre fille; vous retrouverez en moi un fils dévoué.

— Non, non, répondit Lax; je ne quitterai plus

ce coin de terre qui est mon dernier espoir. Là,
elle est ensevelie; là, bientôt, je serai enseveli
près d'elle. Allez, mon généreux enfant; retournez
dans votre pays, moins cruel que celui où vous
me laissez. Emportez dans votre âme le souvenir
de notre pauvre aimée, et quelquefois pensez à
celui qui n'aspire qu'à la rejoindre. »

———

Le navire sur lequel tant de scènes de deuil se
sont accomplies est rentré à Dunkerque.

M. Vanskep a embrassé avec un transport de
joie Blondeau et Marcel qu'il croyait à jamais perdus. La rumeur produite par cette dramatique
expédition a de nouveau attiré l'attention sur lui,
et le préfet lui a enfin remis ce qu'il désirait si
vivement, le brevet de chevalier de la Légion
d'honneur.

Rosa-Marie s'est fait raconter par le capitaine
les principaux incidents de cette longue traversée,
surtout l'histoire de Carine, que l'honnête Blondeau
ne pouvait esquiver et qu'il s'efforçait d'abréger.

Marcel, plongé dans une morne mélancolie, a
saisi avec empressement l'occasion d'entreprendre

un lointain voyage qui seul pouvait faire quelque diversion à ses regrets.

Il navigue de nouveau avec Blondeau sur les côtes de l'Amérique méridionale. Il n'a que vingt-cinq ans, et Rosa-Marie n'a pas cessé de l'aimer.

Il épousera peut-être Rosa-Marie.

FIN.

COULOMMIERS

Imprimerie Paul Brodard.